Detlev von Liliencron

Leben und Lüge

Detlev von Liliencron

Leben und Lüge

1. Auflage
Herausgeber Frank Weber
Bibliographische Informationen der Deutschen Nationalbibliothek
Die Deutsche Nationalbibliothek verzeichnet diese Publikation in der Deutschen Nationalbibliographie.
Detaillierte bibliographische Daten sind im Internet über http://dnd.d-nd.de abrufbar.

© 2015 Detlev von Liliencron

Herstellung und Verlag: BoD Books in Demand, Norderstedt

ISBN 9783743175136

Detlev von Liliencron

Leben und Lüge

Der Inhalt:

Erster Teil

Wo kam er her	S.7
Die ersten Kinderjahre	S.17
Schüler und Schulen	S.28

Zweiter Teil

Ein Schifflein sah ich fahren, Kapitän und Leutenant	S.49

Dritter Teil

In Tangbüttel	S.85
Im Süden	S.113

Vierter Teil

Nach vielen Jahren	S.129
Wiebke Blunck	S.138
Ein wenig aus der Dichterei	S.148
Ein Gespräch	S.153
Der letzte Tag	S.158

Detlev von Liiliencron

Leben und Lüge

Erster Teil

Wo kam er her

Die winzige Grenzfestung, als solche im letzten Drittel des neunzehnten Jahrhunderts eingegangen, lag im Westen Deutschlands. Sie war so klein, daß man von einem Tor durchs gegenüberliegende sehen konnte. Sie hatte davon vier, genau nach der Windrose. In der Mitte sonnte sich der große viereckige Markt- und Alarmplatz.
Um diesen herum lagen die einzigen Häuser des Städtchens. Weshalb eigentlich hier die Feste gebaut war, konnte niemand ergründen. Weder war ein Flußübergang, noch ein Felsenpaß zu verteidigen. Weder bot sie Platz für geräumige Speicher, für Vorräte, für bereitliegende Waffen, für Kriegsbedarf, noch konnte sie aus Raummangel geschlagenen und zerstreuten Truppen als Zufluchtsort und Schlupfwinkel dienen.
Die Gegend legte sich meilenweit platt um die Wälle. Alle feindlichen Heere waren auch von jeher lachend und höhnend um sie herumgezogen, hatten sie nicht einmal einer Beschießung, gar einer Belagerung für wert und würdig gehalten.
Sie war nach Vaubans »erster Manier« angelegt. Ja, es ging die Sage, aber eben nur die Sage, daß Vauban selbst den Bau geleitet habe. Eins aber hatte die kleine Feste: ein niedrig streifendes Schußfeld im besten Sinne des Wortes.
Zum Standort gehörten der Kommandant, der Platzmajor, ein Infanterie-Regiment und zwei Batterieen. Ferner waren vorhanden: Proviantbeamte, der Kriegsgerichtsrat, ein Baurat, der Pfarrer, der Artillerie-Offizier vom Platz und der Ingenieur-Offizier vom Platz, der Arzt und einige Wallmeister.
Die Häuser und »ärarischen« Gebäude der Festung, die den Markt- und Alarmplatz umstanden, waren die Kommandantur, die Kasernen, die Vorratsräume, ein turmloses Kirchlein, die Wohnungen für Offiziere und Beamte und einige wenige Privathäuser.
Aber hinter ihnen, oft ganz versteckt zwischen und in den Werken, träumten schöne, stille, einsame, uralte Gärten. Freilich, wäre die Festung nur ein einziges Mal belagert gewesen, sie hätte, da dann alles umgehauen werden mußte, nicht ihre Riesenbäume gehabt, die in diesen Gärten den größten Schmuck ausmachten. Ein besichtigender General hatte mal ausgesprochen, daß solche einsame, alte, gänzlich versteckt liegende Gärten die traumhafteste Poesie, die Poesie an sich wären.

Der größte, einsamste und versteckteste Garten gehörte zur Kommandantur.

So schlief denn das Örtchen und hatte geschlafen die Jahrhunderte hindurch, abseits von aller Welt.

Der Kommandant um die Mitte des neunzehnten Jahrhunderts hieß Oberst von Vorbrüggen. Die Familie Vorbrüggen stammte aus Südfrankreich, aus der Provence. Der Glanzpunkt dieses Geschlechtes war Raimon devant le Pons (Pont), der Troubadour. Später war es nach Holland gekommen, wahrscheinlich mit den Grafen Nassau-Orange, und von hier aus, zu Zeiten des Großen Kurfürsten, in die Mark Brandenburg. Vielleicht durch verwandtschaftliche Beziehungen der Hohenzollern zu den Oraniern. Ein Zweig wanderte in demselben Jahrhundert in Dänemark ein. Dieser Zweig wurde im Anfang des achtzehnten Jahrhunderts in den dänischen Grafenstand erhoben.

Eigentlich hätten sich die von Vorbrüggen in richtiger Übersetzung ihres Namens »vor der Brücke« nennen müssen. Aber wie es immer gekommen sein mochte: sie nannten sich von Vorbrüggen. Aus dem »vor der« war ein »von« geworden. In Brandenburg verbanden sie sich durch zahlreiche Heiraten mit dem Adel des Landes.

Waren sie früher reich und begütert gewesen, haperte es jetzt bedenklich mit dem Vermögen der letzten preußischen Vorbrüggen. Diese waren der Oberst mit seinen zwei Söhnen.

In Dänemark stand die Familie nur auf zwei Augen. Der letzte, Graf Enewold, war nicht vermählt. Er saß, außergewöhnlich reich, auf seinem Schloß Tangbüttel in Holstein. Alle, die ihn kannten, hielten ihn für einen sehr klugen Menschen, mit dem es nicht bequem war umzugehen. Das mochte aber so gekommen sein: Er hatte sich sein Leben hindurch seine volle Freiheit bewahrt; ließ sich, wie sein Kammerdiener zu sagen pflegte, von keinem an die Nasenspitze fassen. Und so einer ist nicht »bequem«. Zuweilen tat der jetzt achtundzwanzigjährige Enewold Kammerherrndienste in Kopenhagen.

Der Name seines Gutes Tangbüttel heißt Tannenort und hat nichts zu tun mit Tang (Seetang) und ähnlichem.

Der Kommandant, Oberst Friedrich Wilhelm v. Vorbrüggen, hatte, einunddreißig Jahre alt, achtzehnhundertund-neunzehn die siebzehnjährige Tochter eines pommerschen Predigers geheiratet.

Schon bei Jena hatte er als Junker, siebzehn Jahre alt, mitgekämpft; am dreißigsten Dezember achtzehnhundert-undzwölf war er die entscheidenden Stunden bei York in Tauroggen gewesen.

Bei Dennewitz verwundet, machte er doch schon Leipzig wieder mit, wo ihm das Eiserne Kreuz verliehen wurde. Für Waterloo erhielt er das Eiserne Kreuz erster Klasse.

Am Tage von Waterloo wurde auf Schloß Tangbüttel in Holstein, in der Nähe von Hamburg, Graf Enewold von Vorbrüggen geboren.

In der langen Friedenszeit später war der brave Offizier langsam, wie man es scherzhaft nennt: in der Ochsentour, weiter aufgerückt.

Achtzehnhundertzwanzig und achtzehnhunderteinund-zwanzig wurden ihm Söhne geschenkt.

Der Oberst lebte in glücklicher Ehe mit seiner Pastoren-tochter. Das von beiden Familien zusammengebrachte Geld hatte eben gereicht, um das Vermögen, das zur Heirat notwendig verlangt werden mußte, aufzubringen. Da hieß es: sparsam sein. War der Oberst von Natur zur Sparsamkeit veranlagt, so stand ihm darin seine Frau bei als treue, kluge Lebensgefährtin. Sie stammte aus einem der häufig vorkommenden evangelischen Prediger-Häuser, wo Friede, Sitte und Herzensfröhlichkeit drei schöne, liebe Blumen sind im Familienkranz. Der Kampf mit dem Leben, eben: durch den Geldmangel, war allerdings hart und bitter für beide. Aber sie kämpften ihn durch: gradeausgehend, umsichtig, glaubensfroh und vertrauend auf Gott und seine Güte. Nie war es nötig gewesen, Schulden zu machen, nie hatten sie fremde Hilfe in Anspruch zu nehmen brauchen.

Die beiden Söhne, im Kadettenkorps erzogen, standen als junge Offiziere in demselben Regiment. Die Zulage, die ihnen von den Eltern gegeben werden konnte, war nur gering. Aber sie kamen damit durch: beide hatten das Geld- und Spartalent von Vater und Mutter geerbt. Beide waren tüchtige, nüchterne junge Männer, die ihren Eltern große Freude machten. Da kam ein sehr trauriges Ereignis dazwischen: beide starben, kaum Offiziere geworden, in einem Jahr, kurz aufeinander: der eine fiel im Duell und der andere wurde aus Versehen auf dem Schießstand erschossen.

Der Schmerz der Eltern war grenzenlos. Aber ihr tiefes und inniges Gottvertrauen brachte sie über die ersten schweren Jahre hinweg. Vater und Mutter lebten, als der Oberst Kommandant der kleinen Grenzfestung geworden war, ihr altes genügsames Leben weiter. Da trat im Herbst des Jahres achtzehnhundertdreiundvierzig das langerwartete und langersehnte Ereignis ein: Der Oberst wurde General.

Es war an einem wunderschönen, stillen, klarkalten Januartag, als die Offiziere und Beamten der Festung ihrem Kommandanten, dem neuen General, ein Liebesmahl gaben. Die breiten knallroten Hosenstreifen sollten »begossen« werden.

In den Vorzimmern des Kasinos erwarteten der Oberst des Infanterie-Regiments, der Platzmajor und die übrigen Herren den zu feiernden General.

Der Oberst, eine vierschrötige Gestalt, hatte mehr die Furcht als die Liebe seiner Untergebenen. Er kannte nichts als den Dienst. Von diesem Standpunkt aus sah er sein und jedes Leben, die ganze Welt an. Er hieß bei seinen Offizieren aus nicht erklärlichen Gründen der Blockgendarm. Von ganz anderer Art war der Platzmajor, Rittmeister Kaulfuhs. Er hatte das Unglück gehabt, bei einem Rennen zu stürzen und das linke Bein zu brechen. Infolge schlechter Heilung blieb dies Bein zu kurz, so daß er stark hinken mußte. Im Dienst bei der Truppe nicht mehr verwendbar, hatte man dem brauchbaren, liebenswürdigen Offizier die angenehme Stellung eines Platzmajors gegeben. Sein Gemüt mischte sich aus Sanftmut und einer gewissen immerwährenden schwermütigen Stimmung, die er mit strenger Gewissen-haftigkeit und merkwürdigerweise mit großer Vorliebe für die Mathematik zu vereinigen wußte. Er hatte nur ein Steckenpferd: Die Sternkunde. Hierin leistete er so ungewöhnliches, daß er mit der Zeit Mitarbeiter und Mitglied einiger, darunter selbst ausländischer Fachgesellschaften geworden war. Ein früherer Pulverturm mit flachem Dach diente ihm für seine Beobachtungen.

Die Tafel im Kasino war in Hufeisenform gestellt. In der Mitte saßen der General, rechts und links von ihm der Regimentskommandeur und Rittmeister Kaulfuhs. Diesen saßen die Stabsoffiziere gegenüber; und dann folgten die andern.

Der General brachte nach guter alter Sitte den ersten Trinkspruch Seiner Majestät dem König. Dann beglückwünschte mit kurzen, dienstlichen Worten der Oberst den General. Damit war, nach dem Dank des Kommandanten, für heute, zu aller Freude, die Reihe der Reden zu Ende. Bald begann die Fröhlichkeit. Mit den aufgestellten brennenden Kerzen, mit den Zigarren kam eine lustige Bewegung an den Tisch.

Es war spät geworden, als der General endlich nach Hause zu gehen beschloß, und siehe da, er hatte sich einen kleinen Spitz getrunken; zum erstenmal in seinem langen Leben. Ja, zum erstenmal in seinem Leben. Denn von jeher hatte er, wie in allem, auf strenges Maß gehalten im Trinken.

Als er mit seiner Begleitung an die scharfe Luft kam, wuchs der kleine Spitz zu einem größeren, so daß er sich in den Arm des breitschultrigen Obersten hing. Links von ihm humpelte der Platzmajor, sich kräftig auf seinen dünnen eisernen Stock stützend.

Wie wohl, wie leicht, wie heiter, wie begeistert fühlte sich der General, als er durch die frische, sternenüberglitzerte Winternacht ging.

Plötzlich blieb er stehen und wies mit der ausgestreckten Linken auf den gestirnten Himmel und sagte: »Der da, der rote Stern, das ist der Stern meines Lebens von Kindheit an gewesen. Ich erinnere mich genau, wie meine Mutter ihn mir zum erstenmal zeigte. Leider verliere ich ihn immer im Sommer. Seinen Namen kenne ich nicht. Daß es nicht der Mars ist, weiß ich. Sehen Sie ihn, meine Herren? Haben Sie ihn gefunden?«

Der Oberst legte die Hand an den Helm wie bei einer dienstlichen Frage und antwortete: »Sehr wohl, Herr General.«

»Aber wozu haben wir denn unsern Weltengucker bei uns? Lieber Kaulfuß, nun mal her mit Ihrer Gelehrsamkeit! Wie heißt der rote Stern?«

Der Rittmeister fing sofort an endlos zu erklären:

»Der Stern heißt der Aldebaran, mit dem Ton auf der vorletzten Silbe. Es ist ein arabisches Wort und heißt wahrscheinlich: der eindringlich Redende. Andre nennen ihn den Folgenden. Er ist für unsre Breiten kein Zirkumpolarstern, das heißt er bleibt nicht immer über unserm Horizont. Bezeichnet man mit φ, wie üblich, die geographische Breite eines Ortes, so sind für diesen Ort alle diejenigen Sterne zirkumpolar, gehen nie unter, deren Deklination größer als 90° – ist. Deklination nennt man die Abweichung vom Äquator, ist also an der Himmelskugel das Analogon zur geographischen Breite auf der Erde.«

Nach einer kleinen Verschnaufung fuhr der Rittmeister fort: »Der Aldebaran ist der größte Stern unter den Hyaden. Im Norden kann er in unsrer Gegend niemals stehen, wohl aber in der nördlichen Himmelshälfte, also kurze Zeit nach seinem Aufgang im Ostnordost und vor seinem Untergang im Westnordwest. Ob eine eigne Literatur über den Aldebaran besteht, weiß ich nicht. Von einer Monographie über ihn habe ich bisher noch nie etwas gelesen. Aber Beobachtungen über seine Eigenbewegungen, über Ermittelung seiner Parallaxe, über Farbe und Veränderlichkeit, endlich besonders über die spektralanalytischen Ergebnisse finden sich in großer Zahl zerstreut in der Fachliteratur.«

Der Platzmajor hatte beendet. Der sonst so nüchterne, auch jetzt von seinem Räuschchen wieder ernüchterte General schaute wie verklärt auf seinen Stern. Ja, er breitete sogar die Arme aus und rief: »Mein Stern, mein lieber Stern, du geheimnisvoller Begleiter meines Lebens!« Der Oberst sah finster vor sich hin; er fand im stillen das Gebahren des Generals und das »langweilige Geschwätze« des Rittmeisters lächerlich und unpassend, zum mindesten höchst »undienstlich«.

Vor der Kommandantur verabschiedete sich der General dankend von den beiden Herren. Dann stieg er die Stufen hinauf.

Im ganzen Hause war es ruhig; alles lag im Schlafe. Aber oben öffnete sich eine Tür und Frau von Vorbrüggen empfing ihren Mann. Aufzusitzen und zu warten war sie bisher nicht gewohnt gewesen. Ängstlich fragte sie ihn, ob ihm etwas begegnet sei; sie habe schon ins Kasino schicken wollen. Statt aller Antwort küßte der General sie so ungestüm, daß sie »Fritz, aber Fritz« rief.

Er warf seinen Helm im Bogenwurf auf den Tisch, daß er auf der andern Seite hinunterkollerte.

Nun zog er die Generalin, riß sie förmlich ans Fenster, öffnete es mit kräftigem Ruck und schrie beinah, sie fest und fester an sich ziehend: »Siehst du unsern Stern da, Klärchen, unsern roten Stern, den wir immer im Sommer nicht finden können? Siehst du ihn? Er ist ja stets unser Glücksstern gewesen. Wie oft haben wir ihn begrüßt als unsern lieben Freund und Vertrauten. Und jetzt weiß ich auch, daß er Aldebaran heißt.«

Er schwieg einen Augenblick wie betroffen; beide schwiegen einen Augenblick: sie dachten an ihre verstorbenen, ihnen so jäh entrissenen Söhne.

Nun erzählte er weiter und weiter: wie glücklich sie als Mann und Frau gelebt hätten; daß sie sein guter Engel, sein Ein und Alles sei und bleiben werde.

Eng an einander gelehnt, standen die beiden herzensguten Menschen am offenen Fenster und feierten ihren schönen roten Stern.

In einer Septembernacht desselben Jahres wurde dem General ein Knabe geboren, zum Erstaunen der Welt, zum Gekicher der Leutnants, die, wie nun mal Gottseidank die lustigen Leutnants sind, allerlei Berechnungen anstellten; und fast zur Beschämung der alternden Eltern.

Maßlose Verwunderung, sogar Entsetzen brachte es hervor, daß der Junge tiefschwarze Augen hatte, daß er mit tiefschwarzen Härchen zur Welt gekommen war. Weder Vater, noch Mutter konnten sich keines einzigen Falles in ihren Familien erinnern, daß von blauen Augen und blonden Haaren abgewichen sei. Unerhört. Von einer Vererbung wußten diese treuen Menschen nichts, konnten es auch nicht wissen und ahnen. Von der sogenannten »Vererbungstheorie« hörte man erst in spätern Jahren: daß in der Reihenfolge eines Geschlechts plötzlich eine körperliche, eine seelische Eigenschaft und Ähnlichkeit wieder hervortritt, die viele Jahre, vielleicht Jahrhunderte geschlummert hat. Sonst hätten sie wohl erwogen, daß sich der »Glanzpunkt« des Vorbrüggenschen Hauses, der Troubadour Raimon devant le Pons wieder bei ihrem neugeborenen Söhnchen in Erscheinung gesetzt habe.

Nach der Überlieferung soll dieser Raimon, »goldene Bänder in nachtschwarzem Haar«, um die Wette gesungen und besonders in der Kanzone geglänzt haben und in der Dansa und Balada mit Bernhard von Ventadour.

Aber noch etwas viel schreckliches hatte sich bei der Geburt ereignet. Doch dies hatte nur die Hebamme gesehen. Und diese treffliche Frau erzählte es bis an ihren seligen Tod unendlich oft Gevattern und Nicht-Gevattern: Das Fenster war bei der Niederkunft nicht verhangen gewesen. Die stürmische, regnerische Nacht hing mit Wolken und Dunkelheit vorm Himmel. Nur ab und zu war, wie in zerreißendem Schleier, ein Stern durchgeblitzt, um sofort wieder verdeckt zu werden. Als nun die Wehmutter das Knäblein zuerst in die Arme nahm, es hochhob, hatte es, o unnatürlicher Graus! die Augen durchs Fenster geschickt und die dünnen Ärmchen ausgebreitet nach dem rötlichen Stern, der, länger als die andern, für Minuten allein am Himmel stand. Dabei waren die Augen des Kindes so weit geworden, es hatte sie so sehr aufgerissen, daß sie wie Wahnsinnsaugen ausgesehen hätten. Ja wie Wahnsinnsaugen, erklärte die Hebamme immer wieder. Sie log hinzu, daß er dem roten Stern Kußhändchen gesandt habe. Und wo sie ganz sicher war, Glauben zu finden, erzählte sie noch: der Knabe hätte ganz laut und deutlich, wie ein erwachsener Mensch, gesagt: Weshalb ließet ihr mich von euch? Ich komme wieder.

Dann war das Kind wie alle Kinder: es trank, schlief, schrie, wurde getrocknet, wurde gebadet, trank, schlief, schrie. Und nach sechs, acht Wochen lächelte es zum erstenmal die Mutter an; wie alle Kinder das tun in dieser Zeit.

Bald sollte der Knabe getauft werden, er sollte die ehrlichen Namen Friedrich Wilhelm erhalten; wie sein Vater hieß. Aber Frau von Vorbrüggen hatte einen Plan gefaßt und diesen Plan in die Tat umgesetzt.

Es war erklärlich, daß die Ehegatten, ohne sich es gegenseitig zu gestehen, dieselben Gedanken hatten: Nun sind wir eben mit dem Leben so weit fertig geworden, daß wir mit Ruhe dem Grabe entgegensehen können, und jetzt fängt alles noch mal an durch den neu erschienenen kleinen Schreihals. Im innersten aber hatte der Vatter die Freude, daß sein Name nicht mit ihm, wenn auch nur in Deutschland, ausstürbe.

Die Eltern gestanden es sich, wie sie überhaupt einer vorm andern nie ein Geheimnis lange verbergen konnten. Eines Tages, bald nach der Geburt, sagte der General etwas trübselig zu seiner Frau: »Da haben wirs denn, nun müssen wir noch einmal von vorn anfangen, berechnen, wieder sparen, wo wir eben uns ein wenig erlauben durften. Es muß doch Geld zurückgelegt und auf Zinsen gegeben werden, daß der Junge was hat, wenn wir vor seinem Eintritt ins Leben sterben sollten. Wenn er ins Heer tritt, muß er Zulage haben. Nun, hat uns Gott und unser roter Stern bis hierher geholfen, er wird auch weiter helfen. Wir wollen auf ihn bauen, wie wirs immer getan haben.«

Der General küßte seiner Frau die Stirn und sagte ganz heiter: »Also wieder recht sparsam sein.«

Die Generalin errötete leicht und flüsterte: »Ja.« Sie hatte dabei einen ganz andern Gedanken. Den aber verriet sie ihrem Manne diesmal nicht.

Frau von Vorbrüggen war der entfernte Verwandte in Holstein eingefallen. Vorbrüggens hatten ihn nie gesehen, fast nie von ihm gehört; nur das wußten sie, daß er unendlich reich und daß er unverheiratet sei. Auch Enewold Vorbrüggen in Holstein hatte sich nie um seine Namensvettern in Preußen gekümmert. Seit über zwei Jahrhunderte waren die beiden Zweige des Geschlechts auseinandergekommen.

An diesen Vetter dachte Frau von Vorbrüggen. Einige Tage überlegte sie, dann schrieb sie einen langen, ausführlichen Brief nach Holstein. Sie erzählte darin treuherzig vom Familienzuwachs; und erzählte klar, wahr und klug, wie die Geldverhältnisse lagen. Schließlich bat sie den entfernten Vetter, Pate zu sein. Sie bat ihn, falls Enewold die Patenstelle annehmen wolle, ihrem Söhnchen seine Vornamen zu geben. Des Vetters Vornamen, das wußte sie nicht (sie kannte nur seinen Rufnamen Enewold), hießen Raimon, Devantlepons (in einem Wort), Enewold, Kai (Cajus).

Nach sechs Tagen kam die Antwort. Sie öffnete den Brief mit großer Bewegung. Zuerst konnte sie die Schrift nicht lesen, denn sie sah aus, als wenn viele Ulanenlanzen wüst durcheinander geworfen wären. Allmählich aber ordnete sie diesen Ulanenlanzenhaufen und entzifferte das Schreiben. Als sie mit dem Lesen geendet hatte, tropften ihr die Tränen, und nach ihrer frommen Weise faltete sie die Hände, legte die Stirn darauf und sagte laut, mit einfacher, inniger Stimme: »Das hast Du getan, mein Gott; ich danke Dir.«

Dann aber eilte sie zum General, umarmte ihn, und konnte nur immer schluchzen: »Lies, Lies!«

Der General konnte auch nicht gleich den Ulanenlanzen-haufen entwirren. Da las sie ihm den Brief vor:

Gnädigste Frau Cousine.
Ihre Zuschrift hat mir große Freude gemacht. Ich danke Ihnen von Herzen für Ihr Vertrauen. Nun bitte, hören Sie meine Antwort:
Die Leute sagen, und es wird auch wohl so sein, daß ich reich sei.

Ich stehe ganz allein auf der Welt.
Mein Geld und meine Liegenschaften würden, falls ich nicht eheliche Nachkommenschaft bekäme, an Verwandte meiner verstorbenen Mutter fallen. Die aber sind selbst sehr reich und brauchen deshalb mein Geld und Gut nicht. Nur zwei alte Oheime aus der Familie meiner Mutter, die beiden Prinzen Swienkuhlen, die bei mir wohnen, sind arm. Weil sie mir zwei sehr liebe Menschen sind, habe ich ihnen in meinem Letzten Willen, den ich schon vor Jahren gerichtlich habe beglaubigen lassen, eine größere Summe ausgesetzt, die aber auch wieder nach ihrem Ableben an den Haupterben zurückfällt. Außer dem Pflichtteil für meine anderen Blutsverwandten und außer einigen Stiftungen für Wohltätigkeitszwecke und für meine Dienerschaft, vermache ich mein ganzes Vermögen, meine Schlösser und Güter und Stadthäuser Ihrem Sohne. Und zwar schon gerichtlich in diesen Tagen, sowie ich die beglaubigte Abschrift eines Taufzeugnisses in Händen habe. Meine etwaige Verheiratung würde allerdings diese Erbschaft ändern. Doch auch in diesem Falle bedenke ich Ihren Sohn mit einem ausreichenden Vermögen. Zwanzigtausend Species erlaube ich mir, mit warmer Hand, Ihnen und Ihrem Herrn Gemahl, meinem lieben Vetter, schon in dieser Woche für Ihren Sohn zu senden. Nach Ihrem ausführlichen Bericht darf ich annehmen, daß Sie und Ihr Herr Gemahl diese kleine, mir aus innerstem Herzen kommende Schenkung nicht verweigern werden. Wie dies Geld angelegt wird, überlasse ich ganz den Eltern.
Sie haben den Wunsch ausgesprochen, mein Patenkind möge meine Vornamen haben. Ich bitte darum. Meine Vornamen sind Raimon, Devantlepons, Enewold, Kai. Gerne sähe ich es, wenn mein kleiner Vetter auf den Rufnamen Kai getauft würde, weil ich diesen Namen besonders liebe. Ich habe noch zwei Bitten, die ich aber unter keinen Umständen als Bedingungen gelten lassen möchte: Den Knaben das Gymnasium bis zur Abgangsprüfung besuchen zu lassen. Ferner würden mir die Eltern einen großen Gefallen tun, wenn ich ab und zu mein Patchen, vielleicht in den Schulferien, bei mir sehen dürfte. Doch darüber wollen wir uns nicht schon jetzt in Näheres einlassen: das wird sich mit der Zeit finden und verabreden lassen.
Wegen der Einzelheiten der Erbschaft usw. schreibe ich Ihnen bald, nachdem ich Ihre und Ihres Herrn Gemahls Einwilligung erhalten habe.
Es bleibt mir für mein liebes Patenkind zum Schluß nur das Wort, das so fröhlich und lebensfrisch klingt:
Vivat, floreat, crescat!
Ihr
treuergebener Vetter
Enewold Graf Vorbrüggen.

Zuerst wußte der General nicht recht, was er dazu sagen sollte. Ihm kamen einzelne Bedenken in sein strammes preußisches Ehrenherz. Vor allem mochte er die Namen Raimon Devantlepons Enewold Kai nicht. In seinem Hause hatten seit Jahrhunderten nur die alten guten deutschen Vornamen der brandenburgischen Kurfürsten, der preußischen Könige und Prinzen gewechselt: Friedrich, Wilhelm, August, Karl, Heinrich und wie sie sonst heißen mögen. Der Name Kai war ihm sehr zuwider. Aber seine Frau hatte nun mal an allem schuld. So ließ ers denn laufen, wie es gekommen war.

Auch ihn überwältigte eine große Rührung. Er küßte seine Frau und sagte immer wieder: »O du Kluge, du Kluge!«

Die Eltern redeten und beredeten noch bis in die späte Nacht hinein. Am andern Tage ging das Dank- und Annahmeschreiben, vom General verfaßt, nach Holstein ab. Sie hatten beschlossen, die zwanzigtausend Species dem Kleinen als ungeteilte Summe zu hinterlassen.

Kurz vor der Taufe kam es noch mal zu einem kurzen Briefwechsel zwischen dem General und dem holsteinischen Vetter. Der Kommandant bat: Raimon Devantlepons in Raimund verwandeln zu dürfen. Aber hier blieb Graf Enewold fest. Er erinnerte daran, daß seit langem alle Vorbrüggen in Dänemark und Holstein mit ihren Vornamen, wenn auch nicht stets als Rufname, Raimon Devantlepons geheißen hätten zum Gedächtnis an den berühmten Troubadour Raimon devant le Pons (Pont). Er zählte auch die Schlachten auf, wo sie, die alle mit Vornamen Raimon genannt waren, gekämpft hatten: Bei Akka und Buvines, bei Courtrai (wo sieben Devant le Pons gefallen seien und ihre goldnen Sporen verloren hätten), bei Crécy, Azincourt, bei Marignano und Pavia.

So blieb es denn dabei, daß der kleinste Vorbrüggen Raimon, Devantlepons, Enewold, Kai getauft werden sollte, mit dem Rufnamen Kai.

Doch kurz vor der heiligen Handlung trat noch ein kleines Hindernis ein. Grade in diesen Tagen gingen Gerüchte, daß die westlichen preußischen Armeekorps kriegsbereit gemacht werden sollten, wegen »drohender Wolken« in andern Ländern. Da schrieb denn der Vater ein letztes Mal an Enewold, ob er ihm nicht erlauben wolle, noch einen Vornamen hinzuzufügen, und zwar den Namen Kriegsbereit. Enewold lachte und hatte nichts dagegen einzuwenden. So waren denn endgültig des schwarzäugigen und schwarz-haarigen Säuglings Namen festgestellt: Raimon, Devantlepons, Enewold, Kai, Kriegsbereit. Damit hatte das alte, stolze, ehrenvolle Generalsherz doch noch einen kleinen Sieg erfochten.

Auch noch eine andre Schrulle hatte sich der General ersonnen:

Er hatte mit Bestimmtheit befohlen, daß sein Sohn in einer Kasemattenluke getauft werden solle. Sein Gedankengang bis zu dieser Absonderlichkeit mochte dadurch seinen Weg genommen haben, daß er sich vorstellte, sein Sohn werde dann besser an sein Vaterland Preußen, an die Armee gebunden bleiben, für den Fall, daß er später ins Ausland ginge. Das »Ausland« nannte er Dänemark und Schleswig-Holstein. Es würde ihm später immer erzählt werden, daß er in einer königlich preußischen Kasematten-luke auf einem königlich preußischen Geschütz getauft worden sei; und das würde ihm eine ewige Verbindung mit seinem alten Vater- und Geburtslande Preußen sein. Kurz und gut, die Taufe sollte in einer Kasemattenluke vollzogen werden.

Zu diesem Zwecke wurde ein großes niedriges Gewölbe in einer bombensichern Schanze bestimmt. Ein uraltes Riesen-geschütz, das schon die Zeiten der ersten preußischen Könige erlebt haben mochte, wurde ausersehen. Um sein Zündloch stand der Spruch: »Du leckest dir nit das Maul mehr, wenn ich dich geküßt habe«. Das Ungetüm wurde aus der Luke etwas zurückgezogen.

Dann war die heilige Handlung. Der General setzte, wörtlich zu nehmen, sein Söhnchen auf die Mündung, die Windeln und das Kleidchen festhaltend. Ein anwesender Leutnant flüsterte seinem Nachbarn den schon damals bekannten Vers zu: »Wenn der Vater mit dem Sohne auf dem Zündloch der Kanone ...«

Der Garnisonpfarrer taufte den Säugling: Raimon, Devantlepons, Enewold, Kai, Kriegsbereit, mit dem Rufnamen Kai.

Die ersten Kinderjahre

Kai Vorbrüggen, der Säugling, hatte das erste Jahr hinter sich, das Mörderjahr, wie es wegen der großen Kindersterblichkeit genannt wird. Es hatte ihm nichts gefehlt. Er schrie, trank, schlief, wurde getrocknet, wurde gebadet, wie alle andern. Das Schreien ist ja die einzige Waffe, die den Würmchen zu Gebot steht. Das sollten wir ein wenig bedenken. Zuweilen runzelte er die Stirn, runzelte sie, daß sie aussah wie die Rinde von jungen Eichbäumen. Dann dachte der kleine Kerl wohl darüber nach, wie schön es wohl früher gewesen war, als er noch auf dem Aldebaran gewohnt hatte. Aber alle Kinderchen in dem Alter machen die krausen Stirnen.

Nur seine ebenholzschwarzen Augen: die waren das einzig außergewöhnliche, das er vor allen voraus hatte. Hatte ihn wer noch nicht gesehen, und plötzlich zeigte ihn die Mutter oder die Amme, so erschrak der, dem er zu Gesicht kam, bebte womöglich ein paar Schritte zurück.

Der General, mit seinem ehrlichen preußischen Friedrich-Wilhelm-Gesicht, konnte sich garnicht recht darein finden. Auch er erschrak fast immer wieder, wenn er die Augen seines Sohnes sah; es war ihm unheimlich, es war ihm gradezu unpatriotisch, wie einer solche rabenschwarzen Augen haben konnte im preußischen Vaterlande. Er konnte auch deshalb eine leichte Abneigung gegen seinen Jungen nicht überwinden, so sehr er sich auch dagegen sträubte. Die Amme und andere Frauen, die ihn sahen, redeten noch immer das greulichste Geschwätz. Der rote Stern spielte die Hauptrolle darin. Diese seine tiefschwarzen Augen haben ihm immer, bis an seinen Tod, allerlei »Umstände« gebracht. Auch in seinen spätern Jahren, bis ins Alter hinein, überraschte er die Menschen, die ihn erstmals sahen, namentlich wenn er sich schnell umdrehte, dermaßen, daß sie zuerst ganz verblüfft zurückprallten. Das gab oft zu ergötzlichen Lagen Veranlassung; zuweilen auch störte es ihn gradezu. Bei den Weibern aber haben später diese Augen viel Verwirrung angestiftet.
In seinem zweiten Lebensjahr trat eine merkwürdige Veränderung in der Farbe seines Körperchens ein. In drei, vier Tagen wurde aus der weißen Haut eine elfenbeinfarbene Haut, so wie Elfenbein aussieht, das lange gelegen oder gestanden hat, ohne der Sonne ausgesetzt gewesen zu sein. Der Hausarzt und die hinzugezogenen andern Ärzte wußten keine Erklärung. Jeder dachte an eine Leber- oder Milzkrankheit, die sie wohl kaum in so zartem Alter je beobachtet hatten. Aber es tat dem Kaichen nichts. Er blieb ebenso gesund wie im ersten Jahr. Nach wenigen Monaten verschwand diese Elfenbeinfarbe wieder, und das weiße, europäische Körperchen war von neuem da. Während seiner »gelben Periode« aber hatte die Farbe jenen Mischrassen geähnelt, wie sie in Nordafrika zu finden sind.
Vater und Mutter, die ganz ratlos gewesen waren, fanden sich wieder zurecht und dankten Gott, daß alles wie früher geworden war.
Die Amme und die Bonne Kais waren in Lothringen geboren und sprachen nur französisch. Auch sein erster Lehrer, Herr Ney, sprach nur französisch. Herr Ney behauptete, daß er verwandt sei mit der Familie des berühmten Marschalls Ney, der in Saarlouis geboren war, in der Nähe der Festung, wo er jetzt den kleinen Kai unterrichtete. So kam es, daß Kai französisch und deutsch gleichmäßig lernte. Beide Sprachen sind ihm gleich geläufig geblieben bis an sein Grab.
Den ersten Menschen, den Kai kennen lernte, außer seinen Eltern und der Dienerschaft, war der alte Wallmeister Heinrich Steffens aus Treuenbrietzen. Der kam täglich zum General mit allerlei Meldungen und Berichten. Auch Heinrich Steffens trat ganz verwirrt zurück, als ihm der kleine Kai zum erstenmal entgegensprang.

Der alte Wallmeister war gleichalterig mit dem General, hatte wie er die Befreiungskriege mit gefochten und landete endlich als tüchtiger, umsichtger brauchbarer Soldat in der kleinen Festung als Wallmeister, wo man ihn wegen seiner Pflichttreue und Kenntnis bis heute gelassen hatte. Der General hielt große Stücke auf ihn und konnte eigentlich ohne ihn kaum fertig werden. Dazu kam, daß sie sich beide als Veteranen immer wieder erzählen mußten von der großen Zeit, die sie gemeinschaftlich mit Gott für König und Vaterland gestritten hatten.
Zuerst lief Kai weg, wenn er den etwas brummigen Wallmeister erblickte. Der General und der Wallmeister trugen dieselben Bärte, Bindfadenbärte genannt, weil der Backenbart nur bis zu einer Linie zwischen Lippe und dem untersten Ohrpunkt getragen werden durfte. Diese Linie »richtete« man tatsächlich »aus« mit einem Bindfaden. Der General hatte freundliche Augen, während der Wallmeister starke buschige Brauen über seinen strengen Augen zusammenzog, trotz seiner unendlichen Seelengüte.
Doch bald schloß Kai mit dem alten Herrn Freundschaft. Nun blieben sie auch die besten Freunde. Kai konnte die Minute kaum erwarten, wenn Heinrich Steffens in die Tür trat. Dann lief der Junge ihm entgegen, und der grauhaarige, griesgrämig dreinschauende Soldat nahm ihn in seine Arme. Eine immer größere Liebe wuchs zwischen den beiden. Der Alte nahm das Söhnchen seines Generals oft mit auf seine Gänge in den stillen Wällen und Festungsgräben. Da Steffens ein großer Vogelfreund und Naturliebhaber war, so konnte er seinem Begleiter allerlei erklären in Baum und Strauch, in den leeren oder wasser-vollen Gräben, und nicht zuletzt in den zweihundertjährigen, versteckten, einsamen Festungsgärten; besonders im großen Garten der Kommandantur. Dieser geheimnisvolle, wie verzauberte Garten schloß sich dem sich gut entwickelnden, bald fünfjährigen Knaben auf wie ein Paradies.
Inzwischen war das Jahr achtundvierzig mit seinen Erschütterungen vorübergebraust. Zweimal waren in diesem Jahre Befehle von Berlin wegen der Ausrüstung des Platzes und wegen ähnlicher Kriegs- und Belagerungs-vorbereit-ungen gekommen. Denn es schien nicht unwahrscheinlich, daß die kleine Festung in Mitleidenschaft gezogen werden könnte durch die inneren oder äußeren Wirren, lag sie auch noch so abseits von der Welt. Vielleicht hätten andere, leicht erregte Kommandanten die Befehle so aufgefaßt, daß sie das Fällen der Bäume in den Werken und außerhalb der Werke sofort angeordnet hätten. General von Vorbrüggen ließ aber eines Tages sämtliche Bürger zusammenkommen und eröffnete ihnen, daß er das Abholzen nur im letzten Augenblick befehlen wolle, wenn sich die männlichen Einwohner dazu entschließen könnten: dies, wenn die äußerste Gefahr heranrücke, binnen sechs Stunden selbst zu tun.

Der Vorschlag wurde mit Jubel aufgenommen. Für jeden Baum stellten sich die und die und die Männer zur Verfügung. Alle hielten ihre Äxte bereit. Dreimal wurde die Sache blind durchgemacht. Weil aber die äußerste Gefahr nicht eintrat, wurden die Gärten und Bäume gerettet.

Später setzte die Bürgerschaft dafür ihrem damaligen Kommandanten, lange nach seinem Tode, ein Denkmal. Ein reicher Bäckermeister gab hierzu nicht nur das meiste Geld, sondern schuf dies Denkmal mit eigner Hand. Er hatte sich von jeher als Bildhauer gefühlt. Leider mißlang es und steht jetzt in den Anlagen zum Gespött und Gelächter. Denn es sieht mehr einem Riesenfrosch, der auf einem breiten Nachtstuhl sitzt, ähnlich, als dem verstorbenen General von Vorbrüggen. Einerlei, dies »Denkmal« blieb als ein Zeichen des Dankes und der Liebe für den Kommandanten in unruhiger Zeit.

Kai, nun fünfjährig, wuchs prächtig und »normal« heran. Von Krankheiten wurde er nicht geplagt. Nur die Bräune, wie man damals die Diphterie nannte, mußte er mehrfach überstehen. Einmal schien es mit ihm zu Ende gehen zu wollen. Aber als er schon die Augen verdrehte, gab ihm der gute Doctor eine solche Ohrfeige, daß er mordsmäßig zu schreien anfing. Der Hals war frei.

Glückselige Kinderzeit! Wie die unschuldigen Augen uns ansehen. Nichts noch wissen sie von den Greueln und den furchtbaren Gefahren des Lebens. Glückselige Kinderzeit!

Kai nutzte sie, wie die andern Kleinen, gründlich aus. Seine Eltern waren vernünftig genug, ihn, soweit ihnen dies erzieherisch erlaubt schien, gewähren zu lassen. Er spielte mit allen Kindern des Städtchens, ohne daß die Eltern Rücksicht auf Stand und Bildung nahmen: Räuber und Soldat, Peitschenknallen und Reifentreiben, Marmelwerfen und »Schießgewehr«, und wie all der fröhliche Zeitvertreib heißt. Besonders aber hatte er sich dem süßen Töchterchen eines wohlhabenden Nachbars angeschlossen: Er und Mine Meinssen blieben unzertrennlich, als wollten sie niemals voneinander lassen, wenn sie auch, nach Art jener ersten Freundschaften, zuweilen in einen tüchtigen Wortwechsel gerieten. Aber bald ging alles wieder im vorigen Geleise. Sie rutschten, ein Hauptvergnügen, die Treppengeländer hinunter; nur durfte das keiner sehen, sonst gabs arge Schelte. Sie öffneten, was streng verboten war, die Einfriedigungen für Enten und Hühner und liefen dann mit bösem Gewissen davon. Sie fuhren Sand und ihre Puppen in ihren Wägelchen und gruben tiefe Löcher, meistens an Stellen, wo es nicht grade angebracht war. Dann wieder besahen sie Bilderbücher und versuchten sie mit großer Emsigkeit zu zerreißen. Oder sie richteten sich einen Laden ein und verkauften ihre Waren.

Oder sie versteckten sich auf dem Boden der Kommandantur, eines großen schönen Empirehauses. Und was dergleichen unbewölkter Unfug mehr ist. Von überall her hörte man ihr Lachen und Lärmen, ihren Übermut. Und wenns auch mal dem General zu viel wurde, dann dachte er schnell an seine eigne frohe Kindheit, und ließ sie weiter toben und tollen.

Ein großes Vergnügen für Kai war es, auf dem Hausgerät herum zu klettern. Dann schalten und warnten die Eltern: »Du brichst dir noch die Beine.« Dadurch aber wurde er noch mehr ermuntert, stieg einmal auf einen großen Schrank und schrie: »Nu brech ich mich die Beine, nu brech ich mich die Beine!«

Immer blieb der alte Wallmeister Heinrich Steffens der Hauptfreund Kais. Als er sechs Jahre zählte, lehrte ihn der Wallmeister Schwimmen auf der Militärschwimmanstalt. Es war ein Vergnügen für den General, als er bemerkte, mit welchem Mut Kai ins Wasser ging. Es dauerte auch nicht lange, da konnte er schwimmen, tauchen, auf dem Rücken liegen, allerlei Kunststücke im Wasser machen: wahrlich, ein kleiner Hydriot.

Im nächsten Winter lernte er beim Wallmeister Schlittschuhlaufen. Auch hier zeigte er großen Wagemut. So oft er auch fiel, und wenn er auch (wie es einmal geschah) einen Stern ins Eis schlug mit dem Hinterkopf, gleich war er wieder oben und lief weiter. Da dieser Winter lang andauerte mit seinem harten Frost, so lernte er auch noch das Holländern. Alle Menschen sahen dem gewandten, kühnen Jungen mit heller Freude zu, wie er vor ihnen seine schlanken, zierlichen Bewegungen ausführte, mit einer Anmut, die man kaum bei einem sechs, siebenjährigen Knaben erwarten konnte.

Mit sechs Jahren wurde er schulpflichtig. Die Eltern taten ihn in die Klippschule des Städtchens. Hier saß er mit den Söhnen und Töchtern der Offiziere und Bürger zusammen. Dieser Schule stand Herr Ney vor, der Verwandte des berühmten Marschalls. Sonderbar, daß die Regierung diesen Herrn Ney als Vorsteher in seiner Schule ließ: eben, weil er kaum ein Wort deutsch sprechen konnte. Doch die Bewohner hatten den Minister gebeten, ihn in seiner Stellung zu belassen, weil er ein tüchtiger Lehrer und zugleich ein wahrer Vaterlandsfreund sei. Hauptsächlich war es ihnen wohl darauf angekommen, daß ihre Kinder auf diese Weise gleichsam spielend französisch lernten. Waren doch auch die andern Lehrer und Lehrerinnen durchaus deutsch gebildet, konnten kaum französisch radebrechen, obgleich noch viel französisch in der Bevölkerung dieses Land- und Grenzstriches gesprochen wurde.

Der Minister hatte den Bitten der Bürger, die auch der Kommandant unterstützte, gewillfahrt.

Merkwürdig genug. Wohl die einzige Schule im preußischen Staate, deren Vorsteher und erster Lehrer nur soviel deutsch wußte, daß er sich einigermaßen verständigen konnte.

Kai mußte schon nach vier Wochen aus der Schule genommen werden, weil sein Gehirnchen noch nicht reif genug war, um folgen zu können. Er wurde auf ein ganzes Jahr zurückgestellt. Seine körperlichen Kräfte waren den geistigen vorausgeeilt. Den Eltern war es recht; Kai konnte sich noch ein ganzes Jahr austoben nach Herzenslust.

Nun schloß sich Kai noch einmal ganz seinem Freunde Steffens an. Der alte, einsame, unverehelichte Wallmeister, der keine Verwandten besaß, umfing ihn mit aller Liebe, deren er fähig war.

Doch da ereignete sich etwas, was schon seit einiger Zeit erwartet worden war: Der General bekam den Blauen Brief. Mit einem Handschreiben seines Königs, mit dem Generalleutnant und mit dem Stern zum Roten Adler-Orden zweiter Klasse. Nun war er Exzellenz.

Es traf sich, daß zu dieser Zeit die Familie Brem van Broil, die ein großes Gut in der Nähe der Festung besaß, ihr Stadthaus vermieten wollte oder mußte. Der General mietete es. Die Eltern wünschten, wenigstens vorderhand, in dem ihnen liebgewordenen Örtchen zu bleiben.

Der neue Kommandant, ein stiller, heiterer Junggesell, stellte sofort der Vorbrüggenschen Familie den großen Garten der Kommandantur völlig zur Verfügung, in der richtigen, liebevollen Voraussetzung, daß ihr dieser Garten ans Herz gewachsen sei. So blieb er nach wie vor der Tummelplatz und Aufenthalt für Kai.

Heinrich Steffens lehrte seinen jungen Freund das Tierleben in den Festungswerken. Namentlich war es die Vogelwelt, für die er ihn zu gewinnen wußte: besonders die kleinen Vögel, die zahlreich in den dichten Gebüschen nisteten, die in den ruhigen, sichern Gärten unbesorgt ihre Nester bauten, die ihre Natur ohne Menschenverfolgung ausleben konnten. Frühzeitig lernte Kai die Amsel von der Drossel unterscheiden. Frühzeitig lernte er den Finken, den Stieglitz, die Grasmücke, die Meisenarten, das Rotschwänzchen, den Hänfling und noch manche andere unterscheiden, nicht nur am Gefieder, auch an ihrem Gesang. Immer wieder machte ihn der alte Steffens darauf aufmerksam, wenn sie über ihnen und um sie herum zwitscherten und lockten oder zornig oder sanft schlugen. Bald ward Kai der »Vogelsprache« kundig. Auch die Raubvögel lernte er mit der Zeit kennen: den Rüttelfalken, den Hühnerhabicht, den kleinen, flinken Sperber. Diese Liebe zur Natur, zur ganzen, großen Natur blieb ihm sein Leben lang.

Gegen die jagernde Katze blieb der Wallmeister unerbittlich. Er schoß sie in den Festungswerken, wo er sie traf, und hatte auch solche Fallen aufgestellt, wo sie ohne Quälerei einen schnellen Tod fanden.
 Inzwischen war Kai wieder in die Schule aufgenommen worden. Wenn seine geistigen Kräfte auch nicht Schritt hielten mit der körperlichen Entwickelung, so brachte er doch leidliche Zeugnisse nach Hause. Eins lautete:
Biblische Geschichte: nicht besonders gut.
Geographie: zufrieden.
Naturgeschichte: sehr gut.
Rechnen: nicht gut.
Schreiben: mäßig.
Lesen: zufrieden.
Betragen: sehr gut.

Kai ist ein aufmerksamer Schüler. Sein Betragen ist lobenswert und artig. Mit dem Lernen gehts jetzt auch rascher vorwärts. Auch gibt er sich in der letzten Zeit mehr Mühe beim Schreiben. Er hat einmal nachgesessen«.
Körperlich wuchs er schnell. Schlank und kräftig grünte und blühte er empor. Acht Jahre hatte er schon hinter sich. An einem kalten Oktobertage besuchten der Wallmeister und er den Garten, um nach einer neugepflanzten Balsampappel zu sehen. Da sprang vor ihnen ein magerer Hase auf. Das aufgeschreckte Tier lief kreuz und quer, machte seine Haken, um einen Ausweg zu finden. Endlich schien es ihm gelungen zu sein. Er jagte eine Böschung hinan, um, oben angekommen, jählings zu verschwinden. In seiner Eile hatte er den breiten, tiefen, angefüllten Festungsgraben nicht bemerkt und stürzte nun holterdiepolter, plumps, von ziemlicher Höhe hinein. Kai, der ihn rasch verfolgte, lief auch die Böschung hinauf und stürzte gleichfalls, im bedachtlosen Vorwärts-stürmen, von der Krone der Böschung, plumps, ihm nach. Heinrich Steffens hörte das Aufklatschen und Einfallen in den Graben und warf sich, ohne sich zu besinnen, mit Stiefeln, Helm und Rock gleichfalls nach. Er hatte in diesem Augenblick das bestimmte Bewußtsein, Kai zu retten oder mit ihm zu ertrinken.
Nun wars ein hübsches Bild: Vorn das Häschen, hinter ihm Kai, und hinter diesem der Wallmeister. Alle schwammen regelrecht ihre Bahn. Zum Glück zeigte sich bald ein Weg am andern Ufer, der sanftabsteigend ins eiskalte Wasser führte. Hier landete der Hase, hier landeten auch, fast unmittelbar aufeinander, Kai und der Wallmeister. Das Häschen schüttelte sich einen Augenblick gewaltig. Die beiden Menschen schüttelten sich auch zuerst gewaltig. Dann fing Kai an zu lachen.

Er steckte auch damit seinen Freund an, dem freilich noch die Angst und der Schrecken das Herz flau machten. Schnell brachte der Wallmeister auf seinen Armen den sich dagegen sträubenden Knaben ins elterliche Haus. Aufklärung war bald gegeben und alles gleich auch verziehen. Kai mußte ins Bett. Auch Heinrich Steffens mußte, auf bestimmte Anordnung des Generals, sofort in die Kaserne auf sein Zimmer, um sich nicht zu erkälten.

Am Abend hielt es Heinrich Steffens nicht mehr aus, er zog sich an und eilte in die Wohnung der Eltern. Der General empfing ihn und beide gingen hinauf ins Schlafzimmmer des Knaben. Kai schlief. Sie sahen auf sein frisches Gesicht. Da schlug Kai langsam seine großen, kohlrabenschwarzen Madonnenaugen auf und lächelte sie an. Die beiden Männer traten, ganz betreten, einen Schritt zurück. Der General nahm seinen Sohn aus dem Bett. Kai hing seinen rechten Arm um den Hals seines Vaters und den linken um den Hals seines Freundes und sagte: »Ich hab euch lieb.« Es klang so, als wenn es ein erwachsener Mensch gesprochen hätte. Nun lehnte er sich wieder in die Kissen zurück, vom Vater sanft hineingelegt, und schlief gleich weiter.

Der General führte den Wallmeister in sein Zimmer und schüttete ihm sein besorgtes Herz aus, wie einem alten, langjährigen, bewährten Freunde: »Was ist denn das mit dem Jungen? Körperlich wächst er wie ein Baum, geistig kommt er nicht recht vorwärts. Ich habe Angst, daß es ihm im Leben nicht gut gehen wird, daß er ein Unglückskind ist. Er hat gefährliche Augen. Irgend etwas ist es, was ich durchaus nicht bei ihm verstehe, was ich mir nicht denken und zurecht legen kann. Auch, lieber Steffens, drückt mich eine schwere Besorgnis: Wird er mal ein tüchtiger preußischer Soldat werden? Immer ist es mir, als wenn er unglücklich leben und sterben müßte.«

Er legte seine Hände auf die Schultern des alten Kriegskameraden und sah ihm schmerzlich in die Augen.

Der Wallmeister war zuerst betroffen. Darauf war er nicht gefaßt gewesen. Aber schnell hatte er sich gesammelt und antwortete, als stünde er dienstlich vorm General:

»Wenn Eure Exzellenz mir ein freies Wort erlauben: Ich glaube, ja ich weiß sicher, daß der Kai ein tüchtiger preußischer Soldat und Offizier werden wird. Er hat alles dazu: den Körper, den Mut, die Treue und das Pflichtgefühl. Ein ausgesprochenes Pflichtgefühl hat er, das hab ich oft an ihm gemerkt. Geistig wird er nachkommen. Bei dem einen gehts eben langsamer als bei dem andern. Ja, Exzellenz, der Kai wird ein ausgezeichneter Soldat werden. Das ist meine feste Meinung.«

Seine Exzellenz atmete beruhigt auf. Dann gab er seinem Kameraden aus den Befreiungskriegen die Hand. Beide gingen, wie gezogen, noch einmal hinauf.

Der General öffnete die Tür zu seines Kindes Zimmer. Und beide traten, als wenn sie ein Entsetzen gepackt hätte, wieder über die Schwelle zurück: Kai kniete in seinem Bett und sah, mit weitausgebreiteten Armen, durch die nicht verhüllten Fenster. Dort aber leuchtete als einziger Stern durch die Scheiben der Aldebaran.

Das Verhältnis der Mutter zu ihrem Spätling konnte auch nicht »ideal« genannt werden. Aber es wäre gegen die Natur gewesen, wenn sie sich nicht ihres Söhnchens mit ganzer Liebe angenommen hätte. Vieles blieb ihr rätselhaft in seinem Charakter. Sie konnte oft seinen Eigensinn nicht begreifen: wenn er immer wieder ihre Bitten und Ermahnungen ausschlug und sich vor ihr verschloß, abgewandt mit finstrer Stirn. Fiel er ihr endlich schluchzend um den Hals und bereute seinen Trotz, dann vergab sie ihm gern. Auch sonst war ihr in seinem Wesen manches schwer zu erklären. Sie versuchte, ihn mit harter Frömmigkeit zu erziehen. Das war nicht das Rechte. Hätte sie sich nur an ihr Vaterhaus erinnert. Dort war auch die »positive Richtung«. Aber welche Fröhlichkeit und Offenheit herrschte da! Nichts vom »Muckertum« war zu merken in all der heitern Liebe, die sich nicht genug tun konnte. Jeder ging über die Schwächen seines Nächsten mit bester Laune weg, so gut es ging. Der Pastor selbst fühlte in seiner Herzenswerktätigkeit und seiner Herzenswärme und in seinem Humor ein Gegengewicht gegen die Schwere des Lebens. In seinem Glauben an den Heiland wankte er nicht. Immer schien die Sonne in sein Haus. Kamen die bösen Stunden, wie sie keinem Hause, keinem Menschen erlassen werden: Er und die Seinen hielten auch hier aus in ruhiger Ergebenheit. Auf alles dies konnte sich augenscheinlich die Mutter nicht mehr besinnen. Sie wurde mit den Jahren immer einseitiger, frömmelnder; mit der Zeit kam sogar ein asketischer Zug hinein. Auch ihren Mann wußte sie allmählich in diese düstere Denkungsart zu ziehen.

Kai zeigte nichts außer den allen Kindern angeborenen Unarten und unendlich selbstsüchtigen Eigenschaften, was ihn zu einem kommenden »Bösewicht« hätte stempeln können. Er war folgsam und gehorsam, artig und gutmütig, gütig und nachgebend. Wohl fand sich bei ihm ein Hang zur Verschwendung: er verschenkte oft alles, was er bei sich hatte, teilte von dem Seinen mit, was er entbehren und was er nicht entbehren konnte. Hier gab sich etwas kund, was die Eltern klug hätten in richtige Bahnen leiten müssen. Aber sie polterten auf den armen Jungen los, daß er nicht hin und her wußte.

Der einzige auffällige Zug in seinem ganzen Wesen, in seinem Charakter, war ein häufiger Wechsel seiner Stimmungen. Er konnte ausgelassen sein bis zur Tollheit, dann riß er alles mit, seine Mitschüler, Freund und Feind; ja, seiner übergroßen Lustigkeit folgten selbst Vater und Mutter, sie mochten wollen oder nicht.

Aber plötzlich schlug dies alles um ins Gegenteil: Er wurde in sich gekehrt, traurig, schwermütig, verkroch sich in Haus und Garten, besonders wenn Besuch oder Gesellschaft kam, sodaß er oft kaum zu finden war. Nichts mochte er in diesem Zustand wissen von seinen Spielgenossen, von keinem; er starrte vor sich hin, menschenscheu und freudabgewandt, träumte wohl tagelang und schwärmte von Dingen, über die er sich zu niemand ausließ. Das war freilich ein absonderlicher Charakterzug, der sich bei Kindern seines Alters nicht oft bemerkbar macht.

Zum neunten Geburtstag Kais hatte sich Enewold angesagt.

Es könnte auffallend erscheinen, daß sich in dieser ganzen langen Zeit weder Vorbrüggens in Holstein, noch Enewold bei Vorbrüggens gezeigt hatten. Aber damals gab es noch wenig Eisenbahnen; und Kai war noch zu klein, um solche ausgedehnten Reisen machen zu können.

Alles geriet in Aufregung, als Enewold seine Ankunft meldete: Er käme in seinem eignen Wagen.

Nun wurde das Brem van Broilsche Haus von unterst zu oberst gekehrt. Man war einigermaßen in Verlegenheit, wie der fremde Gast und Vetter zu empfangen sei. Nach vieler Überlegung und manchem Hin und Her kam man zu der Überzeugung, daß nichts ungewöhnliches vorgenommen werden solle und dürfe. Alles müßte sich einfach und würdig, einem guten Hause angemessen, vollziehen. Jeder erwartete den reichen Vetter mit nicht geringer Neugier. Vor allen machte sich Kai die merkwürdigste Vorstellung.

Der Morgen des Geburtstages, eines warmen Septembertages, war angebrochen. Um neun Uhr tutete etwas ins Städtchen ein: Es wurde eine große, ja gewaltige Reisekutsche bemerkbar, nach Art einer mailcoach, dunkelgrün und eiergelb angestrichen. Die riesige Arche ruhte in mächtigen Federn. Auf dem Bock saß ein grauhaariger, stark beleibter Kutscher und fuhr die vier Dunkelbraunen aus der Hand. Er, wie der junge Diener neben ihm, der fortwährend in ein kleines Horn blies, waren glattrasiert. Neben dem Kutscher steckte ein grüngelbes Fähnchen, das lustig im Winde wehte. Grüngelb waren die Farben des Vorbrüggenschen Hauses. Hinter der Riesenschaukel, in einem Korbstuhl, saß ein weißhaariger Diener. Alle drei steckten in einem dunkelgrünen Anzug mit goldnen oder vergoldeten Wappenknöpfen.

Das gab ein Zusammenlaufen und Hin- und Herfragen im Städtchen: Wer mag das wohl sein?

Die in Federn ruhende Arche hielt vor der Haupttür des Brem van Broilschen Hauses. Der alte und der junge Diener sprangen von ihren Sitzen und öffneten, die Hand an der Krempe ihres Hutes haltend, die Wagentür.

Heraus stieg Enewold: ein auffällig blonder Herr mit himmelblauen Augen. Er trug einen Henri quatre, und das sah nicht sehr preußisch aus. Die himmelblauen Augen lachten, und um die Mundwinkel spielte ein feines, etwas spöttisches Lächeln. Er zog den Hut und küßte der »gnädigen Frau Cousine« die Hand. Dann begrüßte er den General, und seine erste Frage lautete: »Wo steckt denn der Kai?« Der aber hatte im letzten Augenblick das Hasenpanier ergriffen und war verschwunden. Doch wurde er bald hinter einem hagebüchnen Leinenschrank gefunden. Der Vater zog ihn selbst hervor und führte ihn, den über und über errötenden, Enewold vor. Der streckte ihm gleich beide Hände entgegen und rief: »Hast du aber schwarze Augen; komm, sieh mich an, wir wollen gute Freunde sein. Vielleicht leben wir ein langes Leben zusammen, wenn du auch viel jünger bist als ich. Du bist ja so schwarz wie Raimon, der Troubadour.«
Man erlebte einige frohe Tage. Enewold gab sich wie er war: frisch und ohne Falsch. Es zeigte sich bei ihm, trotzdem er schon im achtunddreißigsten Jahre stand, noch kein graues Haar. Über seine schleswig-holsteinische Aussprache lachten alle heimlich. Und wenn er sein scharfes S aussprach: »ich s tand auf einem s pitzen S tein und s tieß mich,« dann konnte man sich auch eines leise vernehmlichen Lachens nicht erwehren. Enewold merkte es, und lachte mit.
Nach einer halben Woche fuhr die große gelbgrüne Kutsche wieder vors Haus, und Enewold verabschiedete sich mit vielen herzlichen Händedrücken. Er und Kai hatten sich liebgewonnen.
Die Verwandten hatten in den vier Tagen des Beisammenseins vieles besprochen. Der General hatte gegen den sicher und bestimmt auftretenden, klugen dänischen Vetter alles Mißtrauen verloren und ihn trotz seines Henri quatre als einen Ehrenmann erkannt, dem er nach seinem Tode seinen Sohn mit Zuversicht überlassen könnte.
Man war übereingekommen, daß Vorbrüggens, Vater, Mutter und Sohn, im nächsten Jahr den zehnten Geburtstag Kais bei Enewold in Schloß Tangbüttel, Kreis Stormarn in Holstein, knapp zwei Meilen von Hamburg, feiern sollten und wollten: Es war zugleich ein mehrere Wochen dauernder Aufenthalt in Holstein in Aussicht genommen. Am meisten aber freute sich Kai dazu.
Doch ehe Kais zehnter Geburtstag herangenaht war, ereignete sich etwas, ein paar Monate vorher, das die ganze Verabredung in Frage stellte, wenn nicht gar über den Haufen warf: Mit der Gesundheit des Generalleutnants a.D. von Vorbrüggen, Exzellenz, haperte es seit dem Frühjahr bedenklich. Der sonst so kernfrische General kränkelte von da ab. Rasch schien es mit ihm zu Ende gehn zu wollen. Noch einmal flackerte es in ihm auf, aber dann brach er im Juli zusammen, konnte das Bett nicht mehr verlassen und starb am letzten Tage dieses Monats.

Seine Exzellenz war mit vollem Bewußtsein eingeschlafen. Als die letzte Minute seines Lebens herantanzte, streckte er sich lang aus und sprach soldatisch deutlich: »Nun ist es vorbei.« Es klang wie eine Meldung an Seine Majestät, den König, und Seine Majestät, der Tod, hob seinen rechten knöchernen Arm und sagte unhörbar: Ich danke Ihnen.

Mit dem General war ein tüchtiger, pflichtgetreuer, die Pflicht über Alles! preußischer Soldat gestorben. Deutsch kannte er nicht, nur preußisch. Die schwarz-weiße Kokarde war sein Bekenntnis, in dem er lebte und ins Sterben ging. Sein Lieblingslied, das der unmusikalische General von allen Liedern einzig und allein richtig singen konnte, war: Ich bin ein Preuße, kennt ihr meine Farben, die Fahne schwebt mir schwarz und weiß voran.

An seinem Sterbelager knieten bei den letzten Atemzügen Frau und Kind. Seine rechte Hand lag in den Händen der Generalin. Kai lehnte schluchzend die Stirn auf die Decke. Am Ende des Bettes stand Heinrich Steffens aus Treuenbrietzen, sein alter Kriegskamerad aus der »Großen Zeit«. Stramm und streng stand er. Nur einmal fuhr er sich mit der Hand übers Gesicht, um seine Rührung zu verbergen. Die brechenden Augen des Generals lagen auf ihm in der letzten Minute. Deutlich war darin der stumme, tiefe Dank zu lesen an den alten Kameraden für alle die Liebe, die er seinem Sohne gegeben hatte.

Enewold konnte der weiten Reise wegen nicht rechtzeitig zur Beerdigung kommen. Er schrieb des halb und stellte einen längeren Brief nach einigen Wochen in Aussicht. Dieser Brief kam und enthielt die Bitte an die Mutter, in ein ihm gehörendes Stadthaus in Kiel zu ziehen. Dies Haus mit großem Garten lag auf der Prüne in Kiel. Es hieß das Thienensche Haus, weil es früher im Besitz der altadlichen schleswig-holsteinischen Familie von Thienen gewesen war. In der Barockzeit entstanden, war es später in der Rokokoperiode umgebaut worden. Es enthielt hohe Zimmer mit einem prächtigen Gartensaal. Das Thienensche Haus lag ziemlich einsam. Nur einmal im Jahr war es lebhaft vor seinen Fenstern: wenn an einem bestimmten Tage im Juli die Backenbietergilde (Backenbeißergilde) daran vorbeimaschierte auf ihren Schützenhof. Die Backenbietergilde hieß die erlauchte Adlerbrüderschaft, weil sich die Herren Gildebrüder vor langer, langer Zeit einmal bei einem Streit so heftig befehdet und ineinander verfangen und verfilzt hatten, daß sie sich sogar in ihrer Wut in die Backen gebissen hatten. Die Gilde hörte natürlich diesen Beinamen nicht ganz gern.

Nach einiger Überlegung nahm Frau von Vorbrüggen das freundliche Anerbieten an. Grade an Kais zehntem Geburtstag zogen Mutter und Sohn in das Thienensche Haus auf der Prüne in Kiel ein.

Schüler und Schulen

Kais Eintritt zu Michaelis in die Gelehrtenschule, der sofort erfolgte, war nicht angenehm zu nennen. Denn gleich in der Pause des ersten Tages wurde er nicht nur von seinen Mit-schülern der Sexta »verhauen«, sondern, einzig in seiner Art, von sämtlichen Schülern des ganzen Gymnasiums, ganz gleich, ob von jungen Grafen oder von Tagelöhnersöhnen. Er wäre erschlagen worden, wenn sich nicht die Lehrer mit äußerster Anstrengung dazwischen geworfen hätten, um ihn aus dem wütenden Knäuel herauszureißen. Wie ein verirrtes Tier, das versehentlich in eine andre Tiergattung hineinge-raten ist, von dieser Gemeinschaft angefallen und getötet wird, so fast geschah es mit ihm in der Pause seines ersten Schultags in Kiel. Der Rektor selbst, ein alter, sehr gelehrter Herr, und Abgeordnete der Lehrerschaft brachten ihn in einem Wagen ins Haus seiner Mutter.

Diese gradezu unglaubliche Tatsache erklärt sich: In den fünfziger Jahren waren in Schleswig-Holstein die Dänen wie die Preußen gleichermaßen verabscheut. Die Preußen wurden als Verräter gehaßt, weil man sich in den Herzog-tümern nicht von der Meinung trennen konnte, daß sie in der Schlacht bei Idstedt Schleswig-Holstein verraten und den Dänen ausgeliefert hätten. Das schien fest eingewurzelt zu sein. Als nun Kai, der einzige »Preuße«, in die Schule in Kiel eintrat, wurde er als »Verräter« angesehen. Diesen Namen hat er die ersten Jahre in Kiel wohl oder übel tragen und ertragen müssen. Später freilich ist es anders, ganz anders geworden.

Die Dänen! dies lustige, freundliche, gastfreie Volk auf ihren buchenstolzen, ostseeumglitzerten, fruchtreichen Inseln und in Jütland, zu dem wir, wie gammel Danmark zu uns, in den besten Beziehungen stehen, zu dem wir pilgern, wie dies sinnreiche und geistvolle Völkchen zu uns kommt – die Dänen wurden damals bis in den Grund der Seele verdammt. Das stille, treue, ruhige, sich stets gleichbleibende Schleswig-Holstein hatte Grund dazu: Dänemark vergewaltigte Schleswig in nie dagewesener Weise: es wollte selbst die deutsche Sprache in Schleswig vernichten. Das hat sich noch niemals eine Nation in der ganzen Weltgeschichte gefallen lassen, wenigstens nicht ohne äußersten Widerstand. In Holstein durften die Dänen nicht so maßlos auftreten, weil Holstein zum Deutschen Bunde gehörte. Aber wie und wo sie nur konnten, nur wagen konnten, wirtschafteten sie auch in Holstein; dazu gehörte in erster Linie die Vernachlässigung der Schulen, namentlich der Gymnasien. So war es auch gekommen, daß die Gelehrtenschule in Kiel auf unerhörte Art darniederlag.

Natürlich wollte Frau von Vorbrüggen ihren Sohn sofort aus der Schule nehmen, ja, in den ersten Stunden dachte sie daran, wieder abzureisen aus diesem unwirtlichen Lande, wo man ihr ihren Sohn wie einen Geschändeten ins Haus gebracht hatte. Doch endlich gab sie den vereinigten Bitten der ganzen Lehrerschaft nach. Selbst eine Abordnung der Stadt, die zu ihr gekommen war, um sie und ihren Sohn gleichsam um Verzeihung zu bitten, beschwor sie so inständig, in Kiel zu bleiben, daß sie endlich ihren Unmut vergaß.

Die ganze Gelehrtenschule hatte, so weit sich dies durchführen ließ, eine achttägige Haushaft zu überstehen. Darauf erschien Kai wieder in der Sexta und setzte sich, innerlich noch nicht ganz beruhigt, auf seinen Platz. Seine schwarzen Augen sahen sich scheu im Kreise um.

Die Pause kam. Neben ihm ging sein Klassenlehrer. Hinter ihm stand, zum Beistand, mit einem Rohrstock in der Hand gegen die unartigen Knaben, der über hundert Jahre alte Schuldiener Soltikoff, genannt der Hetman: ein dünnes Männchen, mit langem weißem Bart, mit halbblinden, zwickernden Augen, der einen unendlich spaßhaften Eindruck machte. Das war eine der Plackereien der Dänen: sie ließen diesen wunderlichen Greis in seiner Stellung.

Die Geschichte Soltikoffs: Er war als Offizier, Wachtmeister, Hetman, keiner kannte seinen Dienstgrad, achtzehnhundertdreizehn mit Kosacken in Holstein eingeritten und im Gefecht von Braak bei Alt-Rahlstedt von einem dänischen Dragoner vom Pferde gestochen worden. Schon damals war er über fünfzig, wie er selbst erzählte. Man hatte den Schwerverwundeten aufgehoben und so lange, Monate lang, verpflegt, bis er genesen war. In Schleswig-Holstein hängen geblieben und in die Ehe getreten, hatte er die Schuldienerstelle der Gelehrtenschule erhalten. Nie mehr war er seit der Zeit von Kiel abwesend gewesen.

Nun äußerte sich die Wut der Kieler Gelehrtenschüler auf eine andere Art; sie ließen Kai gänzlich links liegen, zischelten im Vorbeigehen mit nach der andern Seite gedrehten Augen: »Verräter«, taten, als wenn er Luft sei, gingen ihm aus dem Wege, wo sie konnten, kurz: übersahen ihn mit augenfälliger Absicht.

Nur zwei Krabauter aus seiner Klasse traten nach einigen Tagen einmal offen zu ihm und boten ihm ihre Hand: Du, komm, wir wollen gut mit dir sein.

Diese beiden hießen Henning von Smalstede auf Schloß Smalstede, Sohn eines Großgrundbesitzers in der Landschaft Schwansen (Schwansee) bei Eckernförde, aus dem Schleswig-Holsteinischen Uradel, und Klaus Klünder, Sohn eines armen Pantoffelmachers in Kiel, dem alles darauf ankam, seinem gescheiten Jungen Klaus die »gelehrte Laufbahn« freizulegen.

Henning von Smalstede hat es bis zum Kommandierenden General gebracht in seinem spätern Vaterlande Preußen. Schleswig-holsteinisch-treu, sich selbst, seinen Freunden, seiner Heimat, ein ebenso ausgezeichneter Mensch wie Soldat, verstand er im Leben: zu schweigen. Und wer zu schweigen versteht, nun, der macht, wie jeder weiß, sein Leben. Auch seinen beiden Schulfreunden, Kai und Klaus Klünder, ist er bis an seinen Tod treu geblieben. Ganz andern Weg ging Klaus Klünder. Sein lebhafter, durchdringender Verstand brachte ihn auf stürmischen Wogen nach den Inseln des Gelehrten, des Naturforschers, des Weltweisen. Sein Lieblingsmensch in der Geschichte war Friedrich der Große. Auch er war treu sich selbst, seinen Freunden und seinem neuen Vaterlande Preußen. Er war einer der ersten, der die Größe Preußens erkannte, der das Pflichtgefühl, die fast barbarische Strenge und Gerechtigkeit der Beamten liebte, der ihre Einfachheit, Genügsamkeit und Uneigennützigkeit hochschätzte. Er hat diese seine Liebe zu seiner neuen Heimat bis an seinen letzten Atemzug bewahrt.

Graf Enewold war bei der Ankunft seiner Verwandten in Kiel gewesen und hatte sie in seinem Thienenschen Hause auf der Prüne, das über und über mit köstlichem Empire angefüllt war, empfangen. Bald darauf war er nach Schloß Tangbüttel bei Hamburg zurückgereist. Ihre Exzellenz hatte ihm in großer Erregung von dem Vorfall mit ihrem Sohn geschrieben und ihn gebeten, wieder wegziehen zu dürfen. Doch Enewold überredete sie zu bleiben. Eine solche Roheit würde sich nicht wieder ereignen. Zu den Weihnachtstagen lud er Frau von Vorbrüggen und Kai zu sich nach Tangbüttel. Die Einladung wurde mit Dank und Jubel angenommen. Das Fest war herangekommen. Kai brachte seiner Mutter das erste Klassenzeugnis. Es stand darin:

Fleiß: lobenswert.
Aufmerksamkeit: lobenswert.
Betragen: sehr lobenswert.

Hurra! Nun nach Tangbüttel. Mutter und Sohn kamen mit der Altona-Kieler-Christians des Achten-Bahn in Altona an. Auf dem Bahnhof wurden sie von Enewold abgeholt und fuhren mit ihm im schönsten Schneewetter in einem Rokokoschlitten, der lange Jahre versteckt gestanden haben mochte, in zwei Stunden nach Tangbüttel. Ein altes weißes Schloß mit dicken Mauern und zwei mehreckigen, efeuüberzogenen Halbtürmen, rechts und links vom Eingang, guckte ihnen unter seiner Schneehaube finster und mürrisch entgegen.
Inzwischen war es dunkel geworden.

Als sie vor der geöffneten Haustür des Schlosses hielten, strömte ihnen aus der Halle eine solche Lichterhelle und Wärme entgegen in Schnee und Winter, daß sie einen Augenblick wie geblendet saßen.
Eine Schar von Lakaien stand bereit. Aus dem Hintergrunde trat eine wohl über siebzig Jahre zählende Dame in einem mächtigen Reifrock. Diese Dame machte einen tiefen, feierlichen Knicks vor der Generalin.
Die Dame mit der mächtigen Krinoline hieß Fräulein Malvine Schnittchers, genannt Tante Malchen. Sie war die Haus- und Ehrendame des Schlosses, und regierte schon über fünfzig Jahre in Tangbüttel. Man konnte wirklich von ihr sagen: sie verstand die Würde des Hauses zu wahren.
Frau von Vorbrüggen wurde von Tante Malchen in die Zimmer der Königin geführt, und Kai von Enewold in die Zimmer Friedrichs des Fünften. Doch nicht nur eine bestimmte Königin hatte diese Räume bewohnt, und auch nicht nur Friedrich der Fünfte. Fast alle dänischen Könige und Königinnen hatten hier zeitweilig ihr »Logement« genommen, sei es, wenn Verwickelungen mit Hamburg entstanden waren, oder bei Truppenbesichtigungen um Pinneberg, Uetersen und Elmshorn, sei es, wenn ein Krieg vorbereitet wurde. Auch auf ihren Hochzeitsreisen und auf ihren Reisen ins Ausland hatten sie hier gern bei den reichen, gastfreien Besitzern einen kleinen Aufenthalt gewünscht. Selbst der einzige große König von Dänemark, dem dennoch das Glück bis an seinen Tod abhold geblieben ist, Christian der Vierte (Kong Christian staa ved hoie Mast i Røg og Damp) hatte hier mehrere Male seine Zelte aufgeschlagen. Heute noch steht in Tangbüttel unten im Trinkgewölbe der riesige eichene Tisch, an dem er seine Kavaliere zu Boden getrunken hat. Was dieser König auch gefehlt im Trinken und in seiner heftigen Leidenschaft für hübsche Weiber jedes Standes: das Volk liebt ihn, der viele große Eigenschaften zeigte, bis zur Stunde. Er war und ist der Nationalheld Dänemarks. In den Zimmern der Königin und in denen Friedrichs des Fünften wohnten Frau von Vorbrüggen und Kai nebeneinander.
Bald war man im Roten Zimmer bereit, um zum Essen gebeten zu werden. Es standen versammelt: die Generalin, Tante Malchen, Graf Enewold und Kai. Kai sollte noch, ehe er sich in sein Königsbett legte, allerlei erleben an diesem Tage.
Die große Tür öffnete sich von der Diele her, und es erschien ein alter Herr in Frack und weißer Binde. Eine Tolle, die wahrscheinlich eine Glatze verbarg, deckte sein faltenreiches Haupt. Höchst sonderbar ging diese Haartracht in der Mitte, in der Farbe fast fuchsrot, in einen Büschel über, der vollkommen dem gesträubten Büschel eines erregten Kakadus ähnelte.

Dieser alte Gentleman rief mit halblauter, etwas krähender Stimme, auf französisch: »Ihre Durchlauchten, die Prinzen Ivan und Sergei Swienkulensk«. Na nu? dachten die Generalin und Kai. Der Generalin schien aber doch eine Erinnerung zu kommen, die sie nur nicht greifbar fassen konnte.

Es traten zwei recht kleine Herren ein, sicher über siebzig, in Frack und weißer Binde, mit Wadenstrümpfen und Schnallenschuhen, und mit dem breiten blauen Bande des Elefantenordens. Enewold machte seine Verbeugung, die Damen knicksten und Kai machte das Mäulchen auf. Nun verneigten sich, »huldvoll lächelnd«, die beiden kleinen Prinzen, ein Zwillingspaar.

Dann sagte derselbe Herr, der Herr mit dem fuchsroten Kakaduschopf, indem er sich nach vorn bog, abermals auf französisch: »Es ist angerichtet«.

Enewold bot der Generalin den Arm. Ihnen folgte Tante Malchen allein. Die beiden kleinen Prinzen Swienkulensk nahmen Kai in ihre Mitte; er mußte seine Arme rechts und links in ihre Arme legen.

Eine Tür im Roten Zimmer ging auf. Ein Meer von Kerzen, die auf dem gedeckten Tisch standen und in Wand- und Kronleuchtern strahlten, warf sich ihnen entgegen. Das Eßzimmer war nicht groß. Es diente wohl nur bei kleineren Gesellschaften und zum täglichen Gebrauch.

Man setzte sich: rechts und links vom Grafen die Generalin und Tante Malchen. Ihnen gegenüber die beiden kleinen Prinzen, mit Kai in der Mitte. Hinter Enewold stand der sonderbare Greis mit dem fuchsroten Kakaduschopf, der unausgesetzt über den Kopf seines Herrn weg Kai anstarrte. Zuweilen mit etwas boshaftem Lächeln. Hinter jedem Stuhl wurzelte, zur Verwunderung des Knaben, ein Lakai. Die Unterhaltung wurde französisch geführt. Es traf sich gut für Kai, daß er sicher in dieser Sprache war: so konnte er sich leicht und gewandt mit seinen beiden Nachbarn unterhalten, die ihn mit ihrem losen, leichten, liebenswürdigen Geschwätz nicht losließen. Doch sprach Enewold auch bisweilen dänisch mit Tante Malchen, und englisch mit der Generalin, als er bemerkte, daß Frau von Vorbrüggen dies besser in der Hand oder vielmehr auf der Zunge hatte, als französisch.

Ihre Exzellenz hatte auf dem Gang ins Eßzimmer den Grafen rasch flüsternd gefragt, wer doch die beiden kleinen Prinzen seien. Enewold gab ihr ebenso rasch Bescheid, seinen Bescheid damit endend, daß sie hier im Volksmund, bei den Bauern, die Prinzen Swienkuhlen genannt würden, entstanden aus dem Namen Swienkulensk. Da fiel auch gleich der Generalin dieser Name (Swienkuhlen) aus dem ersten Briefe Enewolds ein. Sie sagte es ihm.

Und Enewold mußte lachend gestehen, daß er damals wohl den Namen der Prinzen aus alter Gewohnheit, denn sie würden überall so genannt, Swienkuhlen geschrieben habe.
Die beiden Prinzen mit dem polnischen Nachnamen und den russischen Vornamen redeten unausgesetzt auf Kai ein, der tapfer antwortete.
Kai beobachtete alles. Was geschah nun? Der sonderbare Herr mit dem fuchsroten Kakaduschopf, der wie eine Säule hinter Enewold stand und Kai, ohne wegzusehen, oft, wie Kai wenigstens mißtrauisch annahm, hämisch und schalkhaft zugleich, anschaute, hob die rechte Hand. In demselben Augenblick verschwanden sämtliche Lakaien lautlos. Nur der Herr hinter Enewold blieb. Enewold stand auf, das Glas in der rechten Hand, und sprach deutsch:
»Ich hebe mein Glas auf das Wohl des jungen Erben der Vorbrüggen. Zwar bin ich noch nicht alt, und könnte heiraten. Aber ich glaube es sicher, daß sich das nicht ereignen wird. Möge Kai von Vorbrüggen, nach meinem Tode Kai Graf von Vorbrüggen, das Geschlecht der Devant le Pons in derselben Höhe halten, wie es immer gewesen ist, seit Raimon, dem Troubadour. Es lebe Kai von Vorbrüggen!«
Alles erhob sich. Zuerst stießen die beiden wunderlichen Prinzen, sich dabei tief vor Kai verneigend, mit ihm an, der große verwunderte Augen machte. Es kamen die Mutter, Enewold und Tante Malchen. Als sich alles wieder gesetzt hatte, trank ihm auch ungezwungen, woher hatte er plötzlich sein volles Glas? der Herr, der hinter Enewold stand, zu, und beugte sich dann so tief, daß sein fuchsroter Kakadubusch beinahe das Haar Enewolds berührte.
Die Unterhaltung ging wieder weiter, auf französisch, englisch, dänisch, deutsch. Deutsch sprach Enewold zu Kai: Er habe gehört, daß Kai ein Tierfreund, und namentlich ein guter Vogelkenner sei. Im nächsten Sommer wolle er mit ihm über die Felder gehen und beobachten, ob er auch den Flug des Hühnerhabichts vom Fluge der Rüttelweihe unterscheiden könne. Auch wolle er mit ihm ins Duvenstedtermoor, wo es noch Urbusch und Urmoor gäbe.
Kai, der lustiger wurde und seine Verlegenheit gänzlich überwunden zu haben schien, machte einen kleinen Fehler, wie es Jungen in seinem Alter, auch bei der besten Erziehung, unterlaufen kann: er lachte überlaut über die beiden polnischen Prinzen. So laut, daß der ganze Tisch sein Hin- und Hergespräch unterbrechen mußte. Da geschah etwas Entsetzliches:
Enewold wurde leichenblaß, starr, wie eine Maske, und sah Kai so furchtbar, fast mit heraustretenden Augen, an, daß der arme kleine Kerl nicht nur über und über rot wurde, sondern anfing zu zittern. Nun geschah auch noch andres: Der Herr hinter Enewold hielt plötzlich seine beiden Hände rechts und links dicht vom Kopfe Enewolds.

Und Tante Malchen bog ihre Stirn weit vor und sah, ihre Augen ihm zuwendend, dem Grafen stier, als wenn sie einen Befehl gäbe, in die Augen. Ein Schweigen am Tisch, nicht nur ein verlegenes, ein peinliches Schweigen. Alles dies dauerte höchstens eine Minute. Es kam wieder Farbe ins Gesicht Enewolds. Der Herr mit der Kakaduperücke nahm die Hände zurück. Tante Malchen saß wieder in ihrer alten Stellung.

Die Generalin war wie vom Schlage gerührt und konnte sich schwer besinnen. Die beiden Prinzen nahmen den Kopf hoch, den sie bis aufs Tischtuch gesenkt hatten.

Die Unterhaltung wurde in der alten Weise aufgenommen, aber sie geriet nicht wieder so frisch in Gang wie vorhin. Merkwürdig nur, daß sich Enewold allein, als wäre nichts vorgefallen, so gab wie zuvor. Kai konnte einer Beschämung nicht Herr werden. Er wurde wortkarg, wie sehr sich die beiden lustigen Prinzen auch bemühten, ihn heiter zu stimmen.

Wie eine Wohltat wars, als die Tafel aufgehoben wurde. Man nahm im Roten Zimmer den türkischen Kaffee, den Kai nicht trinken durfte. Auch feine Schnäpse wurden angeboten. Die Generalin bat, sich mit Kai zurückziehen zu dürfen. Wieder wurde sie in die Gemächer der Königin von Tante Malchen geführt. Kai diesmal von dem alten Herrn mit dem fuchsroten Kakaduschopf in die Zimmer Friedrichs des Fünften, wo ihn der seltsame Kauz nach einer tiefen Verbeugung verließ.

Sofort stürmte Kai durch die offenstehenden Türen zu seiner Mutter. Er war sehr verstört; die großen schwarzen Augen flackerten vor innerer Aufregung. Die Generalin zog ihn an ihr Herz und suchte ihn zu beruhigen: »Mein guter Junge darf bei Tisch nicht laut lachen. Was es mit Vetter Enewold für eine Bewandtnis hat, weiß ich noch nicht, aber Tante Malchen wirds mir morgen schon erzählen. Ich denke mir, es ist eine Krankheit. Vielleicht meldeten sich Krämpfe, die von Tante Malchen gebändigt wurden dadurch, daß sie ihm fest und streng in die Augen sah. Ich weiß aber nicht, ob das die richtige Erklärung ist. Vielleicht wars auch ein Wutanfall; er leidet daran seit seiner Kindheit. Du, mein Kai, warst, ohne daß du es wolltest, wohl die Veranlassung. Jetzt leg dich in dein Königsbett und schlaf ungestört nach dem anstrengenden Tage.«

Die Türen zwischen Mutter und Kind blieben offen. Kai schlief sofort ein. In seine ersten Träume begleiteten ihn die langen Flurgänge, die mit vielen Kerzen beleuchtet waren, und die vielen Ridinger und die anderen Sport- und Pferdebilder, namentlich aus einem berühmten hannoverschen Gestüt, die an den Wänden dieser langen Gänge hingen.

Er wußte nicht, daß jede Nacht neunundneunzig, immer ganz neu auf- und angesteckte Kerzen im Schlosse brannten. Das war ein Gebrauch seit jeher.

Die Generalin las noch lange, ehe sie zur Ruhe ging, in Thomas von Kempens Nachfolge Christi und in ihrem schon damals bekannten Tholuck.

Kai aber träumte unruhig weiter, während er im starken Schlafe lag. Einmal stieg er, ohne sich dessen bewußt zu sein, aus den Decken und ging ans Fenster, dessen Vorhänge nicht zugezogen waren. Hier breitete er seine Arme dem Aldebaran, der in klarster Helle zu ihm niederleuchtete. Ohne daß er erwachte, schlich er sich wieder in sein Bett und schlief bis zum andern Morgen, wie man gemeinhin zu sagen pflegt, wie ein Dachs.

Nun gabs einen fröhlichen Tag. Enewold führte ihn durch Ställe und Scheunen und zeigte ihm zu seinem hellen Knabenentzücken einen Pony, der ihm stets in Tangbüttel zur Verfügung stehe. Kreuz und quer durchgingen sie den Park: Kai konnte nicht genug hören von Enewolds Schilderungen. Am Nachmittag hatte er seine erste Reitstunde beim alten Wachtmeister Niels Nielsen, der früher im zweiten Dragoner-Regiment in Itzehoe gewesen war.

Am andern Morgen hatte Frau von Vorbrüggen eine Unterredung mit Tante Malchen, auf die diese schon vorbereitet schien. Sie erzählte der Generalin, daß Enewold seit seiner frühesten Jugend an krankhaftem Jähzorn leide, der aber von seiner äußersten Maßlosigkeit zurückgegangen sei. Sie kenne Enewold seit seiner Geburt und könne ihn bannen, wenn sie ihm starr, mit erweiterten Augen ins Gesicht sähe. Auch vom alten Jürgensen, dem Haushofmeister mit dem Kakaduschopf, berichtete sie. Dieser sei seit vielen, vielen Jahren in Tangbüttel, habe schon dem verstorbenen Grafen in Treue gedient und seine ganze Liebe auf Enewold vererbt. Er habe mit dem alten Grafen über ein Jahrzehnt als Kammerdiener in Paris gewohnt im Vorbrüggenschen Palais in der Vorstadt St. Honoré; französisch spreche er wie deutsch. Er halte Enewold in solchen Augenblicken mit beiden Händen von hinten den Kopf: dann werde Enewold gleich ruhig. Gestern sei der Anfall garnicht zum Ausbruch gekommen. Übrigens kenne alle Welt diese Wutatakken Enewolds. Sie bitte nur Ihre Exzellenz und Kai, so wenig wie möglich Reizung zu geben. Eine Vorbeugung sei tatsächlich unmöglich, weil diese krankhaften Empörungen niemals vorausgesehen werden könnten.

Das Mittagessen, um sechs Uhr, verlief wie gestern, doch ohne jede unangenehme Unterbrechung. Alles war wieder im Gesellschaftsanzug. So geschah es immer, ob Gäste zugegen waren oder nicht.

Enewold fragte einmal den Knaben, ob er schon plattdeutsch sprechen könne. Das mußte Kai natürlich verneinen, weil er erst kurze Zeit in den Herzogtümern lebe. Da nahm, sitzen bleibend, Enewold sein Glas in die Hand, und trank ihm lächelnd zu: »Nun will ich dir, paß auf, das erste plattdeutsche Wort, und es ist ein sehr liebes Wort, sagen: Ick seh Di. Das heißt: Ich sehe Dich. Es soll bedeuten, daß man mit Liebe dem zutrinkt, zu dem man sein Glas aufnimmt: Siehst Du, ich denke Deiner. Ich sehe Dich an.«
Kai versprach, diesen Trinkspruch zu behalten und in sein Herz aufzunehmen.
Der Weihnachtsabend war da. Um vier Uhr nachmittags gingen der Graf, Kai und die beiden zierlichen polnischen Prinzen, begleitet von einigen Lakaien, in die Umgegend des Schlosses. Alle waren mit Packen und Päckchen belastet. Ihnen folgte sogar ein Leiterwagen mit allerhand schönen Dingen, genau eingeteilt und bezeichnet für den und den und die und die. Überall traten sie in die Häuser und machten fröhliche Gesichter. Der Graf kannte jeden und hatte keinen, auch nicht das kleinste Kind, vergessen. Doch merkte Kai wohl, daß alle den Grafen mit einer gewissen Scheu betrachteten und, wie ihm schien, aufatmeten, wenn sie weitergingen. Aber auch das beobachtete er, daß die beiden Polen mit den russischen Vornamen allerorts mit freundlichen Augen und Mienen empfangen wurden. Hochdeutsch kannten und konnten die beiden nicht, doch hatten sie sich einige plattdeutsche Wörter und Redensarten eingelernt, die sie hier zum besten gaben. Alle lachten hellauf, wenn diese Brocken drollig herauskamen. Die kleinen Prinzen, Kai und die Diener lachten mit, und selbst Enewold.
Am Abend war die Bescherung im Schlosse. Im großen Festsaal, den Kai noch nicht gesehen hatte. Die Tannenbäume, nur mit weißen Kerzen geschmückt, ragten bis an die Decke. Tante Malchen und Enewold hatten allein alles aufgebaut. Die ganze Dienerschaft nahm teil. Es gestaltete sich wie ein großes Familienfest. Kai wurde von Vetter Enewold überschüttet mit Geschenken, daß er kaum mehr ein und aus wußte.
Nach drei Tagen rief die Abschiedsstunde: Die Generalin und Kai reisten zurück in ihr Thienensches Haus auf der Prüne in Kiel.

Gleich nach Neujahr mußte Kai wieder in die Schule. Solcher Schulanfang nach lustig verlebten Ferien ist keinem Schüler angenehm. Aber es hilft nichts. Auch Kai fand sich bald wieder zurecht in die alten Stunden und Gewohnheiten.
Die folgenden Jahre kam Kai gleichmäßig durch die Klassen, sich nicht besonders hervortuend, aber auch nicht besonders zurückbleibend.

Nur in der Mathematik hatte er stets die allerschlechtesten Zeugnisse. Die konnte er durchaus nicht fassen. Auch außerhalb der Schule blieb er ein tüchtiger kleiner Kerl, der sich wie seine Mitschüler tummelte und prügelte und jachterte und seinen Unfug trieb wie die andern. Nur einmal hatte er eine empfindlichere Strafe zu verbüßen, als er mit seiner Klasse im Ofen »Rauch fabrizierte« in der Hoffnung: »frei zu bekommen«. Aber der Plan schlug gänzlich fehl. Die Lehrer zogen ihre Winterüberzieher an und öffneten die Fenster, sodaß die Knaben in der barbarischen Kälte, die grade herrschte, aushalten mußten. Außerdem mußte die ganze Klasse eine Woche lang täglich eine Stunde nachsitzen.

Nur eins war auffällig in seinem Leben, wie es schon früher von seiner Umgebung an ihm beobachtet worden war: es überfiel ihn zuweilen eine unbegreifliche Schwermut, die mitunter tagelang anhielt. Dann verkroch er sich in Ecken und Winkel, wie ers schon als kleines Kind getan hatte, ging allein spazieren in menschenleeren Feldern, versteckte sich im Garten, und konnte oft, zur großen Beängstigung der Mutter, nicht gefunden werden. Hatte aber diese »Periode« aufgehört, so spielte er wieder mit den andern herum wie der munterste Knabe.

Besonders blieben Henning Smalstede und Klaus Klünder seine beiden Freunde. In den Ferien wechselte er mit Tangbüttel und Schloß Smalstede. In Smalstede war er ein gerngesehener Gast mit Klaus Klünder, und auf Tangbüttel besuchte er mit Henning und Klaus oft seinen Vetter Enewold, dem es jedesmal eine große Freude machte, die drei Jungen überall auf seinem Gebiet herumzuführen, ihnen zu zeigen, was es zu zeigen gab, und ihnen vor allem in ihren Spielen kein Hindernis in den Weg zu legen.

Einen Wutausbruch Enewolds hatten die drei Knaben nur einmal sehen müssen: Enewold schlug einen jungen Reitknecht, der etwas am Zaumzeug eines Pferdes versäumt hatte, so furchtbar an den Kopf, dabei wieder völlig sein Gesicht verändernd, daß der arme Bauernknabe blutend und betäubt zur Erde taumelte. Das machte auf die drei Knaben einen unauslöschlichen Eindruck. Obgleich sie gesehen hatten, daß Enewold den zu Boden geschlagenen Knecht sofort aufnahm und ihn in seinen Armen ins Schloß trug, um ihn dort der sorgsamsten Pflege zu übergeben und, wie sie später hörten, durch eine reichliche Geldspende zu versöhnen. Doch konnten sie nicht recht loskommen von diesem Vorfall. Gedrückt und geängstigt reisten sie nach Kiel zurück.

Die Generalin hatte sich mit der Zeit bei Bekannten, die sie in Kiel gefunden, erkundigt nach jener Krankheit Enewolds. Sie mußte allerlei darüber hören, das ihr grausig genug erschien und ihr Herz zittern machte für ihren Sohn.

Die Gerüchte übertrieben natürlich wie immer. Unter anderm hieß es, daß Enewold einmal eine alte kümmerliche Kätnersfrau in einem seiner Wälder mit seinem Feldstock erschlagen habe, als er sie beim Holzsammeln entdeckt, das grade an dieser Stelle verboten gewesen sei. Auch habe er einen Greis, den er dabei angetroffen, als dieser sein Pferd mit heftigen Peitschenhieben mißhandelte, um es aus einer Sandgrube mit dem Wagen herauszubringen, dermaßen über den Kopf gehauen, daß der Greis liegen geblieben sei und später in eine Idiotenanstalt habe aufgenommen werden müssen. Und was derlei Dinge mehr von allen Menschen in Schleswig-Holstein geschwatzt wurden. Von seiner Kammerherren-Dienstzeit am Kopenhagener Hofe erzählte man sich unfeststellbare Geschichten. Sicher war nur, daß er seit Jahren nicht mehr zu jenem »Dienst« herangezogen wurde.

Frau von Vorbrüggen erinnerte sich mit Grausen jenes Anfalls bei Tisch in Tangbüttel, als Tante Malchen ihren Kopf nach vorn bog, um Enewold, nach Wendung ihrer Stirn zu ihm, starr in die Augen zu stieren. Diese Wendung der Stirn Tante Malchens nach vorn, und dies fürchterliche Hineinsehen von unten auf, das konnte die Generalin nicht aus ihrem Gedächtnis bannen.

Es bestätigte sich übrigens, daß es jetzt mit Enewold besser gehe, daß er seltner seine Anfälle habe. Sie konnte sich gar nicht vorstellen, wie seine himmelblauen Augen und das semmelblonde Haar in Verbindung zu bringen wären mit jenen Schreckensausbrüchen. Trotz seiner Liebenswürdigkeit, das wußte sie, hatte er einen eigenen Willen, der nicht zu biegen war. Er blieb eben immer eine Respektsperson, wie man zu sagen pflegt.

Jahr auf Jahr sank in die Ewigkeit. In seinem zwölften Jahr hatte Kai ein kleines erstes Abenteuer. Auf einem Platz, die Sandkuhle genannt, die vom Thienenschen Haus aus zu übersehen war, hatten sich Seiltänzer eingefunden und gaben dort ihre Vorstellungen. Zu ihren Bewunderern gehörte Kai. Wenn er nur irgend Zeit fand, besuchte er diese Spiele. Die Seiltänzer führten ein zehnjähriges Mädelchen mit sich, das seine Künste zeigen mußte auf dem straff gespannten Seil, mit einer ziemlich schweren Schwebestange. Kai konnte von der zierlichen Gestalt dieses Mädchens, das so kunstvoll, ohne ängstlich zu sein, ihre Bewegungen zeigte, nicht wegsehen. Ja, in einer Nacht schlich er sich auf den Boden seines Hauses, wo im Giebel ein rundes Fenster angebracht war, und sah von dort aus hinab in die Sandkuhle. Die guten Leute schienen noch nicht zur Ruhe gekommen zu sein, denn sie liefen hin und her. Auch bemerkte er einen großen kupfernen Kessel, unter dem munter ein Feuer brannte. Da bemerkte er auch seine kleine Seiltänzerin, die allerlei Hantierungen leisten mußte. Er beobachtete, daß es sich wohl um das Abendessen handeln müsse. Was tat er?

Er schlich vorsichtig die Treppen hinunter in die Speisekammer, nahm zwei Weinflaschen und was er sonst an Gutem erreichen und halten konnte, in seine Arme und ging vorsichtig, so leise es ihm möglich war, aus der Kellertür ins Freie und gleich zu den Gauklern, denen er ohne Scheu seine Schätze vorlegte. Diese schienen nicht im mindesten abgeneigt, sie anzunehmen. Doch wars zu wenig, und so holte er ihnen noch zweimal einige Flaschen nach. Dann blieb er ungezwungen bei ihnen. Der Vollmond schien in die warme Sommernacht. Er setzte sich, als das Abendessen begann, mit an den dampfenden Kessel, ganz dicht an das kleine Mädchen, die sich nicht blöde von ihm wegwandte. Sie erzählte ihm zuerst, daß sie Graziosa genannt werde. Wie er denn heiße? Den Namen Kai verstand sie nicht; auch nicht, als er ihr wichtig mitteilte, daß er denselben Namen trage wie Cajus Julius Cäsar. Nun hockten die beiden Kinder nah zusammen und unterhielten sich von allem möglichen. Die Seiltänzer hüllten sie in Pferdedecken ein, daß sie warm und behaglich saßen. Gegen Morgen wurde es kaltes und unwirsches Wetter. Zum Glück gaben die Künstler ihm keinen Wein zu trinken. Er trank heißen Kaffee. Mit einemmal blitzte die Sonne in das bunte Lagerleben. Da dachte Kai an sein Haus. Er lief schnell davon und legte sich ins Bett. Doch er konnte nicht schlafen, weil er immer an Graziosa denken mußte. Erst gegen sechs schlief er ein und so fest ein, daß ihn die Mutter kaum wach machen konnte für seinen Schulgang.
Die Sache kam aber heraus in der kleinen Stadt Kiel, die damals erst zwölftausend Einwohner zählte. Da nahm ihn die gute Mama gründlich ins Verhör. Eigentlich wollte sie ihm mit späteren Höllenstrafen drohen; sie unterließ es, nahm ihn an ihr Herz und erklärte ihm liebevoll, wie das eine treue Mutter tut, seinen »Sündenfall«. Kai bat weinend um Verzeihung.
Am andern Morgen waren die Seiltänzer verschwunden, und mit ihnen die kleine Graziosa.
Kai mußte jeden Sonntag mit seiner immer frommer werdenden Mutter in die Sankt Nikolai-Kirche. Dort hatte sie für sich und ihren Jungen einen Stuhl gemietet. Es war wie ein Stäbchen, hatte Fenster und Vorhänge. Dicke Fußsäcke lagen beständig bereit. Hier saß Kai so, daß er während des ganzen Gottesdienstes auf den übermenschlich großen, am Kreuz hängenden Heiland sehen mußte. Es war ihm ein peinlicher, ein schrecklicher Anblick, den Erbarmer immer in seinem Blute sehen zu müssen. Er konnte gar nicht dagegen an. Als er seine Mutter bat, seinen Platz verändern zu dürfen, verweigerte sie es ihm. So saß er denn weiter auf seinem Platz und mußte den blutenden, übernatürlich großen, von Holz geschnitzten Kruzifixus betrachten. Dabei hörte er den alten Prediger Klaus Harms an. Der war als Seelsorger wie als Mensch gleich angesehen und beliebt.

Nur konnte Kai seiner breiten Aussprache, die einem preußischen Ohr zuwider war, keinen Geschmack abgewinnen. In den ersten Sonntagen nach jenem nächtlichen Abenteuer hörte und sah er nichts, denn er dachte immer an die zierliche Graziosa und wie er mit ihr, eingewickelt in Decken, zusammengesessen hatte. Nur wenn die Orgel und der Gesang einsetzten, erwachte er aus seinen Träumen.

Neben und hinter dem Thienenschen Hause lag der botanische Garten der Universität, zu dem Frau von Vorbrüggen und ihr Sohn einen Schlüssel hatten. Sonst wurde er eifersüchtig dem Volke verschlossen gehalten, obgleich zweimal in der Woche Erlaubnis gegeben war, ihn zu besuchen. In diesen Garten nun führte er unbekümmert seine Spielkameraden. Aber sie flohen voller Furcht, wenn sie den alten Professor und Vorsteher des botanischen Gartens entdeckten. Denn der verstand keinen Spaß und drohte ihnen mit dem Stock, wenn er sie sah. Doch konnten sie sich ungehindert austoben hinter dem Thienenschen und hinter dem botanischen Garten. Da führten sie große Schlachten auf zwischen den Knicks und auf den Feldern. Sie spielten Räuber und Soldat oder machten die Schlacht von Waterloo durch. Mit vielem Geschrei und Hin- und Hergerenne. Kai war Vater Blücher, Klaus Klünder mußte Wellington vorstellen, und Henning Smalstede führte als Napoleon die Franzosen. So blieben sie noch lange die Jungen, die Kinder. Ein gleichaltriges Mädchen, Emma Hörning, ein wildes, prächtiges, bildhübsches Mädel, kämpfte alle ihre Gefechte mit ihnen durch.

Im Kloster Itzehoe verbrachte er mit seiner Mutter auch zuweilen seine Ferien. Dort wohnten als Stiftsdamen, Verwandte von Enewolds Mutter. Diese verzogen den frischen Knaben sehr und neckten ihn wegen seiner schwarzen Augen. Hier auch lernte er Whist und Boston. Später haben sie ihm, dem leichtsinnigen Leutnant, öfters die Schulden bezahlt, wenn er nicht mehr wagte, sich an Enewold mit seiner Beichte zu wenden.

Allmählich hatte sich auch Frau von Vorbrüggen in die Kieler Verhältnisse eingelebt. Sie fand einen liebenswürdigen Kreis, mit dem sie viel verkehrte.

Kai wurde nach und nach ein Schleswig-Holsteiner. Er neckte die unglücklichen dänischen Posten in ihren knallroten Mänteln, die, wie jeder Posten, nicht von der Stelle weichen durften. Er rief den dänischen Offizieren Schimpfworte nach, wie es seine Mitschüler taten. Die dänischen Offiziere, in schwierigster Stellung, benahmen sich stets taktvoll und geduldig.

Er und sieben andere Knaben der Gelehrtenschule waren zu einer Verbindung zusammengetreten und nannten diese Verbindung Konkordia. Im Viehburger Gehölz hinter Krusenrott hatten sie ihre geheimnisvollen Zusammenkünfte.

Es wurde als Paragraph Eins beschlossen, sich nie von einander zu trennen, sich stets in allen Lagen beizustehen. Vor allem gelobten sie ewige Keuschheit und Reinheit. Sie bekräftigten das mit starken Schwüren, indem sie die acht rechten Hände aufeinanderlegten. Was leider nicht hinderte, daß sie schon auf dem ersten Heimwege recht uneins wurden. Ein mächtiges Petschaft mit dem Namen Konkordia darin, aus gemeinsam zusammengeschossenem Gelde gekauft, sollte immer ein Jahr im Verwahrsam eines Mitgliedes verbleiben.

Einmal kamen mit einem Dampfschiff, von Kappeln aus, viele Schleswiger, um ihre holsteinschen Brüder und Schwestern in Kiel zu besuchen. Das war ein herzerhebendes Fest. Die dänischen Soldaten hatten an diesem Tage einen schweren Stand. Die Truppen warteten mit Gewehr bei Fuß auf dem Marktplatz und zeigten eine Engelsruhe. Nur in ganz wenigen Fällen kam es zu Reibereien. Auch Kai wurde auf einige Stunden eingesteckt, weil er gar zu laut und keck »Schleswig-Holstein meerumschlungen« gebrüllt hatte. Dafür galt er als Märtyrer in der Gelehrtenschule, und das Wort Verräter, das ihm immer noch bis dahin zuweilen zugezischelt worden war, verschwand von nun an völlig.

Tanzunterricht hatten die Knaben bei einem in Kiel zurückgebliebenen dänischen Sergeanten, Herrn Jepsen. Der konnte mit der deutschen Sprache nicht recht fertig werden. Der Ärmste wurde zum ewigen Gespött mit seinem »Rein mit die Leib und raus mit die Brust.«

Reitunterricht hatte Kai, mit Henning Smalstede zusammen, bei dem dänischen Rittmeister a.D. von Jensen, dem Universitätsreitlehrer, der aus Gott weiß welchen Gründen von den Studenten die kranke Aff genannt wurde. Er war ein ebenso tüchtiger wie liebenswürdiger und strenger Lehrer, und sie lernten was bei ihm.

Die schönsten Stunden im Jahr für Kai und alle an dern Schüler war der Vogelschießenball der Gelehrtenschule in Dorfgarten. Dorfgarten, damals ein ganz kleines, hübsch gelegenes Dorf, lag am letzten Innenende der Kieler Bucht. Bei Mutter Bruhn, in ihrem großen Wirtssaal, wurde dieser Vogelschießenball stets abgehalten. Hier schon kam es zwischen den Knaben oft zu unbewußten kleinen Eifersuchtsauftritten.

Kai blieb lange ein Kind. Mit dem sechzehnten Jahre zeigten sich die ersten Zeichen der werdenden Mannbarkeit. Er wie alle andern Menschen mußte nun das durchmachen, was uns die Natur unabänderlich auferlegt.

In seinem sechzehnten Jahr verliebte er sich zum erstenmal, und mit solcher Leidenschaft, daß er diese seine erste Liebe im Leben nicht vergessen hat.

An zwei Tagen in der Woche spielte die Brigademusik vor dem Hause des Kommandierenden Generals, an der Ecke des Sophienblatts und der Neuen Straße. Dort war es immer voll von Menschen. Auch Kai machte jedes Mal einen kleinen Umweg auf dem Gang zur Schule, um dabei zu sein. Er konnte grade noch eine halbe Stunde zuhören. Einmal entdeckte er unter vielen, die der Musik lauschten, ein etwa vierzehnjähriges Mädchen, das ihn sofort fesselte. Sie hieß Wilhelmine Wendelin und war die Tochter eines schleswigschen Gutsbesitzers, der sich nach Dorfgarten zurückgezogen hatte. In dies Mädchen verliebte er sich, bewußt und unbewußt, auf der Stelle mit allen Fasern seiner Seele. Dies Mädchen, mit schwarzen Locken, vielen Sommersprossen, zart und schlank, bemerkte ihn das erstemal nicht. Auch sie mußte, wie Kai, um zwei Uhr in ihrer Schule sein. Kai folgte ihr und sah, in welchem Hause sie verschwand. Er wußte, daß in diesem Hause eine Mädchenschule sei. Aber durch sein Verfolgen und Abwarten war er zu spät in seiner Klasse angekommen. Das war ihm noch nie begegnet. Um vier Uhr, wie bei allen Schulen, war auch Schluß in seiner Klasse. Er stürzte, als wenn er eine Siegesbotschaft zu überbringen habe, weg, nach der Schule hin, wo er das kleine Fräulein hatte hineingehen sehen. Er holte sie, atemlos vom Lauf, noch rechtzeitig ein, um ihr, in glücklicher, seltsamer Stimmung, ein Viertelstündchen, in mäßiger Entfernung, auf den Schuhen zu bleiben. Die ganze nächste Nacht konnte er nicht schlafen; immer sah er die reizende Gestalt vor sich. Er aß und trank und arbeitete nicht den folgenden Tag, und zog sich, es war im Juni, im Garten in eine dichte Ligusterlaube zurück, in deren Mitte ein Ahornbaum stand. Er jubelte und weinte durcheinander und hatte nur den einen Gedanken, sie wiederzusehen. Seine Mutter merkte seinen Zustand wohl. Doch sagte sie es ihm vernünftigerweise nicht, weil sie ahnte, was die Ursache sei. Sie sagte sich, daß alles bald wieder im rechten Gleise sein würde. Kai rannte nachmittags immer wie besessen aus der Schule, nur um das Mädchen noch einzuholen und ihr von ferne folgen zu können. Er sah sie stets, wenn die Brigademusik spielte. Auf diese halbe Stunde vereinigte er alle Freude seines jungen Daseins. Ob das Mädel ihn bemerkt hatte, schien ihm ungewiß. Da kam ihm ein Gedanke: Er schrieb einen glühenden Liebesbrief, seinen ersten Liebesbrief. Diesen nahm er mit in die Schule. Um vier Uhr stürzte er wieder weg, um sie einzuholen. Diesmal ging er ihr schnell nach, ging langsam bei ihr vorüber und steckte ihr dabei das Brieflein in die Schultasche, die ihr am Arme hing. Die Folgen seines Briefes, die er mit stürmischen Adern ersehnt, waren anders, als wie er sie erwartet hatte. Es traf durch die Post am nächsten Tag ein Schreiben bei der Generalin ein vom Vater des Mädchens. Der Brief war ernst und humorvoll zugleich geschrieben.

Er bat darin Frau von Vorbrüggen, ihren Sohn von weitern Kinderstreichen abhalten zu wollen. Seine Tochter verstehe von all dem noch nichts; er möchte sie so lange zurückhalten und bewahren, wie es ihm möglich sei.

Ihrer Exzellenz war das Schreiben nicht angenehm, aber sie nahm doch diese Angelegenheit, wie sie genommen werden mußte. Sie rief ihren Sohn und gab ihm den Brief zu lesen; während er ihn las, sah sie ihn an.

Die Wirkung dieser Zuschrift auf Kai war unbeschreiblich. Er las, mit starker Röte im Gesicht, er las ihn und schien ihn erst nicht zu verstehen. Bei dem Wort »Kinderstreichen« warf er ihn zu Boden und rannte in den Garten. Liebe, Scham, Bloßstellung, wirbelten in ihm durcheinander.

Die Mutter überließ ihn sich selbst in seinem Schmerz, und wartete ab, bis er sich an ihrem Herzen ausweinen würde. Ihren ersten Plan, ihn mit Bibelsprüchen und christlichen Ermahnungen zu warnen und zu trösten, gab sie Gottseidank auf.

Als Kai abends zum Tee erschien, sah er blaß, verstört und verweint aus. Doch verbiß er sein Weh, so gut er konnte. Die Mutter hatte großes Mitleid mit ihm. Sie sagte ihm nichts, was ihn verletzen und seine Seele verwunden konnte. Doch wartete sie vergebens, daß er sich zu ihr flüchte mit seinem schweren Kummer.

Die nächste Nacht schlief Kai nicht; er wälzte sich umher und schrie laut den Namen seiner Liebe, so laut, daß es die Bewohner des Hauses gehört haben müßten, wenn seine Zimmer ihnen nicht zu entfernt gelegen hätten. Er barg seinen Kopf in die Kissen und küßte die Kissen. Er riß an seinem Laken und war außer sich. Gegen morgen wurde er ruhiger. Er hatte sich einen Plan gemacht. Von ihr lassen konnte und wollte er nicht. Ganz früh stand er auf und bedeckte zuerst einige Seiten weißen Papiers mit allerlei Wörtern und Sätzen, die er gleich wieder zerriß. Doch hatten ihm diese Kritzeleien wohlgetan. Es waren Ergüsse an seine Liebe.

Jetzt baute er seinen Plan: Er wollte den Vogelschießenball, der in vierzehn Tagen seinen Tanzboden aufmachte, abwarten. Zu seinem Kummer sagte er sich, daß sie und ihr Schwesterchen Mathilde dort nicht erscheinen würden, vom Vater verhindert. Halt! in acht Tagen war ja der Dorfgartner Markt. Zwar wurde er immer, der Kleinheit des Dorfes wegen, nur von einem Karussellbesitzer und von wenigen anderen Marktleuten beschickt; immerhin würde sie sicher dahin kommen. Sie wohnte nicht weit von Mutter Bruhn; das hatte er längst herausgebracht. Bis dahin ging er nicht hin, wenn vorm Generalkommando die Brigademusik spielte. Er lief auch nicht wie ein Hirsch so schnell um vier Uhr, nach Schluß der Schule, ihr nach. Auch gelang es ihm, wieder zu arbeiten und ganz vernünftig zu sein.

Nur seinen Freunden Henning und Klaus teilte er sein Geheimnis mit. Sie hatten ebenso ihre kleinen unschuldigen Techtelmechtel, wie es die Schüler der obern Klassen alle haben.

Der Markttag in Dorfgarten war da. Es war ein heißer Julitag. Als Kai aus der Schule heimgekehrt war, kleidete er sich um und sagte seiner Mutter, daß er heut Abend eingeladen sei. Dann ging er nach Dorfgarten. Die Uhr schlug halb sieben, als er dort eintraf. Er ging sofort zum Karussell und stellte sich hier auf. Sein Herz tobte in heftiger Bewegung. Er konnte nichts entdecken. Seine Sehnsucht wuchs mit der Minute. Er wurde ruhelos; ging herum. Nichts war von seiner Liebe zu sehen. Er sprang auch mal in seiner rasenden Ungeduld auf die Felder. Nun wars schon halb neun. Wieder näherte er sich dem Karussell. Da – da stand sie! dicht am Karussell, und sah der unaufhörlichen Rundfahrt zu. Er blieb auf der andern Seite stehen und blickte sie nun immer durch die sich drehenden, bei ihm vorüberschießenden Pferde, Schwäne und Wagen an. Er hielt es nicht mehr aus. Wie ein Irrer ging er zu ihr und fragte sie ganz unvermittelt, ob sie nicht mal mit ihm im Karussell fahren wolle. Das hübsche Mädchen erschrak sehr, als sie plötzlich angeredet wurde; doch mehr wohl noch erschrak sie über Kais schwarze Augen, die sie noch nicht in solcher Nähe gesehen oder wenigstens nicht beachtet hatte. Sie guckte ihn mit ihren braunen Augen still verwundert an und lächelte. Sie erwiderte nichts und sah von neuem ins Treiben des Karussells hinein. Da wiederholte er, mit zersprengtem Herzen, seine Bitte. Nun wandte sie sich zu ihm und sagte ihm – o, wie ihre Stimme klang – daß sie das nicht dürfe, es sei ihr streng von den Eltern verboten. Sie wandte sich und ging davon. Kai wich nicht von ihrer Seite und flüsterte ihr seine heiße Liebe zu. Sie antwortete nicht, ging aber auch nicht schneller. Die Dämmerung war eingetreten. Sie entfernten sich immer mehr vom Marktgetriebe. Immer klang ihnen das eine Musikstück, das die Drehorgel des Karussells spielte, in die Ohren. Kai hatte ihre Hand genommen, die sie ihm ließ. Langsam schlenderten sie Hand in Hand aus dem Dorf auf einen Feldweg. Als sie ganz allein waren, blieben sie stehen, und Kai küßte das Wilhelminchen. Unaufhörlich sprach er auf sie ein; sie erwiderte nichts, die Augen von ihm abgewandt. Nur zuweilen, wenn sie glaubte, daß er es nicht bemerkte, schielte sie nach ihm hin. Endlich bat sie ihn, er möge sie nun allein nach Hause gehn lassen. Da zog er sie noch einmal an sich, und seine Lippen lagen in langem Kusse auf den ihren, und seine schwarzen Augen sahen dicht in ihre braunen. Die beiden jungen Herzen zitterten: sie sahen durchs goldne Tor des Paradieses. Gleich darauf war sie verschwunden.

Eine schwüle Sommernacht umhalste voller Zärtlichkeit die Welt.

Kai stand noch auf der Stelle und strich sich mit der Hand über die Stirn, als ob er sich nicht besinnen könne. Stolpernd ging er einige Schritte und lehnte sich an ein Hecktor, das ein Weizenfeld abschloß. Er sah in die Sterne, und die geheimnisvollen Töne der Nacht umflüsterten ihn.
Auf dem Wege nach Hause ging er wie im Traum. Zuweilen taumelte er. Er pfiff, er sang, er rief laut ihren Namen, er sehnte sich mit aller Macht seiner jungen Sinne nach ihr. O wäre sie jetzt bei ihm! Betrunkne vom Markt, die vor ihm torkelten, wollten ihn nicht durchlassen, als er sie eingeholt hatte, und bildeten eine Kette vor ihm. Wie ein Löwe schlug er sich durch, rechts und links die wütend gewordenen in den Graben schleudernd. Von seiner Kraft hatte er keine Ahnung.
Endlich kam er in seinem Hause an und legte sich unausgekleidet aufs Bett und konnte nicht schlafen, nicht schlafen vor lauter Liebe und Sehnsucht.

Acht, neun Wochen später, im September, schickte die Generalin einen langen Bericht über ihren Sohn an Enewold. Sie erwähnte darin die kleine Liebesgeschichte von Kai, soweit sie davon wußte, und erzählte, wie sehr der arme Junge darunter zu leiden schiene, wenngleich er wieder fleißig sei und regelmäßig lebe; er ließe sich nichts merken und kämpfe tapfer dagegen an. »Die junge Dame«, so schrieb sie weiter, »ist von ihren Eltern in die erste Erziehungsanstalt Europas, zu Madame Lagrange, in die Schweiz gegeben worden«. Sie sprach das alles mit liebenswürdigen und freundlichen Worten aus. Es wäre nun, dächte sie, das beste, daß Kai einmal andre Verhältnisse und Umgebungen sähe und fände. Schon aus dem Grunde: daß er schneller zum Ziele käme, das heißt, wohl schneller Offizier werden würde, wenn er auf einer preußischen Schule sein Abgangszeugnis erhielte. Kai werde jetzt siebzehn Jahre alt und sei ein großer, kräftiger Mensch geworden.
Enewold antwortete sofort: er stimme mit Frau von Vorbrüggen überein. Weihnacht solle alles endgültig besprochen werden in Tangbüttel.
Und Weihnacht wurde alles in Tangbüttel besprochen. Kai sollte nächste Ostern auf ein preußisches Gymnasium, um dort die Abgangsprüfung zu bestehen, und um dann sofort in ein Regiment einzutreten. Es wurde Magdeburg bestimmt, wo Enewold Bekannte hatte.
Bis dahin war ein Vierteljahr übrig. In dieser Zeit mußten alle Vorbereitungen getroffen werden.
Ostern ging Kai von der Gelehrtenschule in Kiel ab, mit dem Reifezeugnis für die Prima,

und wurde auch in Magdeburg in die Prima aufgenommen. Obgleich er namentlich in den Realien außerordentlich durch seine Kieler Schule, wo man derlei Dinge so gut wie garnicht kannte oder wenigstens nicht gelehrt hatte, aufgehalten oder gradezu behindert worden war.

Die Kieler Gelehrtenschule gab ihm eine Verheißung auf den Weg, die mit den Sätzen endete:

Da er sich dem preußischen Militärfach widmen wollte, verließ er Ostern 1861 unsere Anstalt, um sich in Magdeburg weiter auszubilden. Er ist mit guten geistigen Anlagen ausgerüstet, ist fleißig und aufmerksam gewesen und hat sich in und außerhalb der Schule stets gut betragen. Er war, was seine Kenntnisse betrifft, bei seinem Abgange in der ersten Abteilung der Sekunda. Möge ihm dies rühmliche Zeugnis zur Empfehlung bei seinen neuen Vorgesetzten dienen.

Frau von Vorbrüggen gab Kai und seinen Freunden Henning und Klaus ein Abschiedsessen. Die drei jungen Menschen blieben den ganzen Tag zusammen. Mit all ihren Begeisterungen und Phantasien und Fröhlichkeiten, und mit ihrer Schwermut, wie sie sich bei den Deutschen in der Jugend einzustellen pflegt.

Am Nachmittag dieses Tages waren die drei im kahlen Garten des Thienenschen Hauses. Hier pflückte jeder ein großes Efeublatt: sie wollten es für immer bei sich behalten. Wenn sie sich später im Leben, sei es wo es sei, wiedersähen, sollte es vorgezeigt werden. Ein echter Jungengedanke.

Dann sprachen sie von ihrer Zukunft. Kai und Henning wollten Offizier, Klaus Naturforscher und Erdwanderer werden. Alle waren leidenschaftlich erregt. Man hätte die Freunde in ihren Hin- und Herreden beobachten müssen, wie ihre tiefsten Wünsche und Bilder laut und sichtbar wurden. Alle drei hatten noch ein reines Gemüt und dachten an Gott als den Höchsten. Henning äußerte sich klar, klug und ruhig. Bei Kai kam der Schwärmer zum Vorschein. Bei Klaus zeigte sich ein freudiger, zuversichtlicher, flammender Schwung, wie er alles dransetzen wolle, um die Rätsel des Daseins bis ins Kleinste zu erforschen, wie er es nur irgend könne.

Sie schwatzten noch viel von der Schule, von ihren Lehrern und Mitschülern, von all dem, was sie erlebt und von all dem, was sonst in ihren frischen Herzen Ein- und Ausgang gefunden hatte in der Zeit ihrer langen Freundschaft. Zum letztenmal sagten sie sich Gute Nacht.

Am andern Tage wurde Kai von seiner Mutter und von seinen Freunden und Bekannten zum Bahnhof geleitet. Unter vielem Tücher- und Hüteschwenken fuhrer ab. Alles stand noch ganz unter kindlichem Gepräge und Gepränge.

Kindlich waren auch die ersten Briefe von Henning und Klaus, die sie an Kai schickten. Sie berührten ihn um so wohltätiger, weil er gleich von großem Heimweh überfallen worden war, wenn er auch wußte, daß er schon in den Hundstagen Kiel und Tangbüttel und Smalstede wiedersehen werde.
Henning an Kai:

Lieber Kai!
Du bist jetzt schon vierzehn Tage in Magdeburg, und da wird es Zeit, daß ich Dir schreibe, was übrigens auch Klaus tun wollte. Denn nun wirst Du Dich wohl etwas eingelebt haben. Klaus und ich waren bei Deiner lieben Mama, die uns sagte, daß Du viel Heimweh hättest. Aber in den Hundstagsferien bist Du ja schon wieder bei uns und wirst sie einteilen für Kiel, Tangbüttel und bei uns in Smalstede.
Von Kiel ist wenig zu erzählen. Wir haben zwei von aus-wärts in die Prima bekommen. Der eine ist der Sohn eines preußischen Generals aus Pommern, und der andere der Sohn eines Professors aus Würzburg. Weiß der Teufel, wie die beiden in unser Hyperboreerland gekommen sind.
Jeden Abend gehe ich spazieren auf Abenteuer. Aber es passiert gar nichts. Wir fangen nun Thukydides an; der soll scheußlich schwer sein.
Ludwig Gußmann hat eine kleine Schwester bekommen und Ernst Schlüter einen kleinen Bruder. Hermann Hansen hat den Gedanken, in Preußen Seeoffizier zu werden, endgültig aufgegeben; er will jetzt Kaufmann werden, aber erst Prima durchmachen.
Wie freue ich mich auf Dich in den Sommerferien; hoffentlich fallen Deine mit unsern zusammen. Im nächsten Briefe schicke ich Dir mein Bild, das nun endlich fertig geworden ist. Ich schreibe Dir dann auch einen längeren Brief.
Lebe wohl für heute und behalte im treuen Angedenken
Deinen Henning.
Klaus an Kai:

Lieber Kai!
Henning sagte mir heute, er habe gestern an Dich geschrieben. Da will ich doch auch nicht länger warten. Wir hörten, daß Du sehr an Heimweh littest. Da mußt Du mit aller Kraft dagegen angehen. Du bist ja bald wieder, im Sommer, bei uns. Henning hat Dir wohl auch schon geschrieben, daß wir jetzt Thukydides bekommen. Wir haben alle eine Angst davor, denn er soll furchtbar schwer sein. Ich habe jetzt eine Schmetterlings- und eine Käfersammlung angelegt, das heißt, in größerem und geregelterem Maße, als Du sie schon bei mir kennst.

An Karl muß ich heute auch noch schreiben, und viel arbeiten zu morgen. Habe also genug zu tun den ganzen Tag. In meinem nächsten Brief sollst Du allerlei von Kiel hören, wenn sich überhaupt hier was ereignet hat. Nur eins muß ich doch erzählen: Vorgestern Abend gehe ich bei einem Zigarrenladen vorbei und denke, wie wärs, wenn du heute Abend einmal eine Übung im Rauchen anstelltest? Gedacht, getan; bald ging ich mit einer brennenden, unglückseliger-weise sehr starken Zigarre umher. Aber je kürzer meine Zigarre wurde, um so schwankender wurde mein Gang, denn ich konnte das ungewohnte Rauchen nicht vertragen. Ich war wie betrunken und taumelte von einer Seite auf die andre, erreichte mit vieler Mühe den Hof und, es sah es gottlob keiner, mußte mich gräßlich, und immer wieder (verzeih!) übergeben. Mir war wirklich sehr jämmerlich zu Mute. Ich stieg mit schlotternden Knien, nachdem ich mit Not die Treppe erklommen hatte, ins Bett. Jedoch wachte ich gestern Morgen ganz gesund und wohl wieder auf. Ein Raucher wird wohl nicht aus mir. Ich hoffe, Du schreibst bald einmal wieder Deinem aufrichtigen Freunde Klaus.

Zweiter Teil
Ein Schifflein sah ich fahren, Kapitän und Leutenant

Ein Schifflein sah ich fahren,
Kapitän und Leutenant.
Darinnen waren geladen
Drei Kompagnieen Soldaten,
Kapitän und Leutenant.
Kapitän, Leutenant,
Fähnrich, Sergeant,
Nimm das Mädel, nimm das Mädel,
Nimm das Mädel bei der Hand,
Soldate, Kamerade.

Gleich, nachdem Kai in Magdeburg seine Abgangsprüfung bestanden hatte, kurz nach Ostern, stand er, an einem kalten Frühlingstag, neunzehneinhalb Jahre alt, auf dem Kasernenhof der Defensionskaserne in der Bundesfestung Mainz. Er trug die Uniform des Westfälischen Füsilier-Regiments. Enewold, vielleicht einer Laune folgend, hatte ihn hier untergebracht; nicht, wie er zuerst beabsichtigt hatte und wie es Kais Wunsch gewesen war, in einem Kavallerie-Regiment. Der Hauptgrund schien der gewesen zu sein, daß Kais Regimentskommandeur im dänisch-schleswig-holsteinischen Kriege längere Zeit auf Tangbüttel in Quartier gelegen hatte und von dieser Zeit her mit Enewold in Briefwechsel geblieben war. Auch mögen ihn Gründe bestimmt haben: erst mal zu beobachten, ob und wie Kai es verstehen würde, vernünftig mit seinem Geld auszukommen.

Kurz und gut: vor Kai stand der Gefreite Bergmann und lehrte ihn als Erstes auf das Kommando Stillgestanden wie ein Blitz die Hacken zusammenzunehmen. Der Gefreite Bergmann, ein echter Westfale, geriet bald in Erstaunen, als er sah und merkte, daß Kai schon die Griffe mit dem Gewehr und auch Frei- und Turnübungen kannte und sogar Kenntnisse im Langsamen Schritt zeigte. Der Sohn des preußischen Generalleutnants und Schüler des alten Wallmeisters erinnerte sich der Exerzierzeit seiner Kindheit.

Kais Hauptmann und Kompagnie-Chef, ein strenger, ernster, für seine Leute außerordentlich besorgter Herr, ließ ihn die ersten sechs Wochen in einem Raum mit zwanzig Mann zusammen wohnen. Mit der Ausnahme, daß er seine Stiefel nicht selbst zu putzen brauchte, mußte er alle Hantierungen, wie es seine Stubenkameraden traf, mitmachen. Da biß er sich auf die Zähne zuerst, denn es war ihm wahrlich kein Vergnügen, dies alles vorn und hinten lernen zu müssen. Doch tat es seinem Soldatenanfang gut, und er hats später seinem damaligen Hauptmann von Herzen gedankt.

Im Laufe des Sommers hatte ihm sein Hauptmann den ersten, einen zweitägigen, Urlaub bewilligt nach der kleinen Festung, wo er geboren war. Er wollte das Städtchen und namentlich seinen treuen Wallmeister wiedersehen. Er überraschte den alten Herrn in seinem Stübchen, das er sich nach seinem Abschiede gemietet hatte. Es war voller Vogelgezwitscher.

Kai trat ein, stellte sich kerzengrade vor ihn hin und meldete sich. Der Alte konnte ihn im ersten Augenblick nicht recht in seinem Gehirn unterbringen, bis ihm aus Kais schwarzen Augen die Erinnerung wie hellstes Sonnenlicht aufleuchtete. Er zog ihn überglücklich an sein Herz. Nun gings ans Erzählen, und tausend Erinnerungen wurden wach und gaben ihre heitern, lustig flatternden Fahnen und ihre trüben niederhängenden Wimpel, in die der Sommerwind nicht wehen wollte. Lust und Leid: allüberall ist es derselbe bunt zusammengewirkte Teppich.

Kai wurde ein eifriger Soldat und sein Hauptmann schenkte ihm das beste Zeugnis. Bald wurde er Gefreiter (eine Beförderung, die ihn ganz besonders stolz machte), Unteroffizier (er bekam eine Korporalschaft) und Fähnrich. Im Herbst machte er mit seinem Regiment das Manöver im Hunsrück mit. Dann erhielt er, vor seinem Kommando zur Kriegsschule, einen dreiwöchigen Urlaub in die Heimat. Den teilte er sich in drei Teile: für Tangbüttel, Kiel und Smalstede.

Bei seiner Mutter in Kiel blieb er, wie das natürlich war, am längsten. Enewold hatte seine Freude an ihm. In Smalstede verlebte er mit seinen Freunden Henning und Klaus frohe Tage.

Kai hatte gebeten, einen Morgen mit dem grauhaarigen Förster Wilm Sönksen jagen zu dürfen. Er wurde deshalb schon nachmittags vorher nach dem eine Stunde entfernt liegenden Forsthaus gefahren, das mitten im großen Walde von Smalstede lag. Wilm Sönksen und seine behäbige Frau empfingen ihn herzlich. Nachdem er mit ihnen früh gegessen hatte, führte ihn der Alte ins Fremdenzimmer auf den Boden. Es hatte nur ein Fenster. Es stand offen. Kai lehnte sich hinaus in die sommerweiche Septemberluft. Rings war die Försterei von Wald umgeben. So nahe schickten die Bäume ihre Zweige heran, daß sie fast ins Fenster drangen. Friede und Stille. Nichts war zu hören. Eine sehnsüchtige Stimmung zog durch sein Herz. Die Sonne verschwand hinter den Ästen und die ersten Schatten dunkelten durch den Forst.

Als er sich ins Zimmer wandte, um sein Lager aufzusuchen, stand vor ihm mit gesenkten Augen, er hatte sie nicht eintreten hören, ein junges, hübsches Bauernmädchen mit Flachshaaren. Ihre blauen Augen erschraken vor seinen schwarzen Augen. Als Kai sie etwas verwundert fragte, ob sie eine Bestellung habe oder noch etwas wünsche, antwortete sie auf plattdeutsch mit zager Stimme, daß sie noch das Zimmer zurecht machen müsse für die Nacht. Beide sahen sich ruhig an. Als sich Kai ihr näherte, ging ein unmerkbares Zittern über beide hin. Das Mädchen trug einen Beierwandrock und ein straff sitzendes Samtmieder. Als er, wie von einer Macht gezwungen und bezwungen, den rechten Arm um sie schlug, wehrte sie sich kaum. Die elektrische Wirkung des Samtes überwand ihn, oder was es war, und er küßte sie. Sie ließ es geschehen und legte ihre Arme um seinen Hals und sah zu Boden. Das alles war ganz von selbst geschehen. Sie herzten sich. Einmal erwachte er. Das Mädchen schlief mit ruhigen Atemzügen neben ihm.

Durch den stummen Wald, in dem die silbernen und goldnen Fäden des Mondes glänzten, hörte er die geheimnisvollen Stimmen der Nacht durchs offen gebliebene Fenster.

Als es zu dämmern begann, wachte er wieder auf, auch das Mädchen erwachte, und beide hörten unter ihrem Fenster ein viel hundert Jahre altes Minne- und Wächterlied, dem Hohenstaufenkaiser Heinrich dem Sechsten zugeschrieben, das zu einer Harfe gesungen wurde:

> *Bleib noch, mein lieb Gespiel, lieg still,*
> *Denn es ist noch nicht Morgen.*
> *Der Wächter uns betrügen will;*
> *Der Mond hat sich verborgen.*
> *Man sieht der Sternlein noch gar viel*

Her durch die Wolken dringen.
Lieg still bei mir, mein lieb Gespiel,
Und laß den Wächter singen.

Sie sprach: »Die Märe hör ich gern,
Muß ich bei dir noch bleiben,
So bleibt mir Last und Sehnen fern.
Uns soll die Zeit vertreiben,
Was dich und mich erfreuen mag,
Und wollen unterdessen
Den grauen Morgen und den Tag
Und alles Leid vergessen.«

Sie drückt an mich ihr Brüstelein,
Mein Herz wollt mir zerspringen.
Sie sprach: »Laß dir befohlen sein
Mein Ehr vor allen Dingen.
In deinen Armen lieg ich tief,
Da ruh ich nur alleine.«
Der Wächter aber sang und rief:
Ich seh den Tag aufscheinen.

Von Mitte Oktober an besuchte er mit vielen andern Fähnrichen die Kriegsschule in Schloß Engers am Rhein. Wo junge, lebenstrotzende Männer zusammenwohnen, geschieht, und sind sie in noch so strenger soldatischer Zucht, allerlei Übermut. Die zahlreichen reisenden Engländer, die auf den großen Flußdampfern bei der dicht am Ufer liegenden Kriegsschule täglich vorüberfuhren, benutzten ihre Operngläser auf recht lästige Weise: sie guckten mit größter Dreistigkeit dem Schlosse, so lang es ging, in die Augen. Das war ja kein Verbrechen. Aber den Fähnrichen wurde es mit der Zeit unbequem. Es kam unter ihnen, keiner durfte sich ausschließen, eine Verschwörung zustande. Eines Mittags, an einem heißen Sommertag, als eine Freistunde war, ließen sie, auf ein gegebenes Zeichen, alle zugleich auf einmal ihre schmutzige Wäsche aus den Fenstern wehen, als Gegengruß für die Engländer. Das war allerdings kein liebenswürdiges Entgegenwinken. Der Direktor, der die Herzen der frischen, lustigen Menschen verstand, sonst ein eiserner Herr war, hielt darauf ein hartes Gericht. Weil hierbei nicht herauskam, wer der Anstifter oder die Anstifter gewesen seien, erhielten sämtliche Kriegsschüler eine achttägige Kasernenhaft.

Auch andre kleine Unterbrechungen wurden beliebt: da gab es die Stiefelverrammlungen.

Die Stiefel wurden beim Schlafengehn dermaßen übereinander und durcheinander vor die Tür gestellt, daß ein unbeliebter, sehr kurzsichtiger wachthabender Offizier, der mit der Laterne die Stuben besichtigen mußte, unfehlbar zu Fall kam. Oder es wurde auf Kais Zimmer ein stets in der letzten Arbeitsstunde einschlafender Fähnrich auf seinem Stuhl angebunden. Der eingeschlummerte, festgebundene Fähnrich blieb allein zurück, während sich alle andern sachte im Nebenzimmer in ihre Betten legten. Kam nun der beaufsichtigende Offizier mit seiner Laterne, so sprang der angebundene Fähnrich, der in der Dunkelheit durch das plötzliche Blitzen des Lichtes aufwachte, in die Höhe. Da er den Stuhl mitnehmen mußte, gab es ein fürchterliches Kuddelmuddel: der unglückselige Fähnrich und der wütende Offizier. Natürlich lachten im Schlafsaal die Fähnriche unter ihren Decken, waren aber sofort still und schliefen wie die Ratten, wenn der Offizier mit großem Geschelte an ihre Betten trat. Und was es derlei ähnliche Scherze gab; wie es sie überall und immer geben wird, wo ähnliche Verhältnisse vorliegen. Die Welt ist deshalb nicht zu Grunde gegangen.

Ein paar Monate darauf, als Kai von der Kriegsschule wieder in Mainz eingetroffen war, bekam sein Regiment plötzlich den Befehl, nach der Provinz Posen abzurücken. In Polen war der letzte Aufstand noch nicht ganz unterdrückt worden. Das Regiment hatte über vier Jahrzehnte in Mainz und Luxemburg gestanden. Da wurde es nicht ganz leicht, von diesen Städten zu scheiden, mit denen es zahlreiche Familien- und andere Verbindungen verknüpften.

Wegen kleiner politischer Unebenheiten konnte das Regiment nicht über Dresden fahren, sondern mußte den Umweg über Berlin nehmen. Hier marschierte es von einem Bahnhof im Westen nach dem Schlesischen Bahnhof in einer kalten und stürmischen Dezembernacht. Um drei Uhr nachts rückte es am Palais des Königs vorbei. Der alte Herr stand, in seinen Mantel gehüllt, von Fackel- und Windlichtern überschienen, auf der Terrasse. Er stand, wohl über eine halbe Stunde, in der bittersten Kälte auf der Terrasse, bis das Bataillon in Sektionen vorbeimarschiert war. Als Kai mit seinem Zuge bei Seiner Majestät vorüberzog, senkte er seinen Säbel, was er als Zugführer nicht durfte.

Kai hatte zum ersten Mal den König gesehen. Es ist ihm ein unauslöschlicher Eindruck fürs Leben geblieben: Die Treue und das Pflichtgefühl hatten ihm in ihrem schlichten, graden Bilde den Weg gezeigt. Kai kam zuerst nach Krotoschin und den nächsten Winter nach Rawitsch.

In Rawitsch hatte er ein kleines Abenteuer, mit dem er sehr ausgelacht wurde:

Die hübsche Soubrette eines fliegenden Theaters, das grade im Städtchen Gastrollen gab, wünschte ein Klavier für ihre Singübungen und für ihre Mußestunden. Kai ging mit Feuereifer auf ihren Wunsch ein und bestellte für sie in Breslau, weil es in Rawitsch nicht zu haben war, ein Fortepiano. Das kam denn auch, Eisenbahnen gabs noch nicht bis Rawitsch, auf einem Frachtwagen an. Doch konnte es nicht in die Wohnung der Schönen hinausgebracht werden; die Treppen waren zu eng. Was tun? Es wurde in den dritten Stock hinaufgewunden. Alles, was unten stand und verwundert diesem Ereignis zuschaute, mußte den Kreis erweitern, um das Klavier nicht unter Umständen auf den Kopf zu bekommen. Das war gut so. Denn im nächsten Augenblick rissen die Seile und das Instrument zerschellte unten in tausend Granatstücke. Welch ein langes Gelächter im ganzen Städtchen. Kai mußte einen tüchtigen Haufen Geld geben.

Militär und Bürgerschaft lebten in guter Eintracht zusammen. Die Einteilung der Winter-Vergnügungen 1865/66 zeigte drei Bälle und eine Anzahl Unterhaltungen an, sowohl Damen- wie Herren-Gesellschaften. Unten stand auf der Festordnung:

Durch dies Programm glaubt der Vorstand den geehrten Mitgliedern eine mannigfache Gelegenheit zur geselligen Erholung darzubieten. Während der Jugend ihre Rechte auf glanzvolle Freuden durch die drei Bälle hinlänglich gewahrt erscheinen, sollen die Damen-Ressourcen jedem Alter in aller Behaglichkeit und im häuslichen Kleide in beliebiger Weise durch Kartenspiel, Musik, Gesang, Gesellschaftsspiele ein anspruchsloses Vergnügen bereiten. Natürlich wird hierzu auch der Tanz gehören, ohne das dadurch den verehrten Familienmüttern die mehrtägige Vorsorge einer Toilette für die Fräulein Töchter und das Aufopfern ihrer Nachtruhe auferlegt wird. Auch die, die sich aus irgend einem Grunde von rauschenden Vergnügungen fernhalten müssen, werden unbedenklich diese harmlosen Abendunterhaltungen aufsuchen können. Möge das Programm durch die freundliche und rege Beteiligung aller Mitglieder zu einer Wahrheit werden.

Der Vorstand.
v. Below. Gundrum. v. Pannwitz. Patzke. v. Splitgerber.

Kai tanzte sich emsig durch den Winter durch. Weihnachten verbrachte er, wie stets, mit seiner Mutter, in Tangbüttel. Dann schlief er im Königsbett. Alles war beim alten geblieben. Nur die beiden kleinen polnischen Prinzen waren, kurz nach einander, gestorben. Sie hatten ihren armseligen Nachlaß, der dennoch manches Wertvolle enthielt, an Kai vermacht.

Der nahm sich daraus nach Rawitsch einen echt russischen Ssamowar mit und den bedenklich alten Papagei Pultawa. Pultawa sprach nur zwei deutsche Sätze: »So leben wir!« und: »Kommst mit nach Port–ugal, kommst mit nach Port–ugal«. Das schrie der entsetzliche Vogel unaufhörlich.

Enewold schien nicht kränker geworden zu sein. Aber es däuchte Kai, und er glaubte es aus allem, was ihn umgab, und aus allen, die ihn umgaben, heimlich herauszulesen und herauszuhören, daß stärkere und vielleicht auch folgenschwerere Anfälle geschehen sein mußten.

Einmal war Kai abends im kleinen Wirtshaus Pukaff (Pflückab) gewesen, das nicht weit von Tangbüttel liegt. Auf dem Gang nach dem Schlosse sah er den Aldebaran leuchten. Eine fast übermenschliche Anstrengung kostete es ihn, daß er nicht im Schnee auf die Kniee fiel. Aber er überwand sich. Doch ging er wohl eine Minute übers Schneefeld auf ihn zu mit geöffneten Armen. Niemals sagte er davon einem Menschen etwas, selbst nicht seiner Mutter, Enewold und seinen Freunden. Enewold hatte sich übrigens gefreut über sein gutes Wirtschaften mit dem Gelde. Die eine Ausnahme: die Klaviergeschichte hatte er lachend bezahlt.

Als Führer des ersten Zuges der ersten Kompagnie rückte er im Mai zum Kriege gegen Österreich aus. Obgleich er ein schlanker, hochgewachsener Leutnant war, überragten ihn die Westfalen, aus denen das Regiment seinen Ersatz hatte, namentlich im ersten Gliede, um ein Erkleckliches.

In den Kriegen hatte Kai ein Tagebuch geführt und diese Tagebücher ergänzt durch seine Briefe aus jener Zeit an Enewold und Frau von Vorbrüggen, die ihm später wieder zugefallen waren. Auch ergänzt durch im Druck erschienene Regimentsgeschichten und andere über die Kriege herausgekommene Werke. Natürlich zeigten Kais Tagebücher nur das, was er selbst, in seiner Eigenschaft als Leutnant erlebt und gesehen hatte. Weiter konnten sie nichts geben. Seine Tagebücher wurden ihm, je mehr seine Stunden schwanden, immer lieber. Stetig wehmütiger wurden seine Gedanken beim Lesen der Aufzeichnungen, wenn er, je höher er ins Alter hineinging, schmerzlich fühlen mußte, wie er immer einsamer seinen Weg machte: Mehr und mehr seiner alten Kameraden sanken ins Grab, öfter und öfter knallten die drei Ehrenfeuer über die Gräber, wohin man mit umflorten Fahnen marschiert und von wo man mit fliegenden Fahnen zurückkehrt, wohin man mit Trauermärschen und langsamen Schritts geht und wo man mit fröhlicher Musik und raschen Schritts heimzieht.

Nachod und Skalitz.
(Nach Kais Tagebüchern, Briefen und Erinnerungen.)

Die erste Kompagnie führte Hauptmann von Winterfeld. In seiner Kompagnie standen Premierleutnant von Pannwitz, ich und Portepeefähnrich Prall.

12.6.66. Marsch von Reußendorf, einem Stolbergschen Besitz, wo wir prächtig beim Oberförster einquartiert gewesen waren, nach Salzbrunn.

13.6.66. Wir marschierten um halb sieben Uhr morgens ab und kamen erst um fünf Uhr nachmittags ins Quartier. Wir Offiziere zogen uns sofort um und tanzten bis zum andern Morgen in Salzbrunn. Um fünf Uhr wieder weitermarschiert. Bei einer unerhörten Hitze bis nach Ober-Gräditz, das einem alten Fräulein von Franckenberg gehört, die uns und die ganz außerordentlich große Last und Menge der Einquartierung mit höchster Liebenswürdigkeit und hausmütterlicher Sorge aufnahm.

14.6.66. Marsch von Ober-Gräditz nach Nimpsch. Auf dem Marsch erzählte mir Pannwitz mit Stolz, daß die Mutter von Heinrich von Kleist aus seinem Hause wäre. Ich fragte, ob dieser Heinrich von Kleist Minister oder sonst ein hoher Herr gewesen sei. Aber Pannwitz lachte mich aus, verwundert über meine Unwissenheit, und meinte, daß Minister, in den meisten Fällen, bald nach ihrem Tode vergessen wären. Dagegen würde ein solcher großer Dichter wie Heinrich von Kleist niemals vergessen werden. Ich war beschämt, denn ich hatte nie von einem Dichter Heinrich von Kleist gehört; niemals war er mir von meinen Lehrern genannt worden. Und er war doch schon über fünfzig Jahre tot.

26.6.66. Das ganze Regiment steht in der Vorhut. Vom Höllengrund in der Grafschaft rückten wir ab. Über Reinerz und Rückerts. Wir bezogen ein Biwak dicht vor der Grenze. Pannwitz lag im Zelt mit dem Gesicht nach der Leinwand. Er schlief nicht, ich merkte es. Überall Patrouillen. Die weiteste Aussicht nach Böhmen hinein. Ich sah deutlich ein großes rotes Gebäude in der Ferne. Sergeant Beeren kochte für uns. Ich versprach ihm Zigarren, wenn mein Koffer eingetroffen wäre. Er sollte sie nicht mehr bekommen, denn zwei Tage darauf, bei Skalitz, fiel er ganz in meiner Nähe. Ich machte einen Besuch bei unsrer Lagerwache. General von Ollech hielt uns eine Rede, weil der Feldprediger nicht da war. Nach dem Gottesdienst kam eine Meldung, daß das dritte Bataillon ohne Widerstand in Nachod einmarschiert sei. Ein begeistertes Hoch! Die Gewehre wurden scharf geladen, die Tornister gepackt, alles in Ordnung gemacht. Zum Aufbruch fertig. Viele lagen noch an ihren alten Kochstellen und schrieben Briefe nach Haus. Endlich gingen wir an die Gewehre. Aus der Mitte in Reihen auf die Landstraße.

Es war ein wundervoller Abend. Der Vollmond schien auf unsere Helme und Gewehre. Die Leute marschierten ruhig und schweigend. In der ganzen Division herrschte Totenstille. Nie hat mir die Zigarre schöner geschmeckt als an diesem Abend. Ich ging längere Zeit neben dem kleinen Obenaus. Er mußte mir von seiner Familie erzählen. Wir bewegten uns dann rascher vor, was uns willkommen war, da sich eine unangenehme Kälte fühlbar machte. Wo ist, wann kommt die Grenze? war unsere stete Frage. Wir marschierten ununterbrochen wohl schon vier Stunden. Plötzlich halt! Vorn ist was los! Die Brücke über die Methau wird von unseren Pionieren wieder hergestellt. Weiter vorwärts sah man einzelne Wachtfeuer. Hier biwackierte unser vielgeliebter Oberst von Below mit dem zweiten Bataillon. Zwanzig Schritte vor der Grenze. Wir fühlten zuerst, daß wir im Kriege waren. Winterfeld ließ Pannwitz und Prall mit einem Zug rechts als Seitendeckung an eine große Fabrik gehen. Feldwebel Bruns ging mit dem Schützenzug links auf eine Anhöhe. Ich blieb mit dem Unterstützungstrupp zurück. Was für eine Nacht. Kein Stroh, kein Holz. Ein naßkaltes Kartoffelfeld war unser Lager. Ich konnte nicht schlafen; ich versuchte alles, um einzuschlummern. Schließlich ging ich zu einem angekommenen Wagen, der mit Säcken beladen war. Auch da nicht. Mich fror schändlich; ich hatte nicht mal meinen Überzieher bei mir. Endlich tagte der Morgen. In der Nacht hatte es überall herumgeknattert. Wir kochten unsern »eisernen« Kaffee, vermischt mit Erde und Strohhalmen. Er schmeckte uns vortrefflich, und vor allem: er erwärmte uns. Winterfeld befahl mir, aufzupassen, daß auch alle Leute Kaffee bekämen. Es wurde heller. Wir sahen die ersten
österreichischen Kavallerieposten auf einem Berge vor uns.

27.6.66. Zwei Schwadronen der Vierten Dragoner kamen in mäßigem Trabe bei uns vorbei. Wir folgten ihnen. Pannwitz und Prall waren noch nicht zurückgekommen, so machte das Halbbataillon diesen Tag mit fünf Zügen durch; drei von der vierten Kompagnie, zwei von der ersten Kompagnie. Wir überschritten die Grenze mit Hurra. Alles sah sich um, ob denn das fremde Land anders aussehe wie Preußen. Wir kamen bei dem großen Zollamt mit bem Doppeladler vorbei. Hier standen die ersten Häuser. Hinter einem von ihnen lag ein erschossener Österreicher, mit dem Mantel bis an die Haare zugedeckt. Es war der erste Tote, den wir sahen. Man schielte nach ihm hin mit scheuen, hastigen Augen. Aus einem andern Häuschen schaut vergnügt ein sechs, siebenjähriges Mädel heraus, mit einem kleinen schwarzen Hund im Arm, den sie wie eine Puppe an sich preßt. Es war halb sieben, als wir uns Nachod näherten. Eine Viertelstunde später marschierten wir durch die Stadt.

Hoch oben lag das Schloß. Vor den Türen standen blaß und verängstigt die Bewohner. Es war ein eigentümliches Gefühl, womit wir sie betrachteten. Man bot uns Wasser an. Aber: Vergiftet, vergiftet, hieß es. Wie gerne hätten wir getrunken. Mitten in der Stadt schloß sich der Gefreite Lewin von der zwölften Kompagnie unserm Halbbataillon an. Er hatte eine Patrouille geführt und war seiner Kompagnie abhanden gekommen. Eine Stunde später lag er, mitten durchs Herz getroffen, im Gras. Bald hatten wir Nachod hinter uns. Schon eine glühende Hitze. Kurz hinter Nachod hatten wir einen kurzen Marschhalt: Wir legten uns ins reifende Korn hinein: Wir sind ja im Kriege! Aber ein sonderbares Gefühl war es dennoch für uns alle, das heilige Korn niederzutrampeln. Den Vizefeldwebel Lang hatte ich in meinem Zuge. Der kleine Jude von der zwölften Kompagnie war auch in meinem Zuge. Er gab Lang und mir einen guten Schnaps. Er zeigte sich als ein tapferer, umsichtiger Soldat. Steinmetz rasselte mit seinem ganzen Gefolge bei uns vorüber: Er trug eine riesige Schirmmütze mit Lederüberzug. Genau so, wie wir sie auf den Bildern vom alten Blücher sehen (1813). Ich bin stets mit unbehaglichem Herzen bei Steinmetz vorübermarschiert oder habe vor ihm gestanden. Seine ruckartigen Bewegungen mit dem Kopfe hatten etwas vogelartiges. Doch das muß hier gesagt werden: kein anderer General auf Erden hätte Nachod und Skalitz gewonnen. Ihm allein ist es gelungen. Ihm allein verdanken wir die beiden Siege.
Das »Zivil« kannte er überhaupt nicht. Bei ihm trug selbst der liebe Gott das umgeschnallte Seitengewehr. - Hoch old Steinmetz!
An die Gewehre! Kaum waren wir zwei Minuten im Marsch, da sahen wir einen wie rasend auf uns zusprengen, dahinter kam noch einer: es waren mein Brigadekommandeur, General von Ollech, und sein Adjutant Karnatz.
Der hochgewachsene General, der auf einem großen Pferde saß, stoppte kurz vor uns, sich weit in den Sattel zurückbiegend, mit aller Wucht seinen Gaul und rief uns in höchster Erregung zu: Links um machen! Die Österreicher sind da! Sofort wandte er seinen Hengst und ritt im schärfsten Galopp wieder vor. Sein Adjutant konnte ihm kaum folgen. Nie werde ich diesen Augenblick vergessen. Es kam mir vor, als wenn der Kriegsgott selbst uns eben erschienen sei. In meiner Todesstunde sehe ich noch des Generals fliegende Schärpenquasten. Gleich darauf wurde der tapfere Achill, aufs schwerste verwundet, zurückgetragen.
Wir machten nun sofort linksum und stiegen in Kolonne nach der Mitte den Berg hinauf; einen Wald vor uns nahmen wir als Ziel. Der Schützenzug wurde vorgenommen. Lang ging mit den Schützen lebhaft, scharf und sicher ins Gefecht. Wir Offiziere zogen die Säbel.

Ich sandte nach rechts zwei Seitenläufer, Rösler und Benfer, denen ich befahl, zu sehen, was rechts vom Walde sei. Winterfeld eilte zu den Schützen. Links von uns ging der Feldwebel der vierten Kompagnie mit dem Schützenzug seiner Kompagnie. Hauptmann von Löwenstern übernahm das Halbbataillon, ich führte die Kompagnie. Bald hatten wir den Wald erreicht, wo uns eine himmlische Kühle erquickte. Noch dicht vorm Walde lud ich meinen Revolver. Mein Feldwebel Bruns hielt mir die Patronenschachtel dabei. Jetzt hörten wir vereinzelte Gewehrschüsse und darauf Granatengepfeife. Es war kein Zweifel mehr: Wir standen in der Schlacht. Löwenstern ritt mit klarer, ruhiger Unerschrockenheit, den Kopf vorgestreckt, uns voran. Er gab uns ein leuchtendes Beispiel. Bald traten wir an den andern Rand des Waldes. Der Schützenzug ging weiter über Kartoffelfelder und Wiesen, wir folgten, aus dem Walde tretend. Da summte die erste Granate über unsre Köpfe weg. Totenstille bei uns. Als das Biest über uns wegflog, bückten wir uns alle, als wären wir beim Kaiser von China zum Empfang. Aber schon, als die zweite Granate kam, zogen wir aufrecht weiter. Aus einem Seitenweg bogen drei Dragoner heraus. In ihrer Mitte stützten zwei Reiter ihren Regimentsadjutanten, Leutnant von Montowt, der mit zerschmettertem Fuß im Sattel hing. Er lehnte, ohnmächtig und leichenblaß, seinen Kopf an die Brust des rechts reitenden Dragoners. Der links reitende hielt ihn mit seinem rechten Arm umschlungen. Wir riefen unsern Leuten zu: »Nicht umsehn«. So gings ruhig weiter. »Grade aus!« »Halblinks!« »Halbrechts!« Löwenstern führte uns mit größter Ruhe, mit starkem Kommando. Bald kamen wir, dem Dorf und der Kirche Wenzelsberg gegenüber, in einen neuen Wald, der aber nur ein Wäldchen war. Noch war nichts vom Feinde zu sehen. Da fielen die ersten Schüsse in unsrer Schützenlinie. Wir machten, den Schützen folgend, eine Halblinks-Schwenkung, und hatten, am Rande der kleinen durchsichtigen Hölzung, unser vorläufiges Ziel erreicht. Die Bäume waren Tannen; sehr jung noch. Sie boten uns wenig Deckung. Hinter der Kirchhofsmauer lagen österreichische Schützen und feuerten wie toll auf uns. Löwenstern nahm zwei Züge etwa vierzig Schritte hinter den Waldrand zurück. Alles legte sich platt hin. Nur wir Offiziere blieben aufrecht stehen. Jetzt pfiffen die Kugeln hageldicht. Sie verursachten ein klapperndes Geräusch in den Stämmen. Da traf ein Schuß einen Füsilier durch die Brust. Unser Lazarettgehilfe Petschke schleppte ihn sofort zurück und verband ihn.
Plötzlich erschien neben uns im Wäldchen eine Abteilung des achtundfünfzigsten Regiments, unsres Brigade-Regiments. Der Hauptmann rief uns mit bewegter Stimme zu, daß wir umgangen seien. Löwenstern befahl mir, rasch an den Nordrand unsres Wäldchens zu laufen und ihm sofort Bericht zu geben.

Ich eilte so schnell ich konnte hin und sah vom Waldrande aus große feindliche Massen Infanterie und Kavallerie herankommen. Es war ein bezaubernder Anblick: die vorrückenden Weißröcke, mit ihren spielenden Regimentsmusiken voran, in der blendenden, glitzernden Sonne. Auch hörte ich Kavalleriesignale. Ganz schwach klang mir her durch all den Lärm der Schlacht, als wenn Avanti, Avanti gerufen würde. Jedenfalls waren es Zurufe der Offiziere an ihre Leute, die in Italien ausgehoben sein mochten. Sofort stürzte ich zurück und machte meine Meldung. Es war nun unumgänglich notwendig geworden, daß wir, um nicht gänzlich abgeschnitten zu werden, aus dem Wäldchen hinausmußten. Als wir wieder auf die kahle Wiese traten, sah ich einem Kavalleriegefecht zu. Die feindlichen Kürassiere hatten vielleicht schon angesetzt, um uns anzugreifen. Da kamen Dragoner- und Ulanen-Schwadronen von uns und brachen in sie ein. Ich blieb stehen und sah mit offenem Mund und aufgerissenen Augen dem Kampf zu. Gleich darauf zeigten wir in einer kleinen Vertiefung wieder unsere Stirn. Winterfeld ging selbst vor, um zu sehen, ob wir verfolgt würden. Zuerst schien es nicht. Da krabbelts aus dem Wäldchen heraus, aus dem wir eben gekommen waren. Der Feind nähert sich uns unbegreiflicherweise in dicken Kolonnen. Winterfeld schreit durch all den Lärm durch: Rechts und links marschiert auf! Marsch! Marsch! Schnellfeuer! Wir gaben ein Höllenfeuer ab. Die Kolonnen stutzten und machten kehrt. Gegen unser Zündnadelgewehrfeuer wars unmöglich anzukommen. Die Verwundeten schleppten sich auf uns zu. Viele humpelnde Offiziere stützten sich, so gut sie konnten, auf ihre Säbel, und hinkten heran. Wir preußischen Offiziere sprangen vor, um ihnen zu helfen. Ich senkte vor einem höhern österreichischen Offizier, der grauenvoll zerschossen war, den Säbel. Daß so viele feindliche Offiziere dicht vor unsrer Linie fielen oder verwundet wurden, hatte darin seinen Grund, daß sie immer wieder weit vorsprangen, um mit glänzendem Schwung ihre Leute anzufeuern.
Ein Augenblick der Ruhe trat ein. Da erhob sich vor uns ein verwundeter oder liegengebliebener österreichischer Infanterist und schoß auf uns. Schleunigst lief er davon. Aber unser dicker Siebel, einer von den westfälischen Riesen, sprang auf und zielte auf ihn. Er traf ihn gut: Ich sah, wie er wohl vier Fuß in die Höhe sprang und dann zusammenbrach. Jetzt fingen die Granaten wieder an. Winterfeld schrie mit letzter Anstrengung nach Ordnung. Nie sah ich eine so allumfassende Energie wie bei diesem Offizier. Es trat eine gänzliche Erschlaffung bei uns ein. Alles lechzte nach Wasser. Wir rauchten, wir nahmen Gras, Blätter, Erde in den Mund. Der Durst war um wahnsinnig zu werden. Der ganze Sommertag war erstickend heiß.

Nach einigen Minuten fuhr unsre Reserveartillerie bei uns vorbei. Auch andre Regimenter rückten an, die endlich auf dem Schlachtfelde, nach ununterbrochnen, eiligsten Märschen, angekommen waren. Wir hatten fünf Stunden in der äußersten Vorhut im Feuer gestanden. Abends kam das ganze Regiment wieder zusammen. War das ein Wiedersehn! Ein Fragen nach den Gefallenen und Verwundeten!
Mein Bataillon erhielt den Befehl, die Nacht die Gefangenen in Nachod zu überwachen. In meinem Tagebuch finde ich nichts von dieser Nacht. Aber in der Erinnerung sehe ich Flammen, Wirrwar, fremde Uniformen zusammengepfercht auf dem Marktplatz, höre ich Wimmern und Ächzen der Verwundeten, nach ihren Eltern schreiende Kinder, höre ich ein wildes Durcheinanderrufen, Fluchen, Kommandos, Wagengerassel. Einmal umklammerte eine Frau flehend meine Hände und schrie mich in deutscher Sprache an: Ich möge mit ihr in ihr Haus eilen, es würde dort geplündert. Ich ging auf der Stelle mit ihr. Als ich eintrat, war ein Zimmer voll von Füsilieren. Der Älteste meldete mir, stramm wie im Frieden: daß sie die Frau um Leinen zu Fußlappen gebeten hätten. Da es ihnen von ihr verweigert worden wäre, hätten sie sich es selbst genommen. Ich gab meinen Soldaten recht. Die Frau beruhigte ich, daß ihr in ihrem Hause nichts sonst geschehen würde. Die Mannszucht, auch in dieser Nacht, war gewahrt wie in der Kaserne. Die Unteroffiziere und Korporalschaftsführer hatten ihre Leute völlig in der Hand.
An Schlafen und Essen war nicht zu denken.

28.6.66. Morgens aus Nachod wieder hinaus. Marsch am Schloß vorüber. Gleich sehr anstrengend. Große Hitze und großer Durst. Beim Antreten wurde uns bekannt gemacht, daß für den schwerverwundeten General von Ollech Oberst von Below (vor Metz gestorben) das Kommando der siebzehnten Infanterie-Brigade übertragen worden sei. Der Kommandeur unsres zweiten Bataillons, Oberstleutnant Freiherr von Eberstein (bei Vionville an der Spitze seines Regiments gefallen), ein sehr ruhiger, ausgezeichneter Offizier, hatte unser Regiment übernommen.
Einmal blitzten uns aus der Ferne Kavalleriemassen entgegen. Wir hielten sie für Österreicher. Es war aber die schwere Garde-Kavallerie-Brigade, die Prinz Albrecht (Sohn), Königliche Hoheit, befehligte. Sie sah im hellsten, brennendsten Sonnenlicht herrlich aus, wie aus einem andern Stern fließend.
Sowie wir auf der Höhe angekommen waren, fing die österreichische Artillerie an, uns heftig zu beschießen. Sie schoß außerordentlich genau. So lange wir im Kampfe standen an diesem Tage, hatten wir Granaten und unter Umständen Kartätsch- und Schrapnellfeuer auszuhalten.

Das schwerste ist für die Truppe, still in Ruhe aushalten zu müssen. Doch wir gingen bald wieder vorwärts, Schützen vor uns. Ich hörte einmal in einer brennenden Scheune ein Geschrei, wie ich es nie gehört hatte. Als wir das verrammelte und geschlossene Tor sprengten, hing ein Pferd dort, halb verkohlt auf der einen Seite, an einer eisernen Halfter. Ich sprang sofort vor und erschoß es mit meinem Revolver. Das war das einzige Mal in meinem Leben, daß ich ein Pferd schreien gehört habe. Niemals werde ich es vergessen können.

Ein Hügel vor uns (auf den Karten: 788) war stark besetzt. Die ihn haltenden Feinde, das Jägerbataillon fünf, schickten uns ein verheerendes, vernichtendes Feuer entgegen. Dazu waren wir in demselben Maße den Batterieen der Brigade von Fragnern ausgesetzt. Winterfeld befahl mir, mit meinem ersten Zuge den Hügel zu stürmen. Marsch, Marsch, Hurra! Ich sprang über einen Weggraben und rannte mit meinen Leuten gegen die Jäger an. Diese, kaltblütig, klug und sehr umsichtig geführt, sandten uns einen solchen Hagel entgegen, daß wir, wie physisch geblendet, einige Schritte zurückprallten und uns in den Straßengraben warfen, von wo aus wir ein Feuergefecht einleiteten.

Das war jedem klar, der Hügel mußte genommen werden. Eberstein ließ nun zum Vorgehn blasen und schlagen. »Auf!« schrie ich. Mit mir stürmten Winterfeld und Pannwitz. Ich kam dicht vor die Gewehrläufe der Jäger, die wie eine Mauer stehen blieben.

Von nun ist mir alles wie ein Durcheinander. Vielleicht war es das letzte, was ich sah, wie Winterfeld (gefallen bei Weißenburg vor seinem Bataillon) und Pannwitz mit gezogenen Säbeln vorwärts stießen. Winterfeld wurde schwer durch die Brust geschossen. Pannwitz wurde das rechte Bein zerschmettert. Er starb im Lazarett im Juli. Das ganze Regiment hatte ihn geliebt und unendlich hochgehalten. Mein Feldwebel Bruns brach tot zusammen. Ein mir entgegentretender österreichischer Offizier schoß, zwei Schritte von mir, mit seinem Revolver auf mich. Er traf mich in den Unterleib; ich sank auf der Stelle ohnmächtig zusammen. Der Schuß war aufgehalten durch Rock, Hose und Hemd, und war außerdem sehr abgeschwächt durch mein Säbelkoppel. Eine größere Ader war getroffen und ich blutete überaus stark.

Wie lange ich gelegen habe, ahne ich nicht. Als ich erwachte, sah ich nur Tote und Verwundete neben mir. Der Offizier, der mich geschossen hatte, lag tot, dicht bei mir. Mein neben mir gebliebener Sergeant Nimphius hatte ihn mit seinem aufgepflanzten Seitengewehr durchbohrt. Mein Rächer. Ich fiel sofort wieder in Ohnmacht. Wie ich nach dem Forstamt oder nach dem Vorwerk Dubno gekommen bin, weiß ich nicht. Ich erwachte dort mitten zwischen den Verwundeten. Meine Kleider waren mir fast völlig vom Leibe gerissen.

Die Ärzte und Lazarettgehilfen eilten bis zur Todmattigkeit unter uns umher und taten ihre äußerste Pflicht. Ich lag zwischen preußischen und österreichischen Verwundeten und hörte das Ächzen und Stöhnen und Schreien. Da ich noch nicht verbunden war und mich die Wunde nicht schmerzte, auch aufgehört hatte zu bluten, so schrieb ich meinen nächsten Nachbarn, so gut es ging, auf herumliegendem Papier mit Bleistift Briefe: Ein österreichischer, auf den Tod getroffener Offizier sagte mir mit schwacher, sterbender Stimme vor: »Liebe Giesi, ich bin leicht verwundet. Bald ...« da hörte ich seine Stimme nicht mehr. Er war verschieden. Nun wurde ich noch einmal, wohl durch den starken Blutverlust, ohnmächtig. Als ich erwachte, war ich verbunden; man hatte mir ein großes Pflaster aufgeklebt. Ich fühlte mich durchaus gestärkt, sprang auf und humpelte auf den Biwackplatz zu meiner Kompagnie, die mich mit Hurra begrüßte. Wir lagerten mitten auf dem Schlachtfelde. Brauchte man ein Kopfkissen: es gab so viel Gefallene dicht um uns: wir konnten unsre Häupter auf sie legen. Wie gestern wars eine helle Mondnacht. Ich konnte sehen, wie meine Westfalen mit Wasser hin und her liefen, um die Verwundeten zu tränken, Freund und Feind.

Auf einem der Märsche, bald nach Königgrätz, mußte ich einmal, weil mich meine Wunde immer mehr schmerzte, von meinem dicken Braunen hinunter. Ich bat einen Arzt, er möchte sie untersuchen. Der schlug die Hände überm Kopf zusammen und wollte sich zuerst ausschütten vor Lachen: »Welches Rindvieh hat Ihnen denn die spanische Fliege aufgebackt? Mein Gott, das hätte schlimm werden können.« Er nahm das falsche Pflaster ab und verband mich richtig nach allen Regeln der ärztlichen Kunst.

In der Eile hatte in Dubno irgend einer mich rasch untersucht und mir dabei das unrichtige Pflaster aufgeklebt. Verzeihlich.

Wieder im Sattel. Vorwärts!

Kai von Vorbrüggen war durch die Neugestaltung des Heeres unmittelbar nach dem Österreichischen Kriege wieder nach Mainz versetzt worden zu einem der neuen Regimenter. In ein früher kurhessisches Regiment. Mainz, das Goldne Mainz, nahm ihn zum zweiten Mal in seine Mauern.

Das Regiment hatte eine Geschichte hinter sich von zweihundert Jahren. Es hatte seine ruhmreichen Fahnen im spanischen Erbfolgekrieg entrollt, in Holland, am Rhein, in Bayern und in Italien. Vor Lille und Tournay, bei Malplaquet hatte es im Feuer gestanden. Im österreichischen Erbfolgekrieg in den Niederlanden, am Rhein und Main und in Bayern. In Schottland kämpft es gegen Carl Eduard Stuart. 1756 finden wir es in England im Lager bei Winchester. 1757 erobert es bei Hastenbeck eine Batterie.

Bei Bergen und Minden. Bei Warburg an der Diemel, wo es zwei Schweizer Regimenter über den Haufen wirft. Auch in Amerika ist es gewesen. Hier, wie in den Befreiungskriegen, 1814 und 1815, und später in Baden, Schleswig und Jütland: überall zeigt sich die Treue und Tapferkeit, die Mannszucht, die Zähigkeit und Ausdauer des berühmten Regiments. Wahrlich, eine heldische Vergangenheit.

Mainz, ach Mainz. Namentlich für die jungen Offiziere gehört es zu den Idealstädten des deutschen Reichs. Seine Geschichte, die bis auf zweitausend Jahre hinab zu verfolgen ist: die vielen römischen Erinnerungen auf Tritt und Schritt, Drusus Germanicus, Domitian, Diocletian, die vierzehnte Legion und die zweiundzwanzigste, die von Mainz nach Jerusalem und seinen Nachbarstädten verlegt wurde, Völkerwanderung, Karl der Große. Im Mittelalter glänzt die hohe Bedeutung von Mainz. Der Dom, die Erzbischöfe, Friedrich Rotbart. Mainz, eine Zeitlang das Haupt des Städtebundes, von Basel an bis an die Nordsee. Gutenberg. Und immer floß und fließt, Welle auf Welle, der deutsche Rhein vorbei und festigt in unsern Herzen: Deutsch soll er bleiben.

Rheinauf, rheinab: Die großen Dampfschiffe mit ihren Hunderttausenden von frohen Gästen. Alle die zahlreichen Städte und Städtchen, Burgen und Weinberge, die Felsen und Inseln. Wo man aussteigt und fröhlich ist: Von Mainz bis Bonn und von Bonn bis Mainz.

Kai mietete eine Wohnung in der Nähe des Nasengäßchens, Domstraße 6, im Kalten Loch, wie die enge Straße hinterm Dom vom Volk genannt wird. Hier wohnte er in einem zurückgelegenen Hause beim lieben alten Wagenlackierer Imhof; in demselben Hause mit mehreren Kameraden, die alle ihre gemütlichen Zimmer dort hatten. Eine Akazie hing und hängt noch heute ihre Zweige vom Vorhof hinüber ins Gäßchen.

Es kam die Zeit für ihn, von der die holländischen Kaufleute sagen, wenn sie einen Lehrling nehmen: »Heeft hy geraasd, of zal hy nog razen?« (Hat er gerast oder soll er noch rasen). Es kam die Zeit mit den lustigen Mädels und Mädelsgeschichten, wo kleine unschuldige Liebesstündchen so wichtig und verschwiegen sind wie Staatsgeheimnisse, wo allerlei Briefchen ankommen: »Lieber Kai, wie bist Du doch immer so lustig. Donnerstag komme ich wieder um 6 Uhr. Dein Friedchen (wie nanntest Du mich noch?) Trallala.« Oder: »Lieber Kai, komme morgen abend 8 Uhr. Dann ist Frau Berglehner abgereist. Die Mädchen dürfen auch die acht Tage bei ihren Eltern sein. Nur Klara kommt jeden Morgen um 7 Uhr, um rein zu machen. Deshalb mußt Du immer um 6 Uhr schon fortgehen. Das läßt sich nicht ändern. Dein Julchen.« Oder: »Geehrter Herr Leutnant!

Sein sie so gut und erfüllen sie meine Bitte und komm morgen abend 11 Uhr an der Ecke von die Emerichjosefstraße. Dann habe ich Zeit. Hochachtungsvoll schreibt sie die Sangerinn Maria Tetzel.« Oder: »Lieber Kai! Komme doch bitte morgen abend ¾9 Uhr zu mir. Bin allein. Alles ausgegangen. Du weißt ja Bescheid. Deine Kati.« Usw., wies so geht in jungen Jahren.

Von Mainz sind Wiesbaden und Homburg leicht zu erreichen. Auch Baden-Baden liegt nicht fern von Mainz. In diesen drei Bädern wütete damals das öffentliche Spiel. Kai fand Gefallen am Spiel, und fand mit der Zeit so viel Gefallen daran, daß er immer öfter an seinen dienstfreien Nachmittagen in Zivil nach Wiesbaden oder Homburg fuhr und auch Baden-Baden besuchte, wenn er die Stunden dazu erübrigen konnte. Das kostete ihn viel Geld und immer mehr Geld. Auch fing er an verschwenderisch zu leben: aus Petersburg hatte er sich zwei teure Füchse, mit bis auf den Boden reichenden Schweifen, gekauft. Zu den beiden Füchsen gehörte ein hübscher Wagen. Meistens fuhr er selbst. Die Mütze saß ein ganz wenig schief auf dem Ohr. Im Überrock trug er stets eine gelbe Rose. Hinter ihm, mit gekreuzten Armen, saß der Groom. Neben ihm saß sein schneeweißer Pudel Hurra. Man hielt ihn für einen der reichsten Offiziere von Mainz.

Enewold bezahlte alle seine Schulden, zu jeder Zeit. Vielleicht, daß er sich sagte: Laß ihn jetzt austoben. Besser jetzt, als später. Aber allmählich wurden Kais Ausgaben immer größer. Seine fortwährenden Briefe um Geld ließen Enewold endlich an den Kommandeur des Regiments schreiben; er bat ihn, einmal gütigst mit Kai zu sprechen und, falls es ihm recht sei, ihm selber über dessen Leben in Mainz Aufklärung zu geben. Zugleich bat er den Obersten, Kai auf einige Wochen nach Tangbüttel Urlaub geben zu wollen.

Eines Tages wurde Kai zu seinem Regimentskommandeur befohlen. Der Oberst war ein strenger, sonst gütiger Mensch, den seine Offiziere hochhielten und verehrten.

Kai stand in dienstlicher Haltung vor seinem Regimentskommandeur und sah ihm gespannt in die Augen, denn er ahnte nicht, weshalb er befohlen sei. Der Oberst hielt Enewolds Brief in der Hand:

»Ich habe hier einen Brief von Ihrem Verwandten, dem Grafen Vorbrüggen in Tangbüttel, worin er mich bittet, Ihnen einige Wochen Urlaub zu geben. Zugleich aber auch wünscht er, ihm über Ihr außerdienstliches Leben Auskunft zu geben und ihn namentlich darüber zu benachrichtigen, wo Sie mit dem vielen Gelde, das er Ihnen fort und fort auf Ihre Briefe sendet, bleiben. Ich habe nicht das Recht dazu, mich in Ihre Privatangelegenheiten zu mischen, so lange diese nicht irgendwie Kreise berühren, die sich mit der Stellung eines Offiziers nicht decken lassen.

Sie sind ein tüchtiger Offizier und beliebter Regimentskamerad. Keine Klage wegen Schulden ist je über Sie eingereicht worden. Ich habe nichts an Ihnen auszusetzen. Aber eins erwähne ich hier, und da nehmen Sie, jetzt spreche ich nicht dienstlich, meinen kameradschaftlichen Rat an: Sie spielen. Sie wissen, daß jedem preußischen Offizier das Glücksspiel, das öffentliche Glücksspiel insbesondere, verboten ist; durch die große Güte und Fürsorge Seiner Majestät. Das Spiel ist das größte Laster, es kann uns Menschen vernichten. Es verdirbt nicht allein, es vergiftet schließlich das ganze eigene Sein und Leben. Es tötet mit der Zeit jede andre gute und schlechte Leidenschaft. Das hab ich allerdings bis jetzt in keiner Weise bei Ihnen bemerkt. Aber ich ersuche Sie, dies bei sich in aller Ruhe überlegen zu wollen: Jeder ist seines Glückes Schmied. Es ist mein Wunsch, daß Sie mir, wenn Sie sich vom Urlaub zurückmelden, in die Hand versprechen: Ich spiele nicht mehr. Noch einmal: Das Spiel ist die Schändung des Körpers und die Entehrung der Seele.«

Kai ging wie betäubt aus dem Hause seines Obersten. Darauf war er nicht gefaßt gewesen. An demselben Abend fuhr er, am achten Juli, auf Urlaub nach Tangbüttel. Mit ihm in demselben Zuge ging ein langer Brief seines Regimentskommandeurs an Enewold ab.

Zwei Tage darauf, am Abend des zehnten Julis, an einem stillen, unvergleichlich schönen Sommerabend, saß er mit Enewold auf einer blendend weißen Bank im Park von Tangbüttel. Enewold hatte ihn an diesen Platz geführt, weil jede Möglichkeit des Belauschtwerdens hier ausgeschlossen war.

»Lieber Kai, ich habe dich mal sehen müssen, weil wir allerlei zu besprechen haben, das sich nicht länger aufschieben läßt.

Deinem fortgesetzten Verlangen nach Geld habe ich ohne ein Wort immer nachgegeben. In der letzten Zeit haben deine Forderungen aber so zugenommen, daß ich mir erlauben mußte, bei deinem Regimentskommandeur anzufragen, mich über dein Privatleben zu unterrichten. Er hat es mit einer Liebe und Freundlichkeit für dich getan, daß du es ihm allein zu danken hast, wenn ich zu dir wie zu meinem Freunde jetzt sprechen will. Wenn trotzdem meine Fragen und Ansichten etwas akademisch, ja langweilig klingen werden, so nimm das so auf, daß ich dich nicht mit polternden Strafpredigten peinigen will.

Lieber Kai, das, was ich vermutet habe, ist mir durch den Brief deines Regimentskommandeurs bestätigt worden: Du bist ein Spieler. Denn auf andere Weise lassen sich deine großen Ausgaben nicht erklären. Was dir dein Oberst, wie er es mir schreibt, darüber gesagt hat, ist in jedem Wort auch meine bestimmte Meinung. Ich bitte dich jetzt:

Überlege dir bis morgen: ob du mir dann dem Ehrenwort geben willst, von da an nicht mehr zu spielen, weder im Kreise deiner Kameraden, noch an einer öffentlichen Spielbank. Ich werde dies morgen, ehe du mir dein Ehrenwort gibst, noch näher darlegen. Es war nicht recht von mir, dir bis heute noch nicht meine Vermögensverhältnisse klar auseinanderzusetzen. Ich tat es besonders deshalb nicht, um dich nicht schon jetzt, oder besser bis jetzt, zu belasten mit allen den Unbequemlichkeiten, Unerquicklichkeiten, Sorgen, die die Verwaltung eines großen Vermögens mit sich bringt. Aber jetzt ist die Zeit gekommen, dich darüber genau zu unterrichten.
Nun meine zweite Bitte, die du auch bis morgen dir überlegen willst. Dieser Wunsch ist: daß du, schon von hier aus, deinen Abschied einreichst.«
Kai sprang auf. Er war leichenblaß geworden und wollte leidenschaftlich antworten. Doch Enewold zog ihn auf die Bank zurück und fuhr ruhig fort:
»Mein lieber Kai, ich weiß, was in dir vorgeht, und begreife und würdige es durchaus. Übereile in diesem Augenblick nichts, überlege es dir bis morgen, und gib mir jetzt nur noch einige Minuten, damit ich zum Schluß komme. Es ist ganz unmöglich, daß du dich von Mainz aus, von deinen dortigen Verhältnissen aus, mit allen diesen Vermögenssachen in Verbindung bringen kannst. Dazu mußt du dich bei mir in Tangbüttel, einige Zeit wenigstens, aufhalten, damit du in das Gewebe hineinsiehst. Nur das eine will ich noch sagen und dich damit überraschen: In dieser Stunde ist deine Mutter eingetroffen und erwartet dich in ihren Zimmern. Berate alles mit ihr. Sie weiß von meinen Plänen und von dem, was ich hier eben ausgesprochen habe, noch nichts. Erzähle ihr alles. Und dann gib mir morgen deine Antwort.«
Beide erhoben sich. Kai sprach kein Wort. Enewold ließ ihn schweigsam bleiben. Er wußte, was alles durch Kais Seele stürmte in dieser Stunde.
Frau von Vorbrüggen empfing ihren Sohn und zog ihn an ihr Mutterherz. Bis spät in die Nacht berieten und überlegten Mutter und Sohn.
Es war weit über Mitternacht, als sie sich endlich trennten. Frau von Vorbrüggen hatte, wie sich das in dieser Lage von selbst versteht für eine um ihren Sohn besorgte Mutter, Kai aufs dringlichste geraten, dem Ansuchen Enewolds nachzukommen. Sie erzählte bei dieser Gelegenheit von dem märchenhaften Reichtum Enewolds. Er müsse so reich sein wie einer der englischen Herzöge, denen der Grund und Boden von London gehört. Es war nur menschlich von ihr, daß sie in ihren Sohn drang, schon deshalb nachzugeben, weil es möglich sein könnte, daß, falls er sich weigere,

Enewold ihn enterben oder wenigstens auf ein Pflichtteil setzen würde. Sie erzählte ihm weiter, was man sich in Schleswig-Holstein von Enewolds krankhaften Wutanfällen zuflüsterte. Die letzte Geschichte von ihm sei vor einigen Wochen sogar durch Provinzblätter, wenn auch nicht in gehässiger Weise, in die Welt gedrungen: Dem Wagen Enewolds sei auf der Segeberger Landstraße ein Wägelchen mit einem Kinde, das von der Mutter, einer Arbeiterfrau, geschoben wurde, zwischen die Pferde geraten; wohl durch die Ungeschicklichkeit der Frau oder aus welchem Grunde immer. Enewold wäre in maßloser Wut auf die Erde gesprungen und habe den kleinen Wagen mit dem Kinde, das wie durch ein Wunder von den Hufen nicht getreten worden sei, in den Graben geworfen, ohne daß dem Kinde auch hier ein Schaden geschehen.

Frau von Vorbrüggen schlief, wie stets in Tangbüttel, in den Gemächern der Königin, und Kai in seinem Königsbett.

Am andern Morgen sollte alles geordnet werden. Kai wollte dem Grafen die Bitten gewähren, wenngleich ihm der Gedanke, den Abschied von seinem Regiment zu nehmen, das Herz abzustoßen drohte.

Nicht ganz so früh wie gewöhnlich saß man beim ersten Frühstück. Der Zeitungsreuter, wie er genannt wurde, war aus Hamburg angekommen. Dieser Zeitungsreiter, der auch zuweilen einen kleinen Wagen benutzte, je nach dem Wetter, war eine der wenigen Ausgaben, die sich Enewold gönnte. Jeden Morgen, ganz früh; mußte er weg nach Hamburg, um die erste Post in schnellster Gangart nach Tangbüttel zu bringen. In ganz Hamburg war dieser Zeitungs- und Depeschenreiter bekannt. In den Blättern, die er heute gebracht hatte, standen aufregende Meldungen, Berichte und Vermutungen über den unmittelbar bevorstehenden Krieg zwischen Frankreich und Deutschland. Da konnte sich Kai nicht mehr halten. Er bat, sofort abreisen und sein Abschiedsgesuch erst nach dem Friedensschlusse einreichen zu dürfen. Enewold gewährte ihm selbstverständlich seine Bitte. Kai hätte sich auch durch nichts abhalten lassen. Die Abreise Kais wurde auf den nächsten Morgen fünf Uhr festgesetzt.

Nach dem Frühstück gingen Frau von Vorbrüggen, Enewold und Kai auf Enewolds Zimmer. Hier gab, mit Handschlag, Kai sein Ehrenwort, daß er von heute an nie mehr an einem Glücksspiel teilnehmen wolle. Er hat sein Wort gehalten.

Am Mittag ritt Kai noch einmal in die Umgegend, die er liebte, die er seit langen Jahren kannte. Er ritt auch nach dem kleinen Wirtshaus Pukaff, dessen Besitzer ihm wert war. Kaum hatte er sein Pferd abgegeben und war ins Gastzimmer getreten, als er sich von einer Zigeunerschar eingeschlossen sah.

Zum größten Ärger Enewolds belästigten diese Asiaten, die übrigens aus Schlesien waren, seine Ländereien jahraus, jahrein. Er konnte sie auf keine Weise loswerden.

Kai gab den ihn aufgeregt umringenden Kesselflickern und Gänsedieben, nach seiner freigiebigen Art, viel Geld und Getränk. Eine alte gekrümmte Frau aus dem Haufen beschwor Kai, ihm wahrsagen zu dürfen. Er erlaubte es. Sie murmelte denselben Unsinn und Hokuspokus, den sie jedem sagte, der ihr die Hand hinhielt. Kai war nicht zufrieden damit und ersuchte sie lächelnd, ihm zu sagen, wann und wo er sterben werde. Die Zigeunerin nahm noch einmal seine Hand. Alles um sie und Kai herum war plötzlich ganz still geworden. Sie prophezeite ihm in ihrem gemietlichen schläsischen Deutsch, einmal werde er, nach vielen, vielen Jahren, in einer Winternacht, auf einer großen weißen Fläche gehn und stehn: Er werde immer seine Augen auf einen roten Stern richten und seine Arme wie verlangend ausbreiten nach dem Stern. Dieser Stern nähme ihn zu sich. Auf Erden sei er dann für immer verschwunden, und niemand würde jemals eine Spur von ihm finden.

Kai ließ seine Hand fallen, schenkte der Bettlerin ein Goldstück und ritt langsam und in sich gekehrt nach dem Schloß zurück. Sonderbarerweise nicht erregt wegen der wunderlichen Prophezeiung des Zigeunerweibes. Versunken in eine ihm nicht klar werdende Sehnsucht, kam er, tief in Gedanken, auf dem Gute an. Und war doch sonst ein lustiger Leutnant, der sich den Teufel viel mit ähnlichen Gedanken beschäftigte.

Bis zum Essen, um sechs Uhr, waren die Generalin, Enewold und Kai noch viel bei einander, meistens in Enewolds Zimmer. Es wurde allerlei gesprochen und besprochen. Enewold lenkte wiederholt den Gang des Gesprächs auf eine Eigenschaft Kais, auf seine Verschwendungssucht. Es war ihm rätselhaft: Er konnte in den Vorgliedern der ganzen Vorbrüggenschen Familie kein Beispiel finden. Der Vater Kais und seine Mutter, die jetzt unter ihnen sei, wären wahre Muster an Sparsamkeit und richtiger Beurteilung des Geldwertes gewesen. Der Geizhals und der Verschwender, meinte Enewold, ein wenig schärfer seine Worte einsetzend, seien ihm beide gleich zuwider. Doch wenn er wählen solle, nähme er lieber den Geizhals als den Verschwender. Der Geizhals habe wenigstens die Klugheit für sich. Der Verschwender habe ein gut Teil Dummheit in sich. Alle die Menschen, denen er wohl täte, lachten ihn zum Schlusse noch aus, daß er ihnen geholfen habe; wie denn überhaupt der Begriff Dank für ihn, Enewold, nicht vorhanden sei. Dazu käme, daß der Verschwender immer, wenn auch in den meisten Fällen unbewußt, von Größenwahn und Eitelkeit getrieben werde.

Das einzige beim Verschwender könne er verstehen: Leben und lebenlassen. Ihm zusagend sei auch das nicht.
Er stand auf und nahm von seinem Schreibtisch ein biegsam gebundenes Büchlein und überreichte es Kai. Es war eine Sonderausgabe von Shakespeares Trauerspiel Timon von Athen.
»Jetzt wollen wir die letzten Stunden, die wir mit unserm Kai hier vereint sind, vergnügt sein. Kurz vorm Essen werde ich Kai noch mit drei Herren, die ich zu Tisch gebeten habe, in meinem Zimmer vertraut machen. Übrigens, glaube ich, sind sie dir schon bekannt. Es sind der Advokat Doktor Schilting und zwei sehr reiche Hamburger Großkaufleute, Freunde von mir. Alle drei wissen mit meinem Vermögen und um mein Vermögen Bescheid. Es ist mir deshalb ein außerordentliches Bedürfnis, Kai diesen Herren vorzustellen.« Mit einer liebenswürdigen Verbeugung zur Generalin, schlug er ihr vor, bei diesem Stelldichein vor dem Essen zugegen zu sein. Heute dürfe sich die Mutter nicht mehr von ihrem Sohne trennen.
Um halb sechs trafen alle, die Enewold zu Tisch gebeten hatte, zusammen.
Enewold hielt seine dritte Rede, wie er sagte, in den letzten zwei Tagen; ja, er meinte, er habe nie so lange hintereinander gesprochen in seinem ganzen Leben. Er bat förmlich um Entschuldigung wegen dieser empörenden Langenweile, die dadurch entstehen mußte. Er fuhr fort:
»Jeder von uns kann jeden Tag sterben, und deshalb spreche ich zu Ihnen, ehe mein Vetter abreist. Es ist ja ebenso möglich, daß er mich nicht mehr vorfindet, wie daß ich ihn nicht wiedersehe. Sterb ich eher, so ist er, wie Ihnen schon lange bekannt ist, als der Letzte meines Hauses, der Erbe meiner Grafenkrone wie der Erbe meines Gesamtvermögens.«
Enewold gab den drei Herren die Hand, dankte ihnen für ihre langjährige Freundschaft und empfahl ihnen seinen Vetter Kai. Ein knappes, kurzes Wort über seine Vermögensverhältnisse folgte, nachdem er Kai noch vorher die Länder genannt, wo er Besitzungen hatte, und die Güter darin: Südfrankreich und Spanien, Rußland und Jütland. In Jütland hieß seine Baronie Lillehammer und Mariagerhuus. Er erwähnte ferner, zum höchsten Erstaunen Kais, daß er (Kai) später über mehr als eine Million preußischer Taler jährlich zu verfügen haben werde, also über eine Million jährlicher Zinsen, wenn er, Enewold, das Wort Zinsen als Gesamtbegriff nähme für alle Einkünfte, Erträgnisse, Renten, Gefälle und dergleichen aus beweglicher und unbeweglicher Habe, die Ernten der Güter und ihren Viehertrag, auch, soweit sie verpachtet seien, die Pacht; dabei wären etwaige Verluste, Mißernten, Kursrückgänge u.s.w.

nach bestem Ermessen und nach den Erfahrungen vieler Jahre schon mit veranschlagt. Zuletzt betonte er, daß er ein geborener Kaufmann sei, daß er zu den Geldmenschen gehöre, die jedes Mal, wenn sie die Finger auf den Tisch legten, zehn Dukaten in die Höhe zögen, an jedem Finger einen.

Endlich schlug er vor, diesen »öden Gegenstand« zu verlassen und zu Tisch zu gehen, wo es jedenfalls angenehmer sei als bei diesem Gespräch.

Als Mutter und Sohn später ihre Zimmer betreten hatten, waren beide sprachlos, denn von solchem unermeßlichen Vermögen hatten sie auch nicht die leiseste Ahnung gehabt. Selbst die sehr fromme Generalin ließ einmal alle ihre himmlischen Vorstellungen unterwegs und wandelte in dieser Stunde nur noch mit ihrem Sohn auf den irdischen Bahnen.

***

Bei Tisch, im Roten Zimmer, war es wie stets: Alles en grande tenue, wie es die Franzosen, unübersetzbar, bezeichnen. Es fehlten nur die beiden kleinen drolligen Prinzen Swienkulensk. Anwesend waren, außer den drei Herren zum Besuch, die Generalin, Enewold, Kai und Tante Malchen. Enewold saß wieder zwischen Frau von Vorbrüggen und Tante Malchen, die alt geworden zu sein schien. Hinter Enewolds Stuhl stand noch immer der sonderbare Greis mit dem fuchsroten Kakaduschopf, Herr Jürgensen, der alte Haushofmeister. Heute pendelte die Unterhaltung nicht in verschiedenen Sprachen; sie wurde deutsch geführt. Natürlich wurde fast nur von dem drohenden Kriege gesprochen, an dessen Ausbruch keiner mehr zweifelte. Die Generalin, als echte deutsche Offiziersfrau, war stolz, daß ihr Sohn, ihr einziges Kind, mit in den Kampf ziehen mußte.

Als sich die drei Herren aus Hamburg empfohlen hatten, blieben Mutter, Sohn und Enewold noch eine Stunde zusammen. Enewold gab noch manche Erklärungen: In der Provence habe er ein Gütchen gekauft an der Durance. Von hier wolle er später, falls ihm das seine Zeit erlaube, Nachforschungen anstellen nach der Familie und besonders nach dem berühmten Troubadour Raimon devant le Pons, der entschieden so kohlrabenschwarze Augen gehabt haben müsse wie Kai. Auch erzählte er, daß er Marseille besonders liebe und das Mittelmeer. Aber er komme wohl nicht mehr dazu, noch einmal hinzureisen.

Die Ruhestätten wurden aufgesucht. Kai konnte vor lauter Erregung lange nicht einschlafen.

Um fünf Uhr früh fuhr er ab.

Seine Mutter und Enewold sahen ihm nach, bis er verschwunden war.

Sein letzter Blick flog beim Durchfahren des Gutstores über die kleinen lustigen Figuren aus Sandstein, mit denen der Grasplatz vorm Herrenhause umstellt war. Sie waren das Geschenk eines dänischen Königs aus früherer Zeit. Diese kleinen drolligen Gestalten schienen, nach der Tracht, die sie trugen, aus der Mitte oder aus dem Ende des achtzehnten Jahrhunderts zu stammen; sie mochten auch in dieser Zeit entstanden und hier aufgestellt worden sein. Augenscheinlich sollten sie damaligen »Untertanen« zeigen, den Bauer, Perdoktor, Verwalter, Torfmann, Großknecht usw.
Gleich nachdem sich Kai in Mainz vom Urlaub zurückgemeldet hatte, traf der Mobilmachungsbefehl ein.

* **

(Nach Kais Tagebüchern, Briefen und Erinnerungen.)

Ich kann in meinen Tagebüchern auch für diesen Krieg nur das wiedergeben, was ich als Leutnant in meinem kleinen Beobachtungskreise erlebt und gesehen habe. Das ist nicht viel, aber für meine persönlichen Erinnerungen wird es mir ein ewiges Gedenken sein.

7.8.70. Mainz. Der König hatte uns Offiziere heute um sich versammelt, um von uns Abschied zu nehmen. Es ging eine große Ruhe und Würde von ihm aus, sein ganzes Wesen war voll ernster Entschlossenheit, ohne jede Überhebung; er sprach einige Worte. Dann stieg er ein in seinen Bahnwagen. Moltke, der tief in Gedanken schien, und der schöpferische Roon folgten dem König. Zuletzt kam Bismarck, die Hühnengestalt. Schon im Wagen, drehte er sich noch einmal um und rief uns lachend etwas zu, während er sich auf den Schenkel klopfte. Ich konnte es nicht verstehen, was er sagte; andre wollen gehört haben, daß er aus der schönen Helena laut gerufen habe: »Jetzt gehts los, jetzt gehts los.« Ähnlich siehts ihm.
Wir hörten, daß besonders viele Offiziere gefallen und verwundet seien bei Saarbrücken, Weißenburg und Wörth.

8.8.70. Ich bin Adjutant beim General von Kummer. Soeben habe ich mein Regiment vors Tor gebracht. Es war mir in tiefster Seele schmerzlich. Ich werde den General bitten, mich dem Regiment nachzuschicken. Das ist nicht recht von mir. Man soll nicht vorgreifen.

12.8.70. Kaiserslautern. Der General hat meine Bitte liebenswürdig gewährt; aber er drohte mir lächelnd mit dem Finger und sagte: »Wir werden ja sehen.«

Noch nicht in Feindes Land, aber schon bin ich mitten im Kriegsgetümmel. Von Mainz bis Mannheim fuhr ich mit dem dritten Reserve-Dragoner-Regiment. Traf Rothkirch, Detering, den Grafen Dohna, die Fürsten Pleß und Carolath. In Worms fand ich Frau von Polentz, die zu ihrem bei Wörth schwer verwundeten Mann, Hauptmann von Polentz, wollte, meinem alten Regimentskameraden. Die arme Frau. Ich half ihr, so gut ich konnte, zum schnellen Weiterfahren, und so lange es meine knappe Zeit erlaubte. In Frankenthal trafen wir zwei Marketender, die geplündert hatten. Sie sollten standrechtlich noch heute erschossen werden. In Mannheim fürchterliches Gewitter. Hier wurde das dritte Reserve-Dragoner-Regiment in strömendem Regen ausgeladen. In Ludwigshafen saß ich zu Mittag mit Herrn von Phillippsborn vom Auswärtigen Amt, mit einem Rittmeister von Arnim und mit einem Leutnant vom Zehnten Regiment. Dann fuhr ich weiter mit Phillippsborn und mit dem Landrat Janson, der auf Befehl des Königs ins Hauptquartier eilt, um als Zivil-Bevollmächtigter in französischen Landstrichen zu wirken. In Schifferstadt traf ich zu meiner Freude einige Schleswig-Holsteiner, die in ihrer altgewohnten Ruhe damit beschäftigt waren, Bier und Butterbrot in Mengen zu verzehren. In Neustadt trank ich manchen Steigbügeltrunk: mit dem Grafen Bredow und Major von Schickfuß, den ich von meiner Potsdamer Zeit her kenne. Trennung von den Johannitern, die von hier nach Weißenburg fahren. Ein uralter, sechs Fuß hoher Johanniter mit langem schneeweißem Bart küßte mich beim Abschied. Bis nach Kaiserslautern saßen wir die ganze Nacht in einem Viehwagen, wir Offiziere mit unsern Burschen: bald auf einem Pack Feldpostbriefen, bald auf den Brettern, bald auf übriggebliebenem faulem Stroh. Ein ewiges Haltmachen des Zuges. Endlich in Kaiserslautern. Hier sah ich General von Kettler und ein Bataillon vom Einundzwanzigsten Regiment weiterfahren. Schlechtes Quartier. Aß mit den Siebenten Ulanen und traf endlich mein Regiment. Hurra! Ich sah Hoen, Roques und Busse zuerst. Wir sind sehr besorgt wegen des schwer erkrankten Hauptmanns von Gallwitz vom Zweiundvierzigsten Regiment. Morgen geht es mitten in die Pfalz hinein.

15.8.70. Rhoden bei Saarlouis. Ich habe dreizehn Stunden ununterbrochen schlafen können. Das hat mich tüchtig wieder auf die Beine gebracht.

17.8.70. Chateau rouge. Lothringen. Das erste feindliche Quartier. Bei Herrn Dorr. Wir armen ausgehungerten Menschenkinder haben unglaublich viel gegessen. Es tat uns gut. Nachts Windstille. Aussicht aus meinem Fenster in einen verwilderten Park.

19.8.70. Vor Metz. Gefecht bei Villers l'Orme. Granaten, die aber, wie in äußerster Verwirrung, aufs Geratewohl auf uns geschossen wurden aus dem Fort St. Julien. Keine einzige traf. Der Oberst ließ die Fahnen unter lautem Hurra entfalten. Die vierte Kompagnie ging dicht bis an den Wald von Grimont vor. Wir wären ganz ruhig nach Metz hineinmarschiert, ins Fort St. Julien. Aber dann würden wir auch bald wieder zurückgeworfen oder vernichtet worden sein. Drei große Schlachten sollen in diesen Tagen vor Metz geschlagen und die Franzosen in die Festung gedrängt sein. Näheres wissen wir noch nicht, obgleich wir nur ein paar Meilen von diesen Schlachtfeldern entfernt sein müssen. Busse, der vorzügliche Reiter, jagte auf seinem entzückenden (das Wort muß ich hier brauchen) polnischen Apfelschimmel einem französischen Infanteristen nach; das konnten wir alle sehen. Er bog sich zu dem das Gewehr wegwerfenden, fliehenden Soldaten nieder mit dem Geschick eines verfolgenden Indianers. Schon hatte er den Flüchtling beim Kragen, sich weit und tief nach rechts vom Pferde biegend. Da gelang es noch dem Franzosen, wie ein Aal zu entschlüpfen. Busse hielt nur das rechte wollene Epaulett in der Hand und schwang es hoch. Alles lachte und alles beglückwünschte den kühnen Reiter. Jetzt ist es mitten in der Nacht. Wir hören in unserm Biwack aus der Festung her fortwährend Marschmusik, Trompeten, Trommeln, Signale und ein ununterbrochenes Wagen- und Geschützgerassel. Der Feind, der mit großen Massen in die Mauern zurückgegangen ist, kann augenscheinlich nicht zur Ruhe kommen. Morgen müssen wir endlich Näheres erfahren.

24.8.70. Vor Metz. Aus unserm Biwack bei Charly als Feldwache Zwei in die äußersten Vorposten befohlen, nach Rupigny. Unmittelbar vor mir liegt das Dorf Chieulles, das oft von unsern, oft von französischen Patrouillen besetzt ist. Nach der Ablösung fand ich ein großes, festumbundenes Pack Stroh vor. Ich war froh, daß es vergessen war, und benutzte es als Kopfkissen für die sehr kalte Nacht. Am andern Morgen kam ein Trupp Soldaten, der das Strohbündel abholen sollte. Bei dieser Gelegenheit erfuhr ich, daß ich die ganze Nacht mit dem Kopf auf einem alten Weibe gelegen hatte, das gestern, als Spion gefangen, wohl zu übereifrig, erschossen und vorläufig ins Stroh gewickelt worden sei. A la guerre comme à la guerre. Die Nacht war sonst ruhig, nur gegen Morgen hörte ich vor mir ein heftiges kurzes Patrouillengefecht. Um zehn Uhr morgens erschien vor dem bois de Grimont ein hoher französischer General mit seinem großen Stabe; es war Bazaine selbst. Er hielt dort zwei Stunden. Plötzlich löste sich von ihm ein Offizier und ritt, mit starker Begleitung, im Trabe auf uns zu.

Er blieb, so gut ich schätzen konnte, achthundert Schritte vor uns halten und besah uns durch sein Fernrohr. Ich befahl dem Unteroffizier Kosmaehl zu schießen. Er schoß vorbei. Der französische Offizier und seine Begleitung rührten sich nicht. Nun nahm ich selbst ein Gewehr, und, langsam und ruhig zielend, schoß auf ihn. Auch meine Kugel hatte gefehlt. Doch mußte sie ihn umzischt haben: Er lüftete sein Kaskett, blieb noch einen Augenblick halten, wie um zu zeigen, daß er sich nicht vor uns fürchte, und trabte dann gemächlich in den Wald zurück. In der Nacht klang es immer, als wenn Brücken geschlagen würden in Metz.

25.8.70. Vor Metz. Charly. Wir werden alarmiert.

26.8.70. Gefecht bei Rupigny. Von morgens zehn Uhr bis nachmittags fünf Uhr im heftigen Feuer. Nur einmal wurde unser beiderseitiges Feuer unterbrochen: als um ein Uhr ein gewaltiger Platzregen auf Feind und Freund niederprasselte. Gleich darauf sahen wir am Rauch, daß die Franzosen abkochten oder, wegen der Nässe, wenigstens versuchten abzukochen. Von da ab zogen sie sich wieder zurück in die Festung. Sie pfefferten aber noch außerordentlich stark bis fünf Uhr. Augenscheinlich hat Bazaine einen Durchbruch gewollt; hat ihn aber aus irgend welchen Gründen wieder aufgegeben.

27.8.70. Vor Metz. Ich schlafe die elfte Nacht auf Stroh. Stets scheußliches Wetter. Es sollen Minen von den Franzosen gelegt sein, ungefähr eine Stunde von Metz auf der Saarbrücker Straße. Dummes Zeug.

31.8.70. Vor Metz. Abends. Heute früh exerzierten wir. Dann nahmen wir, als wir bemerkten, daß Bazaine einen ernsten Durchbruch beabsichtigte, Gefechtsstellung. Ich hatte den Kirchhof von Charly zu halten. Wir hatten hinter der Kirchhofsmauer Bretter auf Tonnen und Gerüste gelegt, um besser die Gewehre auflegen und zielen zu können. Während ich auf den Brettern stand und mit meinem Glase in die Schlacht sah, hörte ich plötzlich unter mir lispeln und leises Sprechen. Ich sprang ab und sah unters Gerüst. Hier entdeckte ich zwei Leute von einem fremden Regiment, die sich verkrochen hatten. Ich nahm sie sofort heraus und ging mit ihnen vor den Kirchhof gegen den Feind, wo die Kugeln tüchtig pfiffen. Dort kommandierte ich: »Achtung, präsentiert das Gewehr!« Stellte mich dann rechts von ihnen und senkte den Degen. So standen wir kerzengrade, ohne ein Glied zu rühren, wohl zwei Minuten. Dann entließ ich sie zu ihrem Regiment nach vorn und ging wieder hinter meine Mauer zurück. Der Oberst, dem es gemeldet, worden war, gab mir einen strengen Verweis wegen Verlassens meines Postens.

Aber abends sah ich wieder sein gütiges, lächelndes Gesicht. Ich mußte ihm den kleinen Zwischenfall erzählen.
Die Leute durften den ganzen Tag den Tornister nicht ablegen. Die Nacht war sehr kalt. Wir sahen vom Kirchhof aus Rupigny und Failly brennen. Das zweite Bataillon ist in Rupigny eingeschlossen. Graf Wedel kommandiert es.

1.9.70. Vor Metz, Kirchhof von Charly. Bazaine läßt noch nicht ab. Er drängt stark auf das erste Korps. Doch Noiseville ist ihm wieder entrissen worden. Bei meinem Kirchhof wurden und werden zahlreiche Verwundete vorbeigetragen; auch die Leutnants Budde und Baumann. Ich sprang zu Baumann und legte ihm auf die Brust ein Heckenröschen, das ich rasch von einem Grabe gepflückt hatte. Er lächelte mich an. Zwei Füsiliere trugen ihn auf ihren Gewehren. Da kam eine Granate und warf die beiden und den verwundeten Offizier zu Boden. Sie hatte keinem geschadet, auch dem Verwundeten nicht. Der stark blutende ohnmächtige Offizier wurde weiter zurückgebracht.
Die ganze achtzehnte Division ging jetzt durch uns durch nach vorn. An der Spitze ritt ihr Divisionskommandeur, der Trommler von Kolding, Generalleutnant Freiherr von Wrangel. Hoch dir für immer, du wundervoller Mensch und General! Gegen unsern Flügel kämpfte, wie es heißt, Marschall Canrobert. Fort St. Julien warf unaufhörlich seine schweren Bomben auf uns. Immer wieder eilten die Mitrailleufenbatterieen vor; umsonst. Am Nachmittag mußte Bazaine zurück. Auch dieser Durchbruchversuch ist ihm mißlungen.

2.9.70. Vor Metz. Heute kam Manteuffel zu uns und dankte dem Regiment für gestern und vorgestern mit kurzen, zündenden Worten. Ich schreibe dies jetzt abends auf Feldwache zwischen Vany und Rupigny. Wir kommen aus unsern Kleidern und Hemden nicht mehr hinaus. Die Verwundeten sind alle aufgenommen und in Sicherheit. Auf meiner Feldwache finde ich in einem Gebüsch einen Toten von meinem Regiment. Er ist so fürchterlich zerschossen, daß er nur an seiner Messingnummer zu erkennen war. Auch einen ganz jungen, bartlosen preußischen Jägeroffizier fanden meine Leute auf meiner Feldwache; ich wurde hingerufen. Er lag auf dem Rücken, mit auseinandergeschlagenen Armen. Seine Augen standen offen; sie starrten in die Wolken. Zuerst glaubte ich deshalb, daß er noch nicht gestorben sei. Dann merkte ichs gleich. Ich nahm Uhr, Geld, ein Notizbüchlein, und was er sonst bei sich trug, zu mir. Es wurde am nächsten Tage alles zur Weiterbeförderung an seine Angehörigen abgegeben. Auch seinen Säbel, den er noch immer mit eisernem Griff umschlossen hielt, wollte ich den Seinen retten. Fast hätte ichs nicht ausführen können.

Denn er hielt ihn so fest in der Faust, daß wir ihn nur mit schwerer, vorsichtigster Mühe ohne Verletzung seiner Finger aus der Hand brechen konnten. Morgen sollen die Toten begraben werden. In Rupigny sah ich noch immer Hühner herumscharren; trotz allen Schlachtgewühls und Lärmes. Was sind das doch für unglaublich dumme, ich möchte fast sagen beneidenswerte Geschöpfe. Übrigens ein Zeichen für die preußische Mannszucht. Diese Nacht sollen aber trotz alledem ein paar von ihnen dran glauben.

3.9.70. Vor Metz. Morgens fünf Uhr. Auf Feldwache. Es war eine böse, aufgeregte Nacht. Ein häßlicher Wind stöhnt über die Leichen, zwischen denen wir liegen und die heute begraben werden sollen. Vorm Bois de Grimont erscheinen die gewöhnlichen Arbeiterabteilungen und Kavalleriepatrouillen; auch der Schimmel ist unter ihnen, den wir schon kennen. Grade meiner Feldwache gegenüber seh ich auf einem Fleck ein angeschossenes gesatteltes Pferd auf drei Beinen stehen. Das unglückselige Tier. Wie geduldig es seinen Tod erwartet, ohne zu klagen. Wir können nicht hinreichen mit unsern Gewehren. Kommen wir näher hin zu ihm, so werden wir selber totgeschossen. Die Franzosen denken wohl ebenso. Wäre dieser Fall eines Unterhändlers wert? Ja! Kosmaehl, Muskate, Beck und Peiran heißen meine Unteroffiziere. Vorzüglich ist jeder in seiner Art. Man könnte mit ihnen die Welt erobern. Hier mußte ich mit Schreiben aufhören: es zeigten sich Anhäufungen hinterm Bois. Ich sandte sofort meine Meldungen.

5.9.70. Vor Metz. Im Lager wird der Rotenbergersche Marsch gespielt. Er hebt alle Herzen. Weit hinter uns schrieen sie Hurra: Napoleon ist bei Sedan gefangen genommen worden. Die halbe Erde wußte das schon am Abend des ersten Septembers; wir, die wir, man könnte sagen, nebenan liegen, erfuhren es erst eben. Wir bekamen, als die letzten Nachrichten, heute Zeitungen vom 28. August. Am Abend mußte ich nach Chieulles, um die Arbeiten der Pioniere zu decken. Ich ging allein etwas aus der Linie hinaus vor. Sofort kam eine Kugel haarscharf bei meinem Kopf vorbeigeflogen. Abends wieder mal ein Wolkenbruch. Wir schwimmen. Sürth hat glühendes Fieber.

13.9.70. Vor Metz. Die Tage gleichen sich alle einer dem andern: Sturm und ewiges Regenwetter. Wir sind immer durch und durch naß. Heute brachte Cochenhausen Liebesgaben mit. Wir bekamen allerlei. Auf einer Flasche stand: Bickbeeren aus Kiel. Das Wort Bickbeeren kennt man nur in Hamburg und in Holstein. Wir aßen so gut, wie wir seit Wochen nicht gegessen hatten: es gab Reis und zähes Rindfleisch.

22.9.70. Vor Metz. Heut war ich in Rupigny auf Turmkommando.

Der Großherzog von Oldenburg und der Erbprinz besuchten mich im Turm oben. Ich mußte ihnen zeigen, was es vor uns zu sehen gab. Beide waren gnädig und liebenswürdig. An die ewige Granatenheulerei vom Fort St. Julien aus haben wir uns vollständig gewöhnt.

26.9.70. Vor Metz. Auf Feldwache zwischen Vany und Chieulles. Einmal kam Weber leichenblaß zu mir: es hätten sich Spahis in weißen Mänteln durchgeschlichen durch die Posten. Ich sprang sofort in die Höhe und rief:»Auf!« Alles war gleich fertig.»Vorwärts!« Nur nicht überfallen lassen! Wirklich: etwas Weißes vor uns. Schüsse, von uns auf der Stelle abgegeben. Das Weiße fällt in sich zusammen. Es war ein verirrter Hammel gewesen. An einem versteckten, von keinem gesehenen Feuer brodelte er bald. Und hat uns in »selbiger Nacht« göttlich geschmeckt.

27.9.70. Vor Metz. Wir liegen immerfort im Granatfeuer. Heute besonders stark. Ein heftiges Artilleriegefecht nach dem siebenten und achten Korps zu. Neun Uhr Abends: In dunkler Nacht brennen drei Dörfer in der Richtung nach Courcelles. Starker Geschützdonner. Ein glänzendes Meteor schoß von Westen nach Osten. Ich habe nie ein schöneres gesehen.

29.9.70. Vor Metz. Eine gewaltsame Beitreibung von Futtervorräten mit Wagen, befohlen vom Oberkommando, von meinem Hauptmann und Kompagniechef von Roques mit großer Umsicht und Kühnheit geleitet. Man hörte nur einmal in einem Dorf das Schreien eines Schweines. Das war alles. Den Bewohnern war mitgeteilt, daß ihr Ort beim geringsten Lärm von ihnen auf der Stelle an vier Ecken in Brand gesteckt werden müßte. So blieb es totenstill. Entsetzlich. Doch mußte es sein, sonst wäre uns der Feind zuvorgekommen und hätte außerdem nach unserm Abzug das Dorf bestimmt in Flammen aufgehen lassen. Am Himmelsrand sahen wir, außer zahlreichen Wachtfeuern, viele Brände, die in der großen Ruhe schaurig herschienen.

30.9.70. Vor Metz. Es steht in gefährlicher Einsamkeit zwischen unsern und den feindlichen Vorposten ein alter großer Birnbaum. Wir Offiziere legen, wenn wir bei ihm sind, unsere Namenskarten hinein in seinen hohlen Stamm. Ebenso machen es die französischen Offiziere. Es ist wie ein gewöhnlicher Besuchsaustausch, wenn man die »Herrschaften« nicht zu Hause getroffen hat. Denn merkwürdig ists, daß wir uns nie dort treffen. Man weiß immer schon vorher, als wenn mans röche, ob der (wechselseitige) Feind am Birnbaum ist. Diese Nacht drang ich mit zwei Unteroffizieren und fünfzehn Mann bis hinter das Bois und legte mich, mitten unter den Franzosen, in einen Graben.

Ich hatte auch Lüdemann aus Altona mitgenommen. Wir waren mit größter Vorsicht vorgegangen. Bekamen trotzdem plötzlich ein überraschendes Feuer. Barral: Schuß an den Kopf. Sergeant Schultes, den ich mit sechs Mann in meine linke Seite geschickt hatte, rettete uns durch einen entschlossenen Angriff zur rechten Zeit. Auf dem Rückweg kamen wir über den alten Birnbaum, der mürrisch und verdrießlich und verlassen stand. Ich legte meine Karte hinein. Kaum hatte ich das getan, als wir ein sehr gut gezieltes Chassepotfeuer empfingen, das uns zwang, mit großer Vorsicht
wieder unsere Vorposten aufzusuchen.

1.10.70. Vor Metz. Maizières les Metz. Heute Morgen kam ich um sechs Uhr von Feldwache. Um acht Uhr kam die Nachricht, daß wir abgelöst würden. Um ein Uhr Mittags rückten wir von Charly ab und marschierten bei Hauconcourt über die Mosel. Bei dieser allgemeinen Bewegung sah ich endlich mal Brandt und Seckendorff wieder. Hier sind gute Hütten für die Mannschaften, für uns Offiziere war nichts da. Roques und ich quartierten uns in das erste beste Haus ein. Unsre Wirtsleute scheinen gutmütig und ängstlich zu sein. Ihr vierjähriger hübscher Knabe, »Monsieur Mathieu«, liegt im Bettchen, lacht uns an und zieht uns an den Bärten. Er ist ganz außer sich vor Freude. Draußen, nicht fern von uns, ist wütender Lärm und fortwährendes Geschieße. Ich bin seit dem neunzehnten September zum erstenmal in einem Hause einquartiert. Es ist eine Wohltat. Wir werden uns endlich mal ordentlich umziehen können. Wie wir äußerlich aussehen, ist nicht grade das, was man »salonfähig« nennt.

2.10.70. Vor Metz. Maizières les Metz. Sieben Uhr Morgens. Vorige Nacht wurden wir zweimal alarmiert. Vor uns steht die Landwehrdivision und hat die Vorposten bezogen. Wir, die Brigade des Generals von Blanckensee, stehen in Bereitschaft und erwarten einen starken Ausfall, der wohl auch nicht lange zögern wird.

9.10.70. Vor Metz. Maizières les Metz. Ich liege verwundet in unserm Zimmerchen und warte auf die Ärzte. Eben erhalte ich den Befehl, die siebente Kompagnie zu übernehmen. Es ist mir ein unerträglicher Gedanke, dem Befehl nicht nachkommen zu können in diesem Augenblick.
Gestern nachmittag saßen wir hier in unserm Stübchen: Roques, Busse, Stengel, Jung und Cochenhausen. Ich las aus einem Briefe von Kaltenborn vor. Es war Sonnenuntergang und Friede. Nichts zu hören. Plötzlich fielen einzelne Schüsse. Zuerst glaubten wir an eins jener alltäglichen, gewöhnlichen Patrouillengefechte. Aber gleich darauf wurde alarmiert. Wir mußten an die Gewehre treten.

Das Gefecht wurde mit jeder Minute stärker. Abends sieben Uhr erhielt unsre Brigade den Befehl, St. Remy und Schloß Ladonchamps anzugreifen und zu nehmen, das die Franzosen der Landwehr abgenommen hatten. Wir traten an und gingen in Kompagnie-Kolonnen vor. Es war so dunkel geworden, daß wir fast nichts mehr sehen konnten. Die schwarzen, geordneten und, so gut es ging, gerichteten Massen marschierten nebeneinander über das leere, weite Feld. Es war grabesstill. Kein Laut, kein Kommando durfte hörbar werden. Vor St. Remy stolperten wir schon über Tote und Verwundete. Der erste Gefallene lag in einem Schützengraben, zusammengeknickt. Ich fiel über einen erschossenen Offizier, der in den Knieen lag. Den rechten Arm hielt er wie im Krampf ganz grade in die Höhe, und in seiner rechten Hand steckte wie in einem Leuchter steil die Kerze: sein Degen. Als ich über ihn strauchelte, brach sein Körper zusammen. Ich verhedderte mich mit ihm auf einen Augenblick zu einem Klumpen.

Wir Offiziere gingen alle unsern Kompagnien voraus. Neben mir Roques, mit festem, entschlossenem Schritt, wie der Erzengel der Kraft. Da – wir waren dicht vor der Barrikade des Schlosses, die uns schon in matten Umrissen entgegenschimmerte – da klang ein einziges, schrilles, unendlich langgezogenes Hornsignal bei den Franzosen. Wir rissen die Säbel aus den Scheiden und stürmten gegen die Hölle: Marsch! marsch! hurra! Ein wahnsinniges Feuer empfängt uns: Gewehr-, Mitrailleusen- und Kartätschenfeuer. Ich sinke, verwundet am linken Knie, nieder. Roques fällt durch den Kopf geschossen auf mich. Ich höre seine letzten Worte: »Meine Fr ...« Er wollte sagen: Meine Frau. Nun war alles ein Durcheinander. Während ich mit dem Taschentuch mein linkes Bein verbinde, wobei meine Hände voll Blut werden, steht neben mir mein Bursche Lorenz Bachmann. Ich sehe schwach, wie er immer versucht, eine Weinflasche, die er für uns im Brotbeutel hatte, mit dem Korkenzieher zu öffnen. Aber es gelingt ihm nicht. Es fehlt ihm die Kraft. Eine Kugel durch die Brust, die er schon vor Minuten bekommen haben mußte, streckt ihn ohnmächtig neben mir nieder. Du Treuer.

Ich legte mich einige Minuten lang ganz grade auf den Rücken. Um mich, über mir rasen Busse, Stengel, Jung und Cochenhausen mit geschwungenen Säbeln in die Barrikade unter lautem Vorwärtsrufen ...

Ich werde, ohne daß ich das Bewußtsein verliere, nach St. Remy zurückgebracht, wo ich den General von Blanckensee treffe im Morgengrauen. Von da in unser altes Zimmer. Ich war durch Leichen und Verwundete gekommen; ich sah auch kaiserliche Garden liegen und Zuaven in ihren gestickten Uniformen. Alles roch nach Qualm und Blut.

Verfaultes Stroh, niedergebrannte Häuser, in denen es oft noch glimmte und rauchte, weggeworfenes und im Schlamm verkommendes Hausgerät aller Art, Granatenlöcher, ein verwüsteter Kirchhof, aufgedunsene Pferdeleiber, zerbrochene Wagen, aufgerissene und entleerte Tornister, ein in einen Graben gestürztes Geschütz, zertrümmerte Fenster und Türen – der Krieg. Ferner sah ich einen nackt liegenden alten Mann mit grauem Vollbart, mit einer Wunde in der Stirn und mit einer Wunde in der linken Schulter, vor einer schief in den Angeln hängenden, verbogenen Gartenpforte. Wahrscheinlich hatte er, versteckt, von seinen Bäumen her auf uns geschossen. Ferner sah ich im Schmutz eine tote schwarze Katze, die das rote Zünglein ausstreckte, ein gebücktes altes Weib, das vorbeischlich mit einer dampfenden Kaffeekanne, einen Sterbenden, den einige, auch wohl Ärzte, umgaben; man preßte ihm Tücher auf den endlosen Blutstrom. Plötzlich kam ein älterer Generalstabsoffizier heftig angaloppiert. Auf seinen Haaren saß eine Art Turban von einem bunten Taschentuch, darunter tropfte ihm Blut auf die linke Wange. Er trug ein Einglas, das er fortwährend sehr geschickt ins rechte Auge warf, um es immer wieder sofort fallen zu lassen. Mit eifervoller Stimme fragte er vom Pferde aus einen jungen Leutnant. Was er fragte, konnte ich nicht verstehen. Wahrscheinlich war er vom Kommandierenden General eines andern Armeekorps zur Berichterstattung hergesandt worden und hatte unterwegs die Kopfwunde bekommen. Da erschien ein wildgewordener Ochse, der sich aus einer für die Truppen von Soldaten bewachten Schlachtviehherde losgerissen haben mochte. Er raste mit gesenkten Hörnern auf das Pferd des Generalstabsoffizieres zu. Im nächsten Augenblick hatte er es durchbohrt. Pferd, Ochse, Generalstabsoffizier und Leutnant zappelten im wüstesten Knäuel durcheinander. Ich sah nur noch, wie von allen Seiten Musketiere, Leichtverwundete und Nichtverwundete, kurz alles was in der Nähe war, hinzueilten.

Als ich aufs Bett gelegt worden war, besuchte mich als erster mein treuer Freund Busse. Gleich darauf trat unser Cochenhausen ein, um nach mir zu sehen. Busse erzählte uns, zu unserer Betrübnis, daß ihm sein kleiner polnischer Schimmel schwer verwundet worden sei während einer Befehlsüberbringung zwischen den beiden feindlichen Schützenlinien. Solchen Ritt nennen wir einen Todesritt. Er erwähnte noch, daß der Schimmel wegen der furchtbaren Schmerzen, die das Tier augenscheinlich habe aushalten müssen, totgestochen werden mußte. Von seinem masurischen Wallach Balduin teilte er uns eine tragikomische Geschichte mit: Gestern morgen habe dem Wallach auf einem Ritt eine Kugel beide Ohrenspitzen weggerissen. Seitdem sei der sonst so brave, gutmütige Gaul wie von einer grenzenlosen Nervosität befallen:

er verweigere sozusagen den Gehorsam, bocke, zittere, bäume sich, schlage aus, kurz, benehme sich, als wenn er völlig damisch und dammlich geworden sei. Jetzt kam mein lieber Doktor Kellner, der stets seinen Faust mit sich trug, um meine Wunde
zu untersuchen.

10.10.70. Vor Metz. Maizières les Metz. Ich soll ins Lazarett. Die Ärzte bestehen darauf. Zuerst nach Courcelles, von da nach Reims, wenn es da nicht überfüllt ist; sonst weiter zurück. Ich bin untröstlich, daß ich von meinem Regiment wegmuß.

1.12.70. La Franche ville. Ich bin seit gestern endlich wieder beim Regiment, trotzdem es mit meinem Knie noch nicht ganz in Ordnung ist. Ich bin den Ärzten einfach ausgerissen. Es wird und muß gehen.

2.12.70. La Franche ville. Es ist grade nicht angenehm, sich des Morgens um vier Uhr zu erheben bei achtzehn Grad Kälte und mit einer aufgebrochenen Wunde. Um fünf Uhr marschierten wir nach Evigny. Morgens sieben Uhr. Nach kurzem Marsch in Evigny angekommen und einquartiert bei einem fanatischen französischen Geistlichen: Er wärmt sich seine flache innere rechte Hand am Kamin, in der andern hält er ein Gebetbuch, aus dem er, wie in hellem Zorn, rasch halblaut liest. Er sieht mich jede Sekunde wütend an, vom Lesen aufblickend. Der Marsch in der Stockdunkelheit, durch einen dichten Wald voller Franctireurs, auf scheußlichen Wegen, war trotzdem nicht uninteressant.

23.12.70. Auf Feldwache Vier vor Montcornet. Es herrscht eine sibirische Kälte. Nur Stroh. Alles brät; was gebraten wird, weiß ich nicht. In einem Häuschen hinter uns sitzen zwei alte Weiber am Kamin und beten in einem fort. Wir sind gütig und freundlich gegen sie. Die beiden haben uns Teller leihen müssen.

24.12.70. Bonfoy. Weihnachtsmorgen. Eben geht die Sonne auf. Weihnachtsabend. Um sechs Uhr schreibe ich diese Notiz mit erstarrten Fingern auf der Landstraße von St. Quentin nach Ham.

26.12.70. Morgens halbdrei Uhr. Zwischen dem ersten und zweiten Feiertag. Ich sitze am Kamin im Häuschen einer Waldhexe. Unser Feuer besteht aus zusammengeholten Türen und Schränken. Der heutige Marsch war recht unangenehm, weil wir stets auf Kopfsteinen gehen mußten. Meine Musketiere liegen auf der bloßen Lehmdiele und schnarchen, zum großen Ärger des Sergeanten Bohne, der immer aufsteht und wie ein Kater hinhorcht auf den, der am lautesten schnarcht, um ihn durch Fußtritte zu wecken. Ich verweise es ihm. Wir sind alle so gut und freundlich wie nur möglich gegen die alte Frau. Sie ist nicht mehr ängstlich.

26.12.70. Abends. Ham. Auf der Zitadelle, wo Napoleon gefangen gesessen hat. Die Zitadelle ist leer und feucht. Es stand nur noch ein uralter, wurmstichiger, fast zusammenbrechender hölzerner Lehnstuhl in einem Saal; er wanderte schnell in den Kamin, weil wir keine Feuerung hatten. Jetzt schleppt ganz Ham Holz herauf. In einer Stunde müssen die Hamer ein Essen heraustragen für uns. Mit uns essen werden der Bürgermeister und einige Mitglieder des Rats. Vorsicht! Vorsicht!

27.12.70. Eben Befehl, nach Péronne abzumarschieren, um die französische Nordarmee von dort abzuhalten.

28.12.70. Mesnil-Bruntel vor Péronne. Unter heulenden Kindern, weinenden Frauen, unter sich fortwährend widersprechenden Befehlen: hinaus und herein, umhängen und abhängen, sitz ich hier im Alarmquartier; mir gegenüber hockt der dicke Besitzer und starrt mich wehmütig an. Er hat sich schweigend in sein Schicksal ergeben.

29.12.70. Dicht vor Péronne. Die Granaten fliegen hin und her über uns. Winterwetter, Schneesturm. Wir biwackieren unmittelbar vor der Festung. Feuer darf nicht gemacht werden, der Nähe der Stadt wegen, sonst würden sie gleich unsre Plätze entdecken. Man bringt uns, den Offizieren und Mannschaften, Glühwein in Kesseln von den Vorposten her. Es brennt in Péronne seit gestern Mittag. Wir lagern auf Schneehaufen. Ein kleiner roter Vogel fliegt auf uns zu und bleibt vier Schritte von uns ruhig sitzen: ein Bild des tiefsten Friedens mit der brennenden Festung im Hintergrunde. Wir halten alle die ungeheuern Strapazen mit Humor aus. Die Hessen sagen: Es werd nit nohgelasse. Abendröte. Die Kirche brennt. Wir brummen: O Danneboom, o Danneboom. Die Burschen sind nach Mesnil-Bruntel geschickt, um Decken, Tücher und beigetriebene Pelze zu holen. Schlafen dürfen wir nicht diese Nacht, der Kälte wegen. Die Franzosen schießen aus der Festung aus allen möglichen altertümlichen Geschützen und mit allen möglichen altertümlichen Geschossen. Wedel meint lachend: selbst mit Kettenkugeln aus dem Jahre Sechzehnhundert. Vier dieser merkwürdigen Biester kamen uns in der Tat ganz nah. Das letzte, wirklich: zwei aneinandergekettete große eiserne Kugeln, setzte kaum zehn Schritte vor uns auf und sprang ganz gemächlich dicht über unsere Köpfe weg und fiel hinter uns nieder. Ein hoher Speicher oder die Zitadelle brennt. Wir können es nicht unterscheiden.

30.12.70. Doingt. Befehl: Herr Leutnant haben Herrn Leutnant von der Leyen auf Feldwache abzulösen. Gut. Hin. Während Leyen mir, an meiner Seite stehend, Aufklärung gibt über Umgegend und Lage, platzt niedrig ein Shrapnel über uns.

Wir beide bekommen nichts ab. Es verwundete einem Füsilier, der hinter uns in demselben Streuungs-kegel stand, so stark das eine Knie, daß ihm das Bein gleich
abgenommen werden mußte.

1.1.71. Mesnil-Bruntel. Wir erhalten Befehl, sofort nach La Fère zu marschieren, um französisches schweres Belagerungsgeschütz zu holen.

2.1.71. Ham.

3.1.71. La Fère.

4.1.71. Ham. Eben hier wieder von La Fère angelangt, finden wir den Befehl vor, sofort wieder nach La Fère zurückzumarschieren. Unglaublich anstrengend: dies ewige Hin und Her. Die Leute können nicht mehr. Wir telegraphieren an den General von Barnekow und bitten um einen Ruhetag. Der General telegraphiert zurück: Ruhe ist nur im Grabe, es wird weiter marschiert.

5.1.71. Wir sind wieder in La Fère. Eine tolle Hetzerei. Heut Morgen vier Uhr angekommen. Achtzehn Stunden marschiert in der grimmigsten Kälte. Um sieben Uhr ein Essen im Hôtel de l'Europe. Das erste wirkliche Diner seit sechs Monaten. General von Senden, der zu seiner Division nach Metz reist, saß mit uns zu Tisch. Später gingen wir in den Grand Cerf. Drei hübsche Töchter, von denen uns die eine ausgezeichnet Chopin vorspielte, wie es nur eine Polin oder Französin kann.

7.1.71. Ich ritt mit zwei Garde-Husaren vor, um in Ham Quartier zu machen. Der Himmel glitzerte voller Sterne. Einer meiner beiden Husaren, der, wie ich wußte, aus Schleswig-Holstein war, sprengte an mich heran und bat, ob er eine Frage tun dürfe.
»Nur zu, was gibts?«
»Ja,« meinte er, indem er auf den Großen Bären zeigte: »Bei uns zu Hause steht der Große Bär immer da (er wies in die entgegengesetzte Richtung), und hier in Frankreich steht er immer da (er zeigte auf den Großen Bären). Ich weiß nicht, wie das kommt.«
Ich geriet in nicht geringe Verlegenheit durch diese ganz und gar nicht erwartete Frage. Meine Erklärung wäre zu lang gewesen; er hätte sie wohl kaum in dieser Stunde verstanden. So sagte ich ihm, daß ich diesen Unterschied auch nicht kenne. Der Husar blieb, wie ich merken konnte, enttäuscht halten und ließ sich wieder von seinem Kameraden aufnehmen.

19.1.71. St. Simon, früh sieben Uhr. Ich bin stellvertretender Regimentsadjutant. Major von Hanneken befehligt das Regiment, Otto

das Füsilier-Bataillon. Welcher Tag und welche Nacht gestern! Zum Befehlsempfang. Die Nordarmee unter Faidherbe steht vor St. Quentin. Nachmittags halbdrei Uhr. Ein Husar bringt auf triefendem Pferde folgende schriftliche Meldung von Otto:
Soeben trifft von dem Avantgardenkommandeur Oberstleutnant von Hymmen der Befehl ein, daß das Füsilierbataillon sofort in der Richtung auf St. Quentin vorzumarschieren hat. Das Bataillon wird sich in Marsch setzen und einen Zug der 12. Kompagnie hier zurücklassen, um die in der Kirche untergebrachten Gefangenen (zirka 300) zu bewachen.

19.1.71. Vier Uhr nachmittags. Ich habe viel reiten müssen. Schon das dritte Pferd. Die Franzosen sind zurückgeschlagen. Nur im Westen verändert sich unsere Artillerie noch nicht. Augenblicklich komme ich von Goeben. Immer muß ich ihn anstarren, wenn ich vor ihm halte: das Genie. Zugleich ist er ein so herrlicher Mensch. Ich sah auch den Prinzen Albrecht (Sohn), Königliche Hoheit, dem ich eine Meldung zu machen hatte. Kurze Zeit blieb ich im Gefolge. Keiner hatte mehr etwas zu essen. Der Prinz gab das Letzte, was er hatte: Trocknes Schwarzbrot. Nur noch zwei Flaschen Champagner waren da. Der Prinz ließ sie und das Brot an in unsrer Nähe liegende Verwundete verteilen.
Wieder zurück zu Hanneken. Ich traf ihn beim Hauptmann von Oesfeld mit Leutnant von Holbach zusammen. Sterbende. Major von Hymmen schoß aus Mitleid viele verletzte Pferde tot. In einem Hohlweg sah ich Verwundete liegen, die ihre Arme einer heranrasenden Batterie entgegenstreckten. Ich hatte keine Zeit mehr, dazwischen zu reiten, obgleich ich mein Pferd aufs unbarmherzigste spornte, um noch hinan zu preschen. Zuletzt warf ich meinen Helm vor gegen die mit äußerster Anstrengung heranarbeitende Batterie, um dadurch die Aufmerksamkeit auf mich zu lenken. Umsonst. Weder der Vorder- noch der Mittelreiter, noch der Stangenreiter des ersten Geschützes hatten es in der großen Aufregung bemerkt. Sie peitschten fortwährend ihre Pferde mit vorgebeugten Oberkörpern und glühenden Köpfen. Ein Verwundeter wurde überfahren. Jedesmal, wenn ein Rad über seinen Leib ging, knickte er nach oben zu beiden Seiten ein, wie eine Raupe.
Einmal kam ich bei einer Abteilung von Gefangenen vorbei. Da wir uns in einer engen Dorfstraße begegneten, mußte ich mein Pferd anhalten, um sie vorüber zu lassen. Plötzlich riß einer von ihnen einem der Begleitmannschaft das Gewehr von der Schulter und schoß auf mich. Er traf nur meine Helmturmspitze. Ein andrer von der Begleitmannschaft schoß den Gefangenen vor meinen Augen sofort nieder. Er griff mit den Armen in die Luft und sank tot zusammen.

Einmal auf einem meiner Melderitte hielt ich an und bog mich vom Pferde zu einem Schwerverwundeten. Ich fand den armen Schüßler von der vierten Kompagnie, durch den Leib geschossen. Ich legte ihn zurecht, so gut ich konnte, und rief einen jungen Arzt heran, den ein glücklicher Zufall mir grade in die Hände trieb.
Soeben kommt ein Adjutant von Goeben mit dem Befehl, daß wir heut abend um halb neun Uhr in St. Quentin stehen sollen. Er erzählte uns rasch, daß Biebrach den Bahnhof von St. Quentin mit Entschlossenheit und Kraft genommen habe. Nachts. Irgendwo in einem Hause. Der Major schnarcht furchtbar. Ich habe noch für mein Pferd Wasser bringen können. Es war gänzlich verschmachtet. Schlaf, Schlaf. Um fünf Uhr morgens mußte ich wieder reiten, mit einem Auftrag an die sächsische Kavallerie-Division Graf Lippe. Mitten übers ganze Schlachtfeld in der Dunkelheit. Es war ein böser Ritt. Überall sah ich Blendlaternen und hörte einzelne Schüsse. Ich dachte an die »Hyänen«. Mein Pferd führte mich, kann ich sagen. Ein paar Mal stolperte es recht bedenklich. Fortwährend verirrte ich mich, bis der Tag graute. Ich habe den mir befohlenen Auftrag ausgeführt.

17.3.71. Le Meige. Einquartiert beim feinen, zierlichen Herrn von St. Hilaire. Morgen früh fahr ich nach Deutschland, um endlich meine Wunde und die Begleiterscheinungen gründlich auszuheilen.
Die Friedenseinleitungen sind vorgestern unterzeichnet worden.

Horch, das Ganze wird geblasen,
Hahn in Ruh. Der grüne Rasen
Deckt manch tapfern Kriegersmann.
Beim Apell wird mancher schweigen,
Und die blinden Rotten zeigen,
Daß der Feind auch schießen kann.

Dritter Teil

In Tangbüttel

Kai von Vorbrüggen hatte den Feldzug bei seinem Regiment mitgemacht. Im Oktober war er verwundet worden und im Dezember wieder mit noch nicht ganz geheilter Wunde zum Regiment zurückgekehrt. Man sagte ihm nach, er wäre seinen Ärzten entlaufen. Die Folgen zeigten sich im Februar. Im März mußte er abermals zurück, um sich nun gänzlich herstellen zu lassen.
Die Generalin fuhr mit ihrem Sohn nach Ostende, wo auch Enewold ihn besuchte. Im Mai konnte er dran denken, wieder beim Regiment einzutreten. Als am zehnten Mai der endgültige Friede geschlossen worden war, nahm er seinem Versprechen gemäß den Abschied.

Er wollte nun gleich nach Tangbüttel kommen, doch die Ärzte ließen es nicht zu, wenn er auch schon seit Wochen die Krücken weggeworfen hatte. Er sollte noch bis Ende Juni die starke und stärkende Nordseeluft in Ostende gebrauchen. So mußte er stillhalten. Eines Tages, im Juni, kam eine Drahtnachricht aus Tangbüttel von Herrn Jepsen, dem Verwalter: Brief folgt gleich. Die Generalin und Kai begriffen nicht, was es zu bedeuten habe. Schon am Abend lasen sie in den Zeitungen verschiedener Länder unter den Depeschen, daß Enewold auf seinem Gute Tangbüttel von Zigeunern ermordet worden sei. Das gab für sie eine schlaflose Nacht. Am andern Morgen kamen zwei eingeschriebene Briefe aus Hamburg. Der eine war von Herrn Jepsen, der andere von Doktor Schilting, dem Rechtsanwalt. Was die Generalin und Kai daraus erfuhren, waren schreckliche Tatsachen: Enewold hatte vor einigen Tagen zu wissen bekommen, daß sich trotz seiner strengen Verbote und Maßregeln wieder eine große Zigeunerbande auf seiner Haide zwischen Pukaff und dem Hause Koken Hohn (Gekochter Hahn) gelagert habe. Er ließ, es war schon dunkel, sofort satteln und jagte, nur von einem Reitknecht begleitet, in schnellster Gangart auf die Haide. Von weitem schon sah er die Lagerfeuer brennen und hörte Fiedeln und Schellentrommeln und die Mundharmonika. Er war außer sich. Sein Pferd spornte er zu äußerster Eile. Mit einem Mal hielt er, verzerrt vor Wut, unter ihnen und schlug blindlings mit seiner Reitpeische auf die Leute ein. Er traf einen jungen Zigeuner quer durchs Gesicht. Sofort hatten sie ihn und den Reitknecht, der seinem Grafen zu Hilfe geeilt war, unter empörtem Geschrei umzingelt und von den Pferden gerissen. Der, den er eben durchs Gesicht geschlagen hatte, stieß ihm in höchstem Zorn sein langes Messer in die Brust. Enewold war auf der Stelle tot. Es wurde eine wüste Szene: Alles floh so schnell wie möglich, ohne sich erst Zeit zu lassen, die Feuer zu löschen. Der Graf lag in seinem Blut allein zwischen den flackernden Flammen. Seinen Reitknecht hatten sie dermaßen fest geschnürt, daß er sich nicht rühren konnte. Doch rief er unaufhörlich um Hilfe. Die Pferde grasten ruhig auf dem spärlichen Boden.
Mit den beiden eingeschriebenen Briefen war zugleich Doktor Schilting eingetroffen. Er brachte die ersten ausführlichen Nachrichten. Kai, der wußte, daß sein Regiment am achten Juli in Frankfurt a. Main, den neuen Standort, einziehen werde, wollte diesen Einzug noch mitmachen und dann nach Tangbüttel fahren. Frau von Vorbrüggen reiste einige Tage vor ihm nach Holstein, um ihn zu empfangen. Zwei Tage nach dem Einzug in Frankfurt, nachdem er seinem Regiment mit schwerstem Herzen Lebewohl gesagt hatte, eilte er nach Tangbüttel. Hier empfing nicht nur seine Mutter den »neuen regierenden Herrn«,

sondern alles aus den nächsten Dörfern, aus der ganzen Umgegend war da, um ihn mit aller Förmlichkeit und Lustigkeit, mit Fahnen und Girlanden, Gesang und Ansprachen zu begrüßen, ihn, der eben den großen Einzug in Frankfurt mitgemacht hatte. So ist das Leben.
Schilting kam schon am nächsten Tage zum ersten Vortrag, und Kai sah sich der schwersten Last gegenüber: der Verwaltung eines ungeheuern Vermögens.
Der alte Schilting war von Kai gewonnen worden, sich nur ihm zur Verfügung zu stellen und alles andere aufzugeben. Er hatte sich dazu entschlossen gegen einen jährlichen Gehalt von vierzigtausend Talern = achtzigtausend Courantmark (später einhundertundzwanzigtausend Reichsmark). Mit dem Titel Generaldirektor.
An einem der folgenden Tage ließ sich Kai von seinem Generaldirektor in Hamburg einen planmäßigen Vortrag halten über sein Vermögen. Das erste, was ihm Schilting riet, war: er möge seine Besitzungen in Rußland und Spanien, für welchen Preis immer, veräußern; das kleine Gut La Dorette an der Durance in der Provence aus persönlichen Gründen behalten. Seine Baronie Lillehammer und Mariagerhuus in Jütland dürfe überhaupt nicht verkauft werden. Er wies ihm an der Hand mitgebrachter Abschlüsse, unter Belegung durch Abmachungen, Pachtverträge, Hypothekenbriefe und hundert andere Papiere umständlich, doch klar seine Einkünfte nach. Zum Schluß erwähnte er, welches Geldgenie Enewold gewesen sei. Er habe Zins auf Zinsen aufgestapelt, außerordentlich klug gerechnet und berechnet. Wohltätigkeit im großen Sinne habe er nicht gekannt. Schließlich sei er für seine Person so bedürfnislos geblieben, daß er selbst dadurch sein Vermögen vermehrt habe. Das Größte, ja er hätte bald gesagt das Erhabenste sei bei Enewold gewesen, daß er es meisterlich verstanden habe, niemand außer den Beteiligten wissen oder merken zu lassen, wie ungewöhnlich reich er sei. Seine Bescheidenheit wäre wohl die größte Tugend bei ihm gewesen.
Er bat Kai, ihm morgen das Personal und die beiden Herren der Privatbriefgeschäftsstelle vorstellen zu dürfen. Diese beiden Herren hießen: Georg Schwensen und Albert Linke. Beide waren schon über sechzig Jahre alt und recht grauhaarig. Auf ihren Besuchskarten stand: Georg Schwensen, Candidatus referendi ministerii und Albert Linke, Oberlehrer a.D. Diesen beiden lag seit Jahren, gegen einen Gehalt von je drei Tausend Courantmark (den Kai ums Doppelte erhöhte), als einzige Aufgabe ob: die Privatpost (die Bettelbriefe) täglich ohne Ausnahme zu öffnen und zu sichten. Im Durchschnitt betrug ihre Anzahl Tag für Tag vierhundert. Der Candidatus referendi ministerii und der Oberlehrer a.D. waren zwei feinfühlende, wohlwollende Menschen, die gänzlich parteilos ihr schweres, wichtiges Amt ausübten.

Der alte Schwensen war ein gläubiger Christ, ohne sich im geringsten damit zu brüsten oder es öffentlich zu zeigen. Der alte Linke war ein überzeugter Gottesleugner, der sich die Zeitschrift Freie Glocken hielt; auch er belästigte niemand mit seiner Überzeugung. In seiner Geldtasche trug er ein Wort Tyndalls beständig mit sich herum: »Wenn ich Männer aufsuchen wollte, die im Halten von eingegangenen Versprechungen peinlich genau sind, deren Worte schwerer wiegen als Eide und denen irgend ein Charakterzug wie moralische Verschmitztheit fremd ist; wenn ich einen liebevollen Vater, einen treuen Gatten, einen rechtschaffenen Nachbarn und einen gerechten Bürger mir zur Seite haben wollte, ich würde ihn unter der kleinen Schar der Atheisten finden. Ich habe einige der ausgesprochensten unter ihnen nicht nur im Leben, auch in der Todesstunde gekannt; ich habe gesehen, wie sie mit offnen Augen das Ende erwarteten, ohne Furcht und ohne Hoffnung, und doch so bewußt aller Menschenpflichten und so sorgfältig in ihren Ausführungen, wie wenn eine unendliche Zukunft von ihren Handlungen abhinge.«

Wie Enewold zu den vortrefflichen Menschen gekommen war, ist nicht bekannt geworden, und es ist auch gleichgültig. Er kannte ihre religiösen Ansichten, und es ehrt ihn, daß er sie bis an seinen Tod hochhielt und ihnen vertraute.

Jedesmal, ehe sie morgens an ihren Arbeitstisch gingen, las der alte Schwensen ein Kapitel aus der Bibel, und der alte Linke las sein Wort von Tyndall. Das war gleichsam eine Vorbereitung für den verantwortlichen Tag, der ihnen bevorstand. Kamen sie an, so fanden sie schon den Stapel Briefe für den heutigen Tag auf einem Mitteltisch. Dort lagerten sie, frisch von der Post gebracht, in zwei gleichen Teilen. Jeder nahm nun seinen Packen für sich an seinen Tisch. Zwei junge Gehilfen standen mit Papiermessern in der Hand neben ihnen und öffneten unter ihrer Aufsicht die Zuschriften. Dann entfernten sich die beiden jungen Leute, und die Arbeit begann.

Da die beiden Männer ihre Obliegenheiten schon seit Jahren gewohnt waren, hatten sie auch seit Jahren eine Fertigkeit im Erkennen, welche Briefe sofort weggelegt werden konnten, das heißt: die überhaupt nicht mehr in Betracht kamen. Das war Tag für Tag eine große Menge. Darauf folgte die zweite und dritte Sichtung. Was dann noch da war, waren immer nur ganz wenige Zuschriften, wenn es nicht vorkam, daß kein Brief zur weitern Erwägung übrig blieb. Die, die einer Berücksichtigung gewürdigt worden waren, wurden zurückgelegt. Enewold gab diesen Auserkorenen stets einen Dukaten, nie mehr. Daß dies Geld voller Rücksicht an die richtige Stelle kam, war auch Sache der beiden Herren, und sie verstanden das vollkommen.

Nie, das war Enewolds ausdrücklicher Wunsch, ja Befehl, durfte dabei nach der Religion, politischen Partei, nach der moralischen Würdigkeit gefragt werden. Jeden Abend, ob im Winter oder Sommer, wurden alle am Tage erledigten Briefe in einem großen Ofen verbrannt. Auch das hatte Enewold seinen beiden Bevollmächtigten zur strengen Pflicht gemacht.

Während Schwensen und Linke des Morgens über den angekommenen und geöffneten Schreiben saßen, war es ganz still im Zimmer. Schreiben für Schreiben fiel in einen neben jedem stehenden Papierkorb. Nur zuweilen lachte einer laut auf und teilte dem andern irgend eine seltsame Bitte und ähnliches mit. Auch berieten sie wohl zusammen, wenn sie sich über einen Inhalt nicht klar geworden waren. Alle Leiden und Ängste der Welt schienen sich in diesen Briefen zu treffen; auch Wut und Verzweiflung fand oft den Ton. Da zeigten sich Briefe wie: »Sie Mastschwein, Sie, wir werden Sie von ihrem überflüssigen Gelde befreien.« Und manche andere solcher Art.

Ja wahrlich, es war ein verantwortliches Amt, das die beiden verwalteten; denn alle, die geschrieben hatten, hofften auf Antwort. Jedem auf seine Bitten zu antworten, gehörte natürlich zu den Dingen der Unmöglichkeit.

Daß es trotz Enewolds Bescheidenheit und Zurückgezogenheit bekannt geworden war, wie unendlich reich er sein müsse, war selbstverständlich.

Kai verabschiedete sich von seinem Generaldirektor, über dessen Eingangstür die Worte standen: Gräflich Vorbrüggensche Verwaltung. Er fuhr mit seinen russischen Füchsen, die er bei Beginn des Krieges an Enewold geschickt hatte, über den Ochsenzoll, am Kruge Pukaff vorbei, auf der Segeberger Landstraße nach Tangbüttel in schnellem, gleichmäßigem Trabe. Seine beiden russischen Pferde fielen in Hamburg bald auf. Er spannte sie deshalb nur vor den Wagen, wenn er nicht nach Hamburg hinein mußte. Auf dem ganzen Weg nach Tangbüttel saß er, in die linke Ecke gedrückt, in sich versunken, wie einer, der eben zahlungsunfähig geworden ist. Der Vortrag Schiltings hatte ihn fast schwindlig gemacht. Etwas drang nach und nach bei ihm durch: daß er helfen wolle, wo er nur könne.

Kaum in seinem Arbeitszimmer angelangt, machte er sich schon ein kleines Verzeichnis, wem er morgen, von Hamburg aus, Geld senden wollte. Dies Verzeichnis enthielt die Summe von achtzigtausend preußischen Talern. Vor allem bedachte er seinen alten Freund Klaus Klünder, der sich geldlich immer noch mühselig genug durchs Leben schlug, mit vierzigtausend Talern. Die andern vierzigtausend Taler sollten gleich morgen abgehen an zwei Kameraden von ihm, von denen er wußte, daß sie stark verschuldet waren.

Als er am andern Morgen Doktor Schilting die Liste vorlegte und die Absendung des Geldes befahl, fiel dieser in des Wortes Bedeutung beinah in Ohnmacht. Schilting konnte Kais Weisung erst garnicht fassen. Er glaubte, einen Irrsinnigen vor sich zu haben. Als alle seine Vernunftgründe, sein Vorhalten, seine Einwände, seine klugen Gegenreden nichts mehr halfen, machte er eine stumme Verbeugung. Die achtzigtausend Taler gingen wahr und wahrhaftig an die ab, denen sie zugedacht waren.

Die nächsten vier Wochen hindurch hörte Kai, wie es gleich am ersten Tage verabredet worden war, die Vorträge Schiltings an. Der ihn dabei in alle denkbaren Einzelheiten des Betriebes einführte.

In einer der ersten Wochen wollte Kai einmal selbst die für den Tag angekommene Menge der Bettelbriefe durchsehen. Er ließ deshalb die beiden Herren mit diesen Briefen aus Hamburg abholen. In ihrer Anwesenheit fing er an, zu lesen und zu lesen und zu lesen. Bei jedem Briefe machte er eine Bemerkung: jede Bitte sollte gewährt werden, zum höchsten Erstaunen des Kandidaten referendi ministerii und des Oberlehrers a.D. Als schließlich, nach vielen Stunden, die Sitzung vorbei war, wurde die Summe aller der ausgesprochenen Wünsche gezogen: Es waren siebenundzwanzigtausend und einhundertundneun Taler. Nur für diesen einen Tag. Kai befahl für den nächsten Tag die Auszahlung. Schilting glaubte nun wirklich an eine Übergeschnapptheit Kais. Er ordnete die Auszahlung des Geldes an und bat Kai zugleich, ihm am Nachmittag in Tangbüttel seine Aufwartung machen zu dürfen. Er kam. Die beiden Herren hatten eine lange Unterredung in Kais Arbeitszimmer. Als Schilting abgefahren war, ging Kai noch einmal die Unterredung mit seinem Generaldirektor für sich durch. Schilting hatte um seinen Abschied gebeten, den Kai ihm leidenschaftlich verweigerte. Sein Generaldirektor hatte ihm in eindringlichster Weise seine (Kais) Lage und sein Vermögen noch einmal klar und kurz auseinandergesetzt. Kai war darauf aufgesprungen und hatte ihm in seiner offnen Art versprochen, daß er von nun an sichere Einsicht genommen habe und daß er sich, was die Ansichten über sein Vermögen anbelange, gänzlich ändern werde und müsse. Sie waren in Frieden auseinandergegangen. Auf der Heimfahrt hatte Schilting das bestimmte Gefühl, daß Kai kein geborener Kaufmann sei, wie das Enewold gewesen. Doch hoffte er, aus ihm einen tüchtigen Verwalter seines Vermögens zu machen.

Die Folge davon, daß Kai den Wünschen der Bettelbriefe nur für den einen Tag nachgegeben hatte, war fast schicksalsschwer zu nennen: In den nächsten Wochen gingen täglich mehr als doppelt so viele Briefe ein. Natürlich.

Als Kai nach dem ersten Vortrag Schiltings ins Schloß zurückgekehrt war, hatte er am Abend ein langes Gespräch mit seiner Mutter. Beide waren immer noch wie benommen, daß nun sie, oder besser Kai, im Besitz eines so unerhörten Vermögens waren. Ja, sie waren beide plötzlich in ein lautes Gelächter ausgebrochen, wie man es wohl von denen zuweilen hört, über die plötzlich ein Glück oder ein hartes Unglück niedergegangen ist. Beide besprachen immer wieder, wie es doch unbegreiflich gewesen sei, daß ihnen Enewold so wenig Einblick gewährt habe.

Ihre Exzellenz war die einfache, bescheidene Dame geblieben, wie sie es zeit ihres Lebens gewesen war. Nichts hatte sich im Gang ihres Gehabens geändert. Nur in einem gedachte sie große Summen auszugeben: für ihre religiösen und kirchlichen Bedürfnisse. So war es gekommen, daß eines Tages vor dem Schlosse große, vollbepackte Wagen standen, von denen Kai nichts wußte. Diese Wagen entluden, zur allgemeinen Verwunderung des ganzes Hofes, zuerst feindurchsichtige Drahtgitter, dann kamen allerlei lang und groß angelegte Sprüche aus dem Wagen heraus, wie: Ich und mein Haus wollen dem Herrn dienen, Glaube nur, Heil ist nur in Christo, In Christo wirst Du siegen, Vertraue Deinem Gott, Christus ist Dein Freund, Der Herr ist unsere Zuversicht, Sei stille dem Herrn, Selig sind des Himmels Erben – und noch viele mehr. Diese Worte sollten in den Drahtgittern befestigt und die Gitter auf den Dächern des Schlosses und der Umgegend aufgestellt werden.

Kai war sprachlos. Zum ersten Mal gab es eine heftige Szene zwischen Mutter und Sohn. Kai blieb Sieger. Ihre Exzellenz zog sich grollend für einige Zeit in ihre Zimmer zurück. Die Wagen wurden wieder zurückgesandt.

Enewold hatte still und für sich gelebt, einzig wohl nur mit seiner Vermögensverwaltung beschäftigt. Außer seinem Zeitungsreiter, den er sich erlaubt und den auch Kai beibehalten hatte, hielt er auf sein Mittagessen sozusagen im großen Stil. Hinter jedem Stuhl stand stets ein Lakai. Neben ihm saß Fräulein Malchen und hinter ihm stand sein alter Haushofmeister Jürgensen. Das war seine einzige Ausgabe.

Kai behielt auch das feierliche tägliche Mittagsessen, zuerst um sechs Uhr abends, bei. Doch schaffte er bald die ganze Dienerschaft ab. Nur ein Kammerdiener für ihn war da. Bei Gesellschaften traten Gärtner, Kutscher, frühere Offiziersburschen, und was es von brauchbaren jungen Leuten auf dem Hofe gab, ein. Herr Jürgensen, der allmählig recht, recht gealtert hatte, stand nicht mehr hinter Kais Stuhl. Er bewohnte im Schlosse zwei nette Zimmer und bekam mit vieler Herzlichkeit und Liebe und mit vielem stetem Dank für alle seine Treue das Gnadenbrot.

Tante Malchen war Tag für Tag mit der Generalin und Kai zu Tisch anwesend.

Kai hatte Enewolds Arbeits- und Schlafzimmer übernommen. Nur gab es eine Umstellung. Enewolds Arbeitszimmer, das nach der Vorderseite des Herrenhauses lag, war sein Schlafzimmer geworden, und Enewolds Schlafzimmer mit der Aussicht nach dem Garten sein Arbeitszimmer. Im ganzen Schloß hatte er sich sonst keine Neuerungen erlaubt: nur ließ er statt der breiten Tür zwischen seinen beiden Zimmern eine Tapetentür herstellen.

Auch im Park ließ er vorläufig alles beim Alten. Bloß den darin liegenden Garten seines Pächters hob er auf; außerdem befreite er einige besonders hervorstechende Bäume von Unterholz und Gebüsch, daß sie ihre kraftvollen nackten Stämme zeigten in ihrer stolzen Schönheit. Auf einem freien grünen Platz pflanzte er zwei kaukasische Flügelnuß-Bäume, wie er sie vorm Holstentor in Lübeck gesehen hatte.

Dicht beim Tore war an einem Baum ein häßliches hölzernes Schild angebracht. Darauf stand: Hausieren, betteln und musizieren ist verboten. Er ließ es abnehmen und verbrennen. Zu seinem spätern Verdruß. Denn die Orgeldreher und das fahrende Volk hatten das sehr bald gemerkt, und konnten jetzt kaum mehr vom Hofe vertrieben werden. Sie erkannten schnell die große Gutmütigkeit Kais und nutzten sie aus.

Tagelang brauchte Kai dazu, ja, wochenlang, um Enewolds schriftlichen Nachlaß ein- und durchzusehen. Was fand er nicht alles vor. Alle Papiere, Aufzeichnungen, Briefe, die er in Enewolds Schreibtisch, in Kasten, Schränken und Kommoden, auf dem Boden entdeckt hatte, nahm er in die Bibliothek, um sie hier in Ruhe durchzulesen. Die Bibliothek rührte noch von Enewolds Vater her. Sie war in den letzten Jahren des achtzehnten und den ersten dreißig, vierzig Jahren des neunzehnten Jahrhunderts zusammengesetzt. Für den Bücherliebhaber mußte sie das größte Entzücken sein: Nicht nur fand sich in ihr manche erste Ausgabe unserer großen Dichter, sondern alle Bücher waren in jenen künstlerischen Bänden eingebunden, die wir fünfzig, siebzig Jahre und darüber gänzlich verloren und gegen Geschmacklosigkeit eingetauscht haben. Erst jetzt scheint man sich wieder auf den künstlerischen Einband langsam zu besinnen.

Enewolds Charakter war Kai niemals klar geworden. Kai hatte ihn für einen ruhigen, sehr klugen, zuweilen etwas boshaft lächelnden Menschen gehalten. Nur das konnte er sich deutlich vorstellen, daß Enewold stets und ständig an seine Krankheit denken mußte, und daß ihm das einen gewissen Stempel, wenn man sich so ausdrücken darf, aufpreßte für sein tägliches Leben.

Niemals hatte er mit ihm über Kunst und Literatur gesprochen. Alle seine Gespräche mit ihm waren, wie das so auch üblich ist bei den meisten andern gebildeten Familien, nur ausgefüllt mit Politik, Landwirtschaft, Geld und mit den tausend andern abgedroschenen Sachen, über die man spricht.

Jetzt fand er zu seinem Erstaunen unter den Papieren Enewolds eine Menge Aufzeichnungen, die er sich nicht nur aus Büchern gemacht haben mußte, sondern die er auch aus sich selbst geschrieben haben mochte. Enewold mußte denn doch seinen Goethe gelesen haben, Kai fand vieles von unserm größten Dichter auf kleinen Zetteln:

Alles weg, was deinen Lauf stört,
Nur kein düstres Streben;
Eh er siegt und eh er aufhört,
Muß der Dichter leben.

Vom heutigen Tag, von heutiger Nacht
Verlange nichts,
Als was die gestrigen gebracht.

Wohl kann die Brust den Schmerz verschlossen halten,
Doch stummes Glück erträgt die Seele nicht.

Was verkürzt mir die Zeit?
Tätigkeit.
Was macht sie unerträglich lang?
Müßiggang.
Was bringt in Schulden?
Harren und Dulden.
Was macht Gewinnen?
Nicht lange besinnen.
Was bringt zu Ehren?
Sich wehren.

Wer in der Weltgeschichte lebt,
Dem Augenblick sollt er sich richten?
Wer in die Zeiten schaut und strebt,
Nur der ists wert, zu sprechen und zu dichten.

Noch andre Aufzeichnungen von Enewolds Hand fielen Kai auf:

Die Vorahnungen sind die Augen der Seele.
Napoleon.

Das Publikum beklatscht ein Feuerwerk, aber keinen Sonnenaufgang.
- Hebbel.

Kai fand auch Zettel von Enewolds Hand, unter denen kein Name stand. Vielleicht waren sie von ihm selbst:

Leben ist eine einzige schwere Beleidigung.

Das ganze Leben ist Angriff und Abwehr und umgekehrt.

Der Übergang vom Knaben zum Jüngling ist leichter
als der vom Manne zum Greis.

Ein altes Preußenwort: Herrendienst geht vor Gottesdienst.

Wir Menschen sind überall auf Erden die gleiche Bestie.
Da aber, wo wir grade wohnen, leben immer noch schlimmere
Bestien; so meint jeder von uns.

Jede Wohltätigkeitsveranstaltung ist eine Orgie der Eitelkeit.

Einem Verstorbenen wird nachgerühmt: Er hatte keine Feinde:
Was muß das für ein Waschlappen gewesen sein.

Einsamkeit - Unabhängigkeit.

Zwei schöne Augen sah ich gestern,
Da war die Liebe drin und auch das Leid.
Die Liebe und das Leid sind Schwestern,
Es trennt sie keine Ewigkeit.

Noch allerlei Sprüche und Worte lagen zwischen Enewolds Papieren, mit denen Kai nichts anzufangen wußte, die ihn aber zum Nachdenken anregten. Enewolds Wesen wurde ihm immer rätselhafter.
Wenn einer ihn, Kai, jetzt im Lehnstuhl gesehen hätte: Es wäre ihm vielleicht durch den Sinn gezogen: Der geht einsam durchs Leben.

Vor kurzem hatte sich Kai seine Möbel und Bilder aus Mainz kommen lassen. Als er die Bilder seiner Offiziere und Soldaten, die alle über seinem Bett hängen sollten, in die Hand nahm, überkam ihn eine unendliche Sehnsucht. Hinter eins dieser Bilder schrieb er wie im Traum:
         Bisweilen ist es mir, als ob ich höre
    Krieg, Trommelwirbel und den Schrei der Hörner.
    Und schwach klingt her aus ungemessenen Fernen

Ein siegestrunknes Hurra zu den Sternen.

Er lehnte sich in den Stuhl zurück und weinte laut und schmerzlich.
Bei der Mühle in den Knicks des hochliegenden Feldes hatte er sich ein Zelt hineinbauen lassen. Von hier aus sah man in die Weite, bis nach Nahe und Wakendorf hin, übers große Moor weg. Am Himmelsrand entwickelte sich oft für ihn eine Schlacht; ganz deutlich war alles für ihn wahrnehmbar. Zuweilen glaubte er sogar Geschützdonner zu hören.

Für den September hatte er soviel Offiziere seiner beiden Kriegsregimenter eingeladen, als da kommen wollten und konnten. Das waren lustige Tage bis in die Nächte hinein. Enewolds Weinkeller, der voll war von vielem guten und vorzüglichen, mußte herhalten. Die Generalin wurde ein wenig gestört; doch als alte Offiziersdame und Mutter eines Offiziers ließ sie fröhlich und gutmütig und verständnisvoll den Besuch austoben.

Kai selbst war mäßig im Trinken. Er gab nichts drauf. Zuweilen, wenn er in Stimmung war, wenn er mit lieben Menschen zusammensaß, wenn er Marschmusik hörte, konnte ihn ein Fingerhut voll betrunken machen. War er nicht in Stimmung, so trank er überhaupt nicht; und wenn doch, so konnten ihm noch so viele Flaschen nichts anhaben.

Einen Tag vor der allgemeinen Abreise kam noch ein Rheinweinmittag dran. Er spendete zu einem guten Essen vier Sorten, die freilich auch später nicht mehr auf den Tisch kommen konnten. Denn die Flaschen wurden an diesem Tage alle leer getrunken.

Die Aufeinanderfolge war:
1. Zeltinger Schloßberg.
2. Nürnberger Hof (Honiggeruch), Freiherr von Knoop, Wiesbaden. Ehemals Herzoglich Nassauische Domäne.
3. Steinberger Kabinett. Langenbach und Söhne.
4. Liebfrauenmilch. Kirchenstück. Ausbruch prima. Eigenes Gewächs. Langenbach und Söhne. Worms.

Der Herr Generaldirektor hatte an diesem Frühstück mit großem Verständnis teilgenommen. Er bedauerte nur, daß diese seltnen Weine so schnell vertropfen mußten. Bei Kai hatte er jetzt zu seiner Freude gemerkt, daß er auf vernünftige Gründe hörte; ja, er hoffte, aus ihm noch einen tüchtigen Kenner und Verwalter seines Vermögens zu machen. Nur das bekümmerte ihn: War Kai einmal auf etwas versessen, auf etwas, das er durchaus rasch in seinen Besitz haben mußte, so hielt ihn nichts zurück, bis ers in seinen Händen hielt.

Die Kameraden waren in ihre Garnisonen abgereist. Stumm und abgelegen lag das wundervolle, große, prächtige alte Gut und Schloß Tangbüttel in seiner melancholischen Landschaft. Kai hatte sich aus seinem Thienenschen Hause in Kiel noch einige Empiremöbel kommen lassen und wohnte nun völlig zu seiner Zufriedenheit. Seiner Mutter, die er kindlich und mit höchster Ehrerbietung liebte, war er der treueste Sohn. Die kleine unangenehme Angelegenheit mit den Gittergerüsten über den Dächern, die Frau von Vorbrüggen in die Wege geleitet wissen wollte, war erledigt und vergessen. Ihre Exzellenz fuhr jeden Sonntag zu einem lieben Prediger in die Kirche nach Bergstedt, zu der Tangbüttel eingepfarrt war. Sie tat wohl, wo sie konnte, half und riet und beriet und war bald der gute Engel in der ganzen Gegend. Kai stellte ihr dafür alle Mittel mit größter Freigebigkeit zu Gebote.

An einem weichen Oktobertag, der Frühlings- und Sommerlüfte noch einmal in sich vereinigte, kam Kai von Hamburg zurückgefahren, gelangweilt von einem ausgedehnten Bericht seines Generaldirektors. Er ließ bei Pukaff halten, wo er etwas mit dem Wirt in Kreis- und Kriegervereinsangelegenheiten besprechen wollte. Von der Tenne hinten klang Walzermusik. Schurrende Schuhe ließen sich hören. Kai, der unendlich gern tanzte, ging an die Tür und sah hinein. Er konnte nicht widerstehen. Die gebotene Trauerzeit, vielleicht auch die versammelte Gesellschaft selbst, hätten ihm Halt gebieten müssen. Er kehrte sich nicht daran. Außerdem waren es anständige, ehrenwerte, lustige Leute der Umgegend, die ihn kannten und die er kannte, die heute ein Ernte- oder irgend ein anderes Fest in ihrer harmlosen Weise feierten. Der Gutsherr tanzte mit den ländlichen Schönen. Besonders war es der Walzer, sein Lieblingstanz, den er immer wieder von den Musikanten forderte. Er tanzte und tanzte, als wolle er ein lang vermißtes und versäumtes Vergnügen gründlich nachholen. Von seinen schwarzen Augen sprach man schon, seitdem er als Knabe und Erbe (das wußte man) in Tangbüttel bekannt war. In seine nachtschwarzen Augen hatten sich, wie überall, die Mädels verliebt. Und was für ein aufgeräumter, leutseliger Kerl er war. Im Kreise erzählte er seinen Bauern und Handwerkern und denen, die um ihn herum saßen, Schnurren, wenns auch mit seiner plattdeutschen Sprache, die er nicht von der ersten Kindheit an gesprochen hatte, etwas haperte. Alles brachte er zum Lachen.
Er lachte selbst ausgelassen, wenn ein andrer in diesem Kreis irgend eine Klatschgeschichte vortrug, die just in der Umgegend herumgetragen wurde. Selbstverständlich bezahlte er stets die Runden, und ließ auch den Wirt ordentlich anrechnen.

Das alles machte ihn beliebt. Keiner verlor die Ehrerbietung gegen ihn, wie er es auch selbst meisterhaft verstand, den richtigen Augenblick des Aufhörens abzupassen: sich zurückzuziehen, wenn sein Gefühl es ihm sagte. Das ist eine der angenehmsten Eigenschaften, die ein Mensch haben kann. Vielleicht war es eine der größten Eigenschaften Goethes.
Kai tanzte und tanzte. Seiner vernarbten Wunde tat es nichts. An Enewold dachte er heute nicht in seiner Tanzwut. Was von ihm geredet wurde, war ihm von jeher einerlei gewesen. Er tanzte und tanzte. Besonders viel mit einem hübschen, echt holsteinschen Bauernmädchen, in das er sich verliebte. Sie hatte ihn zuerst immer beobachtet und ein neidisches Gefühl gehabt, wenn er andere Mädchen herumschwang. Doch sie wußte es, zuletzt mußte er zu ihr kommen. Und er war gekommen.
Eine weiche Sommerherbstnacht war auf den weichen Sommerherbsttag gefolgt. Kai hatte seinen Wagen weggeschickt. Er ging mit dem Mädchen, das er mit dem rechten Arm an sich gezogen hatte, langsam den Feldweg nach Duvenstedt zu. Der Vollmond gab sein Licht der stillen Nacht, die so still war, daß man zuweilen, trotz der großen Entfernung von Hamburg-Altona, die überlauten Sirenen der spanischen Schiffe hören konnte, die in den Hafen liefen.
Die beiden gingen langsam vorwärts. Der vielfache Millionär und die arme Kätnerstochter. Sie waren beide jung und stark und sehnsüchtig nach der Liebe. Auf unsrer unartigen Erde, die uns so wenig Gutes gönnt, gibt es nichts, das uns so erfreuen kann und soll, als das bissl Liebe um Mitternacht.
Erst um sechs Uhr morgens kam Kai in seinem Herrenhaus wieder an. Es fiel keinem auf, weil er, ein Frühaufsteher, oft schon in den ersten Stunden des Tages in Wald und Feld gesehen worden war.

Einige Tage darauf fand Kai im Nachlaß Enewolds, den er noch immer nicht ganz aufgeräumt hatte, einen kleinen Blechkasten. Ein Hängeschlößchen hing daran. Der Schlüssel lag vorm Kasten. Allerlei Vergilbtes und Vergessenes häufte sich darin. Für Enewold war es wohl nicht Vergilbtes und Vergessenes gewesen. Er mochte oft genug den Inhalt in seinen Händen gehalten haben.
Zuerst nahm Kai eine Anzahl Briefe heraus, die, glatt aufeinander, von einem blauen Faden gehalten wurden. Auf ihnen lag ein vertrocknetes Resedabündelchen, mit einem rotseidenen Fädchen gebunden. Dies Resedasträußchen duftete nicht mehr. Kein Schreiben hatte ein Datum, eine Ortsangabe. Alle waren unterzeichnet mit dem einzigen Namen Silvestra. Nur in einem von ihnen stand die Angabe eines großen Gutes zwischen Kiel und Nortorf. Mit den Besitzern dieses Schlosses hat einmal auch Goethe einige Briefe gewechselt.

Kai las und las. Er konnte aus dem Inhalt zuerst nicht klug werden. Nur das war scharf herauszulesen, daß es Liebesbriefe waren, geschrieben von einer Frau oder von einem Mädchen, die bleibend dort gewohnt hatte. Die Schrift war zierlich, gleichmäßig. Rührende Klagen und eine tiefe Sehnsucht und zugleich gänzliche Entsagung klangen aus ihnen heraus. Kai stellte bei sich fest, daß sich Enewold und sie geliebt haben mußten, daß Enewold ihr von seiner Krankheit offen erzählt und ihr bedeutet habe, daß deshalb an eine Vereinigung nie zu denken sei.

Dann entdeckte Kai noch verschiedenerlei in diesem Kästchen: Einen Pedigree, wahrscheinlich von einem Lieblingspferd Enewolds. Es stand unter dem Stammbaum: Königliches Hauptgestüt Registratur Trakehnen. Unter den Vorfahren des Hengstes fanden sich manche berühmte Namen, wie Papillon, goldbraun, Englisch Vollblut, und Portland, kirschbraun, Englisch Vollblut; aus den ersten englischen Rennen.

Ferner einen Erlaß des dänischen Königs Friedrich des Fünften: Urkundlich unter unserm Königl. aufgedrucktem Regierungs-Sekret. Geben in Unsrer Stadt und Feste Glückstadt, den 24. Dez. Anno 1751. Wir Friedrich der Fünfte von Gottesgnaden König zu Dänemarck usw. Entbieten denen Hoch- und Wohlgebohrnen, Wohlgebohrnen, Hoch- und Wohl-Edlen, Edlen, Wohlgelahrten und Ehrsamen, Unseren Amt-Leuten, Land-Drost, Land-Sassen, Land-Vogt, Bürgermeistern und Rath in den Städten, und sämmtlichen Unseren Bedienten, wie auch Unsern lieben und getreuen Unterthanen Unsres Hertzogthums Hollstein Unsere Gnade, und wird euch bereits bekannt seyn, wasmassen es dem allwaltenden Gott gefallen, die Weyland Durchlauchtigste, Großmächtigste Fürstin, Frau Louise, Königinn zu Dännemarck, Norwegen usw. Unsere im Leben gewesene Hertzvielgeliebteste Gemahlin, den 19. Hujus durch einen seeligen Tod aus diesem irdischen abzufordern und in sein ewiges Freuden-Reich zu versetzen

Wann Wir nun, zu Bezeugung der Uns und Unserm Königl. Erb-Hause dadurch zugestoßenen tieffen Trauer, nachgesetzte Verordnung ergehen zu lassen, für nöthig befunden; Als mandiren und befehlen Wir euch hiemit Allergnädigst wollende, daß ihr die unverzügliche zulängliche Verfügung machet, damit in allen Kirchen Unsers Herzogthums Hollstein, Herrschaft Pinnenberg, Graffschaft Rantzau und Stadt Altona, die Glocken zweymal des Tages, nemlich des Vormittags von 10 bis 11 Uhr, und des Nachmittags von 5 bis 6 Uhr, geläutet, übrigens aber alle Musique inn- und außerhalb der Kirchen eingestellet, und solches bis zu

Unserer weiteren Verfügung beobachtet werde; wie Wir dann auch zugleich hiemit anbefehlen, daß alle zum Zeichen ihres pflichtschuldigsten Beyleides sich selber, sammt ihren Leuten und Dienern, Ein Jahr lang mit schwartzen Trauer-Kleidern kleiden. Wornach ihr euch sammt und sonders zu achten, und Wir verbleiben euch mit Königlichen Gnaden wohl beygethan.

Ferner lag ein verblaßtes Briefchen da: *Receive, my dear Adeline, this little mômento of a affectionable esteem from an old friend, whose prayers and intercessions will ever be* (unleserlich) *of Grace to bless and protect You and Your belowed little Sister Elvira.*
A. Thomas.
Dalston, 8th. August 1819.

Weiter: Einige Zettel und Aufzeichnungen von Enewolds Hand:

Das sicherste Zeichen, mit großen Eigenschaften geboren zu sein,
ist, keinen Neid zu kennen.
Larauchefoucauld.

Arabische Spruchweisheit:
Ohne Verabredung öffne keine Tür.

Kannst du seine Hand nicht abhacken,
küsse sie und führe sie an deine Stirn.

Gemeine Menschen werden bekannt,
wenn sie edle Menschen bespeien.

Wenn du etwas nicht verstehst, nenne es nicht gleich dumm; es könnte deiner Tante Schwestersohn Schuld am Nichtverstehen tragen.

Willst du Ruh und Frieden finden? Dann bewahre das Schweigen.

Wer vom Verlangen zu reden beherrscht ist,

der liefert alles, was er besitzt, der Plünderung aus.

Viele Worte, und hätten sie den Wert der Perlen Edens,
sind der Seele Tod.

Auf einem blauen Papier hatte Enewold geschrieben:
In Tiefental las ich folgenden Hausspruch:
Fortunae Comes Invidia
(Der Begleiter des Glücks ist der Neid).

Dann fand Kai von Enewolds Hand:

Das Menuett für Viola d' amore von Milandre (Mitte des 18. Jahrhunderts) könnte ich immer wieder hören. Ebenso den Gesang zum Cembalo: Sagt, wo sind die Veilchen hin. Von Peter Schulz (1747-1800).

Von Enewold war ferner abgeschrieben:
Bergerettes (18. Jahrhundert):
Jeunes Fillettes.
Jeune fillette, profitez du temps,
La violette se cueille au printemps,
La la la rirette, Larilonlanta.
Cette Fleurette passe un peu de temps,
Toute amourette passe également.
Jeune fillette, profitez du temps,
La violette se cueille au printemps,
La la la rirette, Larilonlanta.
Dans le bel âge prenez un ami,
S' il est volage, rendez le lui.
Jeune fillette, profitez du temps,
La violette se cueille au printemps,
La la la rirette, Larilonlanta.

Hierunter hatte Enewold geschrieben:
Dies reizende Schäferliedchen sang mir Felicitas; sie mußte es mir immer wieder singen.

Endlich zeigten sich unten auf dem Boden des Blechkästchens zwei kleine Bücher: Stammbücher. Sie enthielten allerlei aus der Rokokozeit und aus den Jahren der Empfindsamkeit. Auch von Schiller standen einige Verse darin.

In diesen Büchelchen gab es ein Bildchen: Eine antike Vase auf einer Säule. In der Mitte der Säule ein Kranz, in dem 1803 stand. Dann eine umgestürzte gebrochene Säule mit einem Tränentuch darauf. Darunter hieß es:

Ein leiser Zephyr trug des Grabes Frieden zu seinem Aschenkrug.
Gott aber zeichnete die Leiden dieses Müden in sein Vergeltungsbuch.
Nehmten, den 17ten März 1763.
Friederike.

Viele getrocknete Blumen waren eingeklebt. Oft gab es kleine Unterschriften zu ihnen. Unter eine war geschrieben:

Eine Sternblume vom Brocken, die mein Andreas selber gepflückt hat und mir in einem Brief geschickt.
Mehlbeck, den 11. July 1801.
Wulffhilde.
Unter einem getrockneten Vergißmeinnicht:
Dieses Vergißmeinnicht bekam ich von Mutter, wie Sie zum Abendmahl war.
Hygom, den 3. März 1802.
Kiel, den 30. Oktober 1803:

Ging die Sonne, die ich anbete, sehr freundlich unter.
Ich dankte Gott, der diese Sonne schuf für mich zur anbetenden Gottheit. O Gott erhalte mir meinen innigst geliebten Mann und die Liebe meiner Kinder und ich bin unaussprechlich glücklich.

Beide Stammbücher waren angefüllt mit vielen kleinen durchbrochenen Papiernetzen, deren Boden aufgeklebt war und die man an einem Schleifchen in die Höhe ziehen konnte: Man sah getrocknete Blumen oder winzige Haarbüschel. Bei diesen standen Vornamen. Eins dieser Netzchen hatte schwarzen Untergrund und ein schwarzes Schleifchen, an dem es emporgezogen wurde. Im Netz war ein verschwindend kleiner Teil ganz hellblonder Härchen. Darunter hatte eine Frauenhand geschrieben:

Losgewunden von dem Staubgewande,
Schwingt der Geist unsterblich sich empor,
Liebe findet in der Heimat Lande
Wieder einst, was Liebe hier verlor.
O mein Kind, Leb wohl.
Lillehammer, d. 24.ten July 1813.
Deine Mutter Öllegaard.

Viele klagende Verse enthielten die beiden Bücher:

Wohl mancher spricht, ich liebe, die mich lieben,
Verrat an Lieb und Freundschaft üb ich nicht.
Ists ein Verdienst, der Liebe Pflicht zu üben,
Wo Liebe leichte, liebe Pflicht?

Der Dankbarkeit vergaß ich nie im Leben,
O weh dem, dem des Danks Gefühl gebricht!
Dem Geber, und mit Zins zurückgegeben,
Ist eine leichte, liebe Pflicht.

Doch will der Feindschaft Gift zum Keim gedeihen,
In deinem Herzen Groll und Rachsucht spricht,
Bekämpfe diesen Feind und ruf: Verzeihen,
Du übst die schwerste – schönste Pflicht.
Vergiß mein nicht, wenn lockre, kühle Erde
Dies Herz einst deckt, das zärtlich für dich schlug,
Denk, daß es dort vollkommner lieben werde,
Als da voll Schwachheit ichs, voll Fehle trug.

Dann soll mein ferner Geist oft segnend dich umschweben
Und deinem Geiste Trost und süße Ahndung geben.
Denk, daß ichs sei, wenns sanft in deiner Seele spricht:
Vergiß mein nicht, vergiß mein nicht.

Leid aus Glück und Glück aus Leid
Gab die gute graue Zeit;
Graue Zeit wird wieder jung,
Zukunft bringt Erinnerung.

Das arme Herz hienieden,
Von manchem Gram bewegt,
Erlangt den wahren Frieden
Nur wenn es nicht mehr schlägt.

Ich habe abgerechnet mit dem Schicksal, ich habe das Teil Glück-
seligkeit, das mir in diesem Leben beschieden war, empfangen.
Und in Nacht gehüllt, fließt nun mein Dasein dahin
bis zum letztem Athemzuge.

Mariagerhuus, Februar 1799.
F.

Kai packte alles wieder sorgsam ins Blechkistchen und nahm es mit hinunter zu seiner Mutter, der er es zeigte. Sie kamen wieder in ein langes Gespräch über Enewold. Es mußte doch in seinem Innern ein Eckchen gewesen sein, in das er allerlei Stilles hineingestellt, das er gelegentlich in einsamen Stunden auf seinem Zimmer herausgeholt hatte, um sich in seiner Art, für sich allein, daran zu erfreuen.
Niemals hatte Kai irgendwelche Berechnungen, Entwürfe oder ähnliches von Enewold im Schlosse gefunden; er hatte augenscheinlich den Kaufmann ganz zurückgedrängt in Tangbüttel.

Am einunddreißigsten Oktober, an einem klaren, sonnigen Herbsttag, saß Kai in seinem Zelt im Knick und schaute in die Ferne. Diese Aussicht nach dem Osten und Norden, in die ein wenig wellige Gegend nach Wachendorf und Nahe hin, machte ihn immer trübe. Er liebte sie wie keine andere Gegend der Erde.

Heute sah er wieder eine große Schlacht vor sich. Ja, er hörte sie. So tief versenkte er sich in seine Feldzugserinnerungen.

Es war ihm, als läge ein treuer Jugendfreund, den er im österreichischen Kriege verloren hatte, tot vor ihm unter Syringen, die sich an dieser Stelle des Knicks zwischen den andern Gesträuchen Platz gemacht hatten, wenn sie auch für dies Jahr längst abgeblüht waren. Er starrte wie abwesend auf den Fleck. Es kam ihm vor, als wenn er in Wirklichkeit dort seinen gefallenen Freund liegen sähe. Was blüht ihr wieder, heitere Syringen, wollt ihr mir Grüße eines Toten bringen? Er war mein Freund, er wars in Lust und Leiden, um dessen Stirn die Frühlingslocken hingen. Uns schwanden manche Stunden, jugendtolle: Das Morgenrot noch hörte Becherklingen. Das nahm ein Ende, als die Schlachtenadler die Flügel breiteten auf Sturmesschwingen, und der Granaten unheilvolle Wolken in Lüften spielten gleich den Schmetterlingen, als unsere Fahnen, rot in Abendgluten, Sieg kündend flatterten nach heißem Ringen. Auf allen Höhen, in den Tälern schliefen, die gar zu brüderlich den Tod empfingen, und unter ihnen fand in einem Garten, von fern herüber tönte Siegessingen, den Freund ich, abendkühl, wie schlafbezwungen, beschattet still von blühenden Syringen.

Kurz drauf bekam Kai einen Brief aus Hamburg aus dem Gasthof Kaiser von Brasilien. Er kannte diesen Gasthof nicht. Entdeckte ihn in der Nähe des Hafens. Das Schreiben war schwülstig und übertrieben demütig gehalten. Kai glaubte, daß es aus Versehen nicht in die Briefschaften hineingeraten sei, die die Herren Schwensen und Linke täglich zu bearbeiten hatten. Aus dieser Inschrift, die mit den Namen Asiaticus (Ragist Dimitri) und Silesius (Janusch Korpatsch) unterzeichnet war, klang eine durchdringende Bitte heraus, Kai möge in diesen Gasthof zu ihnen kommen, es gelte ihre ewige Seligkeit. Habe er Furcht, allein zu gehen, so möge er soviel Begleitung mitnehmen, wie er wolle. Obgleich das Schreiben ganz augenscheinlich von einem öffentlichen Volksbriefsteller abgefaßt war, klang doch ein Ton heraus, der das schwergeängstigte Herz der beiden Bittenden erkennen ließ. Zuerst wollte Kai es in den Papierkorb werfen, aber die Neugier trieb ihn, sich am andern Tag allein auf den Weg zu machen zum Kaiser von Brasilien. Zu Fuß. Er fand einen räucherigen Gasthof in einer der Straßen, die nach dem Scharmarkt führen. Furchtlos trat er über die Schwelle. Er wurde sofort, ohne jede bis zur Erde reichende tiefe Verbeugung, die der Hamburger Gottseidank nicht kennt, vom Wirt empfangen und eine wacklige enge Treppe hinauf und in ein kleines Zimmer, das nach der Straße seine Fenster hatte, hineingeführt. Hier fielen ihm beim Eintreten zwei Männer zu Füßen und umklammerten seine Knie.

Etwas ungewohnteres kennt man nicht in Hamburg und im ganzen Norden. Er sah, ein wenig erregt, auf sie hinab, sah vorläufig nur zwei Menschen, die in dicke, grobgewürfelte Röcke, nach englischem Schnitt und Muster, gekleidet waren. Sie erhoben sich langsam; zwei dunkelbraune Gesichter, mit schwarzen Bärten und schwarzen Augen, wurden er kennbar. Der eine von ihnen sprach, in schlesischer Mundart, leidenschaftlich auf Kai ein, der erst gar nicht verstehen konnte, was er eigentlich wollte. Mit einem Mal wurde es ihm klar: sie waren von jener Truppe, von der einer Enewold erstochen hatte. Nun hörte er zu: Wie eine wildgewordene Sonne (so sagte der Sprechende wörtlich) sei Enewold in ihr Lager eingebrochen und habe blindlings, ganz gleich wen er traf, in sie mit seiner Reitpeitsche hineingeschlagen. Da habe ihn einer, den er mitten durchs Gesicht getroffen, mit seinem langen Messer ins Herz gestoßen, daß der Graf sofort tot vom Pferde gesunken sei. Alles sei dann auf der Stelle geflohen, ohne sich erst Zeit zu lassen, die Feuerstellen auszulöschen. Der Totschläger sei entkommen, man habe nie wieder etwas von ihm gehört, so eifrig auch die Behörden die Verfolgung aufgenommen hätten. Niemals wäre seitdem ihr Trupp wieder in die Gegend von Tangbüttel gekommen. Jetzt stünden sie vorm Grafen Kai und bäten ihn, er möge ihnen verzeihen; sie könnten ihr Gewissen sonst nicht entlasten. Abermals fielen sie Kai vor die Füße.
Kai sah erstaunt auf sie hinunter. Der Humor meldete sich bei ihm, als er diese wilden Heiden- und Haidemenschen ganz christlich sprechen hörte von ihrem belasteten Gewissen. Er bat sie, aufzustehen, und sagte ihnen freundlich, daß er ihnen nichts nach tragen wolle. Da sprangen die beiden braunen Gesellen auf und küßten ihm die Hände und gelobten ihm, in jeder Gefahr ihm zu helfen. Er möge sie nur rufen lassen, sie kämen, wo immer sie auch grade ihre Wagen ruhen ließen.
Nachdenklich und belustigt zugleich, entfernte sich Kai. Es kam ihm vor, als wenn er eben ein Kapitel in einem Hintertreppenroman gelesen hätte. Er dachte darüber nach, ob er richtig gehandelt, und das Ergebnis war, daß er es getan habe. Er hatte eine Überraschung erlebt, und bei Überraschungen ist Geistesgegenwart vonnöten.

Kai hatte sich das nächste halbe Jahr eingeteilt: Besuch der Grafschaft Stormarn, worin Tangbüttel liegt. Fahrt nach Kiel. Für das Ende des Novembers hatten sich Henning und Klaus auf achttägigen Besuch angesagt. Im Februar sollte die Reise losgehen nach La Dorette an der Durance in der Provence, über Rom, Neapel, Palermo nach Marseille. Von hier aus in die Provence hinein. Er wollte, der erregten Stimmung der Franzosen wegen, kurz nach dem großen Kriege La Dorette unerkannt aufsuchen.

Seine Meisterschaft in der französischen Sprache sollte ihm dabei dienlich sein. Seine Liegenschaften in Spanien (Erzgruben) und die weitausgedehnten Güter in Livland und Weißrußland konnten nur verkauft werden, wenn das Auswärtige Amt in Berlin seine Hilfe bot, natürlich nicht, was die Verkaufssumme anging, sondern mit seiner diplomatischen Kunst. Das konnte sich womöglich ein Jahrzehnt in die Länge ziehen. Nach Rußland und Spanien zwang es ihn deshalb jetzt nicht. Aus Frankreich wollte er über Österreich, vielleicht mit einem Abstecher nach Siebenbürgen und nach den böhmischen Schlachtfeldern, nach Tangbüttel zurückkehren. Gleich darauf seine jütländische Baronie Mariagerhuus und Lillehammer, die er nicht veräußern durfte, aufsuchen.

Zu Anfang des Novembers reiste er ab in die Grafschaft Stormarn, die er vor allen Dingen kennen lernen wollte, weil Tangbüttel in ihr liegt.

Die Grafschaft Stormarn hat, wie das große Rußland, zwei Hauptstädte: Hamburg und Lübeck. Der Landstreifen zwischen ihnen, dessen Grenzen sich im Laufe der Jahrhunderte zuweilen ein wenig verschoben haben, heißt der Gau Stormarn. Auch heißt er der Wedel-Gau, weil von hier aus das berühmte Geschlecht in die Welt gegangen ist. Vielleicht ist dies uralte Haus aus einer ganzen Kaste entstanden: aus der heidnischen Priesterkaste im damaligen Stormarn.

Die Geschichte dieses Gaues ist bedeutungsvoll: hier wurde endlich im Norden Europas der asiatischen Völkerflut ein letzter Damm gesetzt.

Ein altes Wort von Fahrenhorst bei Tangbüttel heißt: »Dorp Fahrenhorst sünd ruge Lüd in Busch un Brook.« Vielleicht steht dies Wort in Verbindung mit der ganzen Grafschaft, die ihren Namen, nach Adam von Bremen, daher habe, weil dies Volk häufig vom Sturm des Aufruhrs bewegt werde. Die Entstehung des Namens nach dem Flüßchen Stör, das kaum jemals in Berührung gekommen ist mit dieser Landschaft, hat keinen Sinn. Die beste Erklärung gibt uns *Dr. Friedrich Bangert* in Oldesloe, der ausgezeichnete, unerbittliche Gelehrte: »Auf dem verlassenen Boden ließen sich in aller Stille Wenden (Slaven) nieder, deren Volksgenossen, von Osten kommend, nach dem Abzuge anderer deutscher Völker schon das ganze Hinterland der südlichen Ostseeküste bis tief in das alte Germanien hinein besetzt hatten. Seitdem war der Grenzwald an der Ostseite der Sachsen nicht mehr Scheide zwischen verwandten deutschen Völkern, sondern die Grenze des deutschen Landes selbst gegen fremdes, anders geratenes Volkstum«. Und er sagt ferner: »Stormarn, das lautgesetzlich auch jetzt noch Stormern mit unbetontem e, wie Bayern und Engern, gesprochen werden müßte, heißt nach dem Gauvolk der Stormer oder Stürmer, und dieses wieder heißt höchstwahrscheinlich nicht so wegen eines etwaigen stürmischen Charakters,

sondern nach seiner Herkunft aus dem Gau Stürmen oder Sturmland an der untern Aller. Wenn dem so wäre, hätte Karl der Große überelbische Sachsen gerade aus der Gegend hier eingeführt, in der er nach den fränkischen Chroniken im Jahre 782 den Mut zu fernerem Widerstande durch ein furchtbares Strafgericht zu knicken suchte.«
Karl der Große. Das Genie. Ein Blutmensch. Von Spanien und Italien bis nach Stormarn und weiter hinein bis nach Holstein (Itzehoe) dehnte er seine Herrschaft aus.
Genau nach tausend Jahren spannt ein andres Genie seine Flügel aus von Rom und Spanien bis nach Hamburg: Napoleon.
Karl läßt einen Grenzwall, den Limes Saxoniae, zwischen den Sachsen und Slaven, die er zeitweise auch als Verbündete gebraucht hat, errichten, mit Burgen und befestigten Kornspeichern. Nun bricht in Stormarn ein jahrhundertelanger Kampf aus zwischen den beiden Völkern. Ist das ein ewiges Gemetzel, Rauben und Brennen! Siebenmal wird Hamburg und seine Umgebung von den Slaven verwüstet. Und es ist ein Zeichen der Kraft und Gesundheit dieser gewaltigen Stadt, daß sie sich immer wieder aus den Trümmern erhoben hat.
Die Slaven schleppen ihre Götzen, die sie bis nach Plön und Kiel aufstellen, ins Land. Immer wieder dringt das Christentum unter mutigen, ja tollkühnen Bischöfen und Priestern vor, die fast alle unter gräßlichen Martern enden. Immerhin mochte dies Sichwehren der Wenden, die ein gutmütiges Volk von Haus aus waren, dadurch entstanden sein, daß man ihnen ihr Volkstum nehmen wollte. Immer wieder, einmal fast zwei Jahrhunderte lang, ging das Christentum an die Slaven verloren. Bis endlich die Sachsen siegten. Aber noch heute gibt es viele slavische Dorf- und Fluß- und Flurnamen, die, trotz der Verplattdeutschung, zu erkennen sind. In der Bevölkerung zeigen zuweilen noch die braunen Augen und die mongolischen Backenknochen die asiatische Abkunft an.
Oldesloe, vielleicht von Odins Lohe: Unterbusch, Hain, abzuleiten, wo ein heiliger Hain Odins gewesen sein mag, tritt in der Geschichte dieses Gaues hervor. Oldesloe ist jetzt die Hauptstadt. Berühmt früher durch seine Salzquellen. Da erscheint hier, 1151, Heinrich der Löwe, wütend, neidisch, eifersüchtig über den Wettbetrieb mit seiner Stadt Lüneburg. Er brüllt, er schüttelt die Mähne und verscharrt mit seinen plumpen Tatzen die Salzquellen Oldesloes dermaßen, daß die Hauptquelle noch heute nicht wiedergefunden ist.
In der Nähe von Oldesloe liegt Tremsbüttel. Dies war früher einmal der Amtssitz des Dichters Grafen Christian Stolberg. Bei ihm hielten sich oft Klopstock, Voß, Bürger, Claudius, ja auch Hölderlin auf. Ihren Lieblingsplatz hatten sie unter einer mächtigen Linde, die noch heute steht.

In unmittelbarer Nähe der Grafschaft, an der Nordwestecke des Kreises Stormarn, im Kreise Segeberg, entspringt die Alster, um sich dann durch Stormarn nach Hamburg zu wenden und hier (wenige wissen: wo) in die Elbe zu münden. Jeder in Hamburg Geborene müßte verpflichtet sein, wenigstens einmal in seinem Leben hinzugehen, um dort mit übereinander geschlagenen Armen seine tiefe Verbeugung zu machen vor der heiligen Quelle, der die erlauchte

* * *

Als Kai von seiner Kreuz- und Querfahrt in Stormarn zurückgekehrt war, fuhr er sofort nach Kiel, um sich dort einige Tage in seinem Thienenschen Hause aufzuhalten. Eigentlich war es die Sehnsucht, die ihn dahin trieb, die Sehnsucht nach der kleinen Wilhelmine Wendelin, die jetzt nicht mehr die kleine Wilhelmine genannt werden konnte. Kai gehörte zu den Menschen, die plötzlich von einer unnennbaren Sehnsucht überfallen werden, die nach einigen Tagen ebenso plötzlich wieder verschwindet. So wars auch diesmal mit seiner Sehnsucht nach seiner Liebe. Aber er konnte in Kiel und Dorfgarten nur erfahren, daß sie mit ihren Eltern weggezogen war; keiner wußte wohin. Da ging er die alten Wege, stand auf den Plätzen, wo sie sich getroffen, und lehnte noch einmal vergangenheitversunken am Hecktor des Wäldchens hinter Dorfgarten, wo die Unbewußtheiten und Seligkeiten der ersten Liebe ihre zarten Schleier über die Zweige gehängt hatten, daß sie geschützt war vor der Erkenntnis. Er fuhr wieder nach Tangbüttel zurück.

Nun galt es die Vorbereitungen zum Empfang von Henning und Klaus. Er ging im Schloß treppauf, treppab. Namentlich besichtigte er die Zimmer, wo seine Freunde wohnen sollten. In Hennings Räume ließ er aus andern einige Gemälde bringen, von denen er wußte, daß Henning sie liebte. Henning war Kenner. Kai und Enewold hatten beide so wenig Ahnung von den großen Werken der Malerei, wie der Walfisch von Goethe. Kai wußte, daß sehr wertvolle Bilder an den Wänden in Tangbüttel hingen. Unter andern ein Roger van der Weyden, ein Jan van Eyck, sogar ein Franz Hals und ein (nicht ganz sicherer) Rembrandt. Auch eine (unbekannte) Lady des Meisters Gainsborough gab es. Diese fünf wurden nach Hennings Zimmern gebracht. Kai freute sich im Voraus auf die Überraschung.

Er überlegte, wie er ihnen den Aufenthalt in Tangbüttel so angenehm wie möglich machen könnte. Hamburg und Lübeck sollten besucht werden. Dann zwei Tage in die nähere Umgebung von Tangbüttel. Vielleicht, wenn die Erlaubnis der Königlichen Regierung dazu gegeben würde, sollte eins der Königsgräber (Hünengräber) auf den Tangbütteler Haiden ausgegraben werden.

Der Duvenstedter Brook, ein Ursumpf und Urmoor, der einzige dieser Größe und Wildheit in Schleswig-Holstein, sollte besichtigt werden. Für den sich Klaus Klünder am meisten interessieren würde. Besonders aber freute sich Kai auf ein Aussprechen im Schlosse selbst; darauf hatte er lange gewartet. Henning stand noch immer beim achten Garde-Dragoner-Regiment, Königin Lilala von Äthiopien. Er war bald nach dem Kriege zur Kriegsakademie kommandiert worden. Klaus, der in Heidelberg und Berlin zuerst Chemie und Medizin studiert, dann sich ganz der Naturwissenschaft ergeben hatte, war schon Dozent in Breslau. Kai gab ihm verschwenderisch die Mittel zu allem, was er brauchte.

Der Herr Generaldirektor hielt sonst den Daumen auf dem Beutel, soviel er konnte. Die Ansprüche an Kai und an sein Vermögen überstiegen bald alle Grenzen. Sie kamen um was und von wem immer. Alle diese Bitten und Betteleien hatte Kai schließlich ganz seinem Generaldirektor überlassen. Der wußte damit umzugehen! Schnell hieß es in- und außerhalb der Provinz: wie schäbig Kai mit seinen Geldbewilligungen sei. Als das der alte Schilting hörte, freute er sich über die Maßen. Kai war das natürlich nicht angenehm. Mit der Zeit aber sah er die Notwendigkeit von Schiltings Verfahren ein und lachte auch. Wenn einer sehr reich ist, kommt die ganze Welt, um zu betteln. Das größte Vermögen ist im Umsehen zu Wasser geworden, wenn nicht der unersättlichen Begehrlichkeit rechtzeitig ein Damm vorgezogen wird.

Mit seiner Mutter stand sich Kai nach wie vor gut. Seine Ehrfurcht vor ihr ließ es nicht zu, daß ihr Geldbitten nicht sofort gewährt wurden. Die Kirche hat bekanntlich einen guten Magen: Ihre Exzellenz wurde von allen Seiten gebeten: für äußere und innere Mission, für Lendenschürzen der Galla-Galla-Neger, für ein Kirchlein hier, für ein Kirchlein dort, für Mädchenhorte, Sonntagskrippen, Bibelstunden, Jünglingsvereine, für den Verein zur Abschaffung der Bordelle, für Kinderheime, Posaunenchöre, Heime zur Heilung von der Trunksucht, Heidenmissionen, und wie alle diese vielen Anstalten und Stiftungen heißen mögen, die in manchen Fällen sicher gute Zwecke und Ziele haben, die aber schließlich ein unerhörtes Geld dem kosten, der eine freigebige Hand dafür zeigt.

Nur einmal kam es noch zu einem zweiten Zusammenstoß zwischen Kai und seiner Mutter: Die Generalin hatte ihren Sohn gebeten, den Park von Tangbüttel für ein Missionsfest herzugeben. Hier verweigerte der Guts- und Schloßherr fast schroff seine Erlaubnis. Frau von Vorbrüggen zog sich zum zweitenmal einige Tage grollend zurück in ihre Gemächer.

Jeden Morgen hielt Frau von Vorbrüggen eine Andacht um acht Uhr.

Die gesamte Dienerschaft mußte dabei zugegen sein, die meistens dumme Gesichter machte und sich langweilte. Die Generalin las mit leiser Stimme einen Psalm oder eine kleine Predigt vor. Kai erschien niemals.

Der Tag war gekommen, wo die Freunde eintreffen sollten. Kai, sich diesmal nicht an die mit Recht berühmte Bescheidenheit der Hamburger kehrend, ließ die russischen Pferde vorspannen und holte sie, die zusammen angekommen waren, vom Berliner Bahnhof ab. Das gab ein fröhliches Wiedersehn! Die erste Nacht blieben sie lange in Kais Arbeitszimmer auf, und erzählten sich von ihren Jahren auf der Gelehrtenschule in Kiel und, wie es natürlich war, vom letzten Kriege. Henning hatte den kühnen Dragonerangriff bei Mars la Tour mitgeritten. Klaus hatte den Feldzug als Reserveoffizier in einem schleswig-holsteinischen Infanterie-Regiment durchgekämpft. Beide waren unverwundet geblieben.

In den nächsten Tagen sprachen sie über ihre Zukunft. Klaus ruhig und klar. Henning ruhig und klug; ihn leitete der Engel des Ehrgeizes, nicht der Teufel des Ehrgeizes.

Um Tangbüttel herum zeigte Kai ihnen, was es zu sehen gab. Sie waren zu Pferde, und konnten deshalb recht weite Strecken abstreifen und entfernte Punkte erreichen. Auch nach Pukaff brachte er sie. Hier saßen sie ab und tranken bei der jungen Wirtin guten Grogk. Die schlanke Frau hatte den Rum dazu, den ihr Kai für seine Besuche geschickt hatte, aus einem andern Zimmer geholt. Allerlei Menschen von der Landstraße und aus den Dörfern kamen herein. Kai unterhielt sich mit allen und sagte: »Na, nu mutt ick man een utgeven.« Die Schenke füllte sich. Was sonst vorbeigegangen wäre, sah die drei edeln Pferde und dachte sich gleich: Aha, uns Graf is dor. Uns Graf aber empfahl sich mit seinen beiden Gästen.

Nun kamen Lübeck und Hamburg dran. In Hamburg waren die drei frischen jungen Männer, natürlich Henning immer in Zivil, in den verschiedensten »Sehenswürdigkeiten«. Alle drei hüteten sich zu trinken, und so ging alles seinen guten Lauf. Der Hafen bildete selbstverständlich den Hauptanziehungspunkt.

Einmal ritt Kai mit ihnen nach der Alsterquelle. Sie liegt nicht weit von Tangbüttel entfernt: in einer weiten Haide- und Moorgegend, die dem Dorfe Henstedt gehört. Nur eine kleine Landstelle steht etwa zweihundert Schritte von ihr entfernt. Dies Bauerngewese ist von Eichen, Erlen, Birken und Tannen umgeben und heißt die Einsamkeit der Einsamkeiten. Hier ließe sichs wohnen zuweilen: Kein Mensch dürfte herkommen, selbst nicht der Herr Briefträger, unser Begleiter bis zum Grabe. In der Nähe der Quelle wurden Bärlapp und Sumpfeinblatt gefunden; beide Pflanzen kommen nicht oft vor.

Sumpfeinblatt (Studentenröschen) ist eine unserer letzten Blumen im Herbst.
Die Quelle liegt anscheinend in einem Moorloch und fließt in einem leicht zu überspringenden Graben ab. Alles war mit Entengrün überdeckt. Nicht übel wär es, wenn der bekannte Alsterpavillon in Hamburg, wo immer so viele tüchtige, liebenswürdige Menschen sitzen, einmal auf einige Tage hierher verlegt werden könnte, und dann dieselben tüchtigen, liebenswürdigen Menschen statt des Jungfernstieglebens die Einsamkeit der Haide sehn und empfinden würden.
Die drei wertvollen Pferde sanken plötzlich, dicht vor der Quelle, bis ans Knie in den aufgeweichten Untergrund. Die Angst der Tiere trat ihnen in die Augen. Bald waren sie wieder auf trocknem Boden. Beim Einsinken hatten sie ganz spitze Hufe gemacht (wenn man so sagen darf). So sehen wir eine Tänzerin vor uns, wenn sie auf den Zehen tanzt. Der Himmel verzeihe gnädigst diesen fürchterlichen Vergleich.
Das löbliche Rindvieh patscht mit plumpen Tritten, mit öden Augen, grad hinein in den Morast, ohne Angst und Unruhe zu verraten. Auch ein Unterschied.
An einem der nächsten Tage wurde ein Hünengrab geöffnet. Das bietet viel anregendes und aufregendes: Werden wir große Funde machen? Wird es schon mal, vielleicht vor Jahrhunderten, durchwühlt sein? Ist der Inhalt gestohlen?
Der erste Spatenstich! Und gleich beim zweiten kam eine Axt aus Flint heraus, aus der Steinzeit (keilförmig). Viertausend, fünftausend, ja zehntausend Jahre vor Christi Geburt. Der Stiel ist natürlich längst vermodert. Vorn ist zu beiden Seiten die Axt geschliffen. Spiegelglatt. Also ein Grab aus der Steinzeit. Sonderbarerweise stießen sie aber auf ein Grab aus der jüngern Bronzezeit. Es zeigten sich Feldsteine, sozusagen in halben Ringen, in- und durcheinander. Mit Ausschweifungen der Linie wie aus der letzten Rokokozeit. Als wenn sich Knaben aus kleineren Feldsteinen Festungsmauern gebaut hätten. Dazwischen lagen verbrannte Knochenreste und Urnenscherben.
Wahrscheinlich hatten diese Urbewohner die Asche eines ihrer Häuptlinge hierher getragen und ihm zu Ehren diese wirren Steinwälle künstlich aneinandergebaut und aufgestellt. Dessen Asche sie hierhergebracht, mochte sie einmal in böser Zeit verteidigt haben in einer Stemburg. Nun hatten sie ihm aus Dankbarkeit eine solche Burg im Kleinen errichtet und seine Knochenreste hineingelegt. Außer einem dicken Bronzering, wahrscheinlich um den Arm getragen, wurde nichts mehr gefunden. Grabschändung? Alles wurde wieder ehrfurchtsvoll, gleichsam wegen der Störung um Entschuldigung bittend, zugeworfen. Nur das Steinbeil und der Bronzering wurden mitgenommen.

Wie hatten sich Steinaxt und Bronzering so nah hier zusammengefunden? Ein Unterschied von Jahrtausenden! Nur ein blutrotes Abendrot war sichtbar. In seiner kräftigen Farbe stand eine Fichte als einziger von ihm ganz durchdrungener Gegenstand am Himmelsrand auf der leeren Haide. Vielleicht hatten in einer solchen Stunde die Kampfkameraden die Überbleibsel ihres Häuptlings in die kleine ihm zu Ehren aufgeführte künstliche Burg versenkt. Fünfhundert Jahre vor Christi Geburt. Seltsame lange Musikwerkzeuge, die Luren, wie man sie ähnlich auf alten Gemälden den jüngsten Tag verkündenden Engeln gegeben hat, hatten ihre vorweltlichen Töne dazu geblasen.

Alte Zeit und neue Zeit: gibts einen Unterschied? Alles fließt, und alles bleibt doch immer dasselbe.

Als die drei Freunde am letzten Abend auf Kais Arbeitszimmer zusammensaßen, versprachen Henning und Klaus, jedes Jahr, wenn sichs irgend ermöglichen ließe, Kai zusammen auf vierzehn Tage in Tangbüttel zu besuchen. Henning meinte, daß Kai wohl große Umbauten vorhabe. Kai erklärte, daß er, wenigstens äußerlich, den alten vornehmen Kasten ganz so stehen lassen wolle, wie er da stünde. Nur eine größere Haupttür wolle er einsetzen lassen. Doch müsse er sich das auch noch recht überlegen.

Am andern Morgen fuhren sie mit den russischen Füchsen, die Hennings Neid erregten, wie er lachend sagte, nach dem Berliner Bahnhof, tranken dort den Steigbügeltrunk und verabschiedeten sich. Den nächsten Tag gingen die beiden Russen nach Berlin zu Henning. Kai hatte sich die Freude gemacht, sie ihm zu schenken.

Um die Weihnachtszeit wurde es lebhaft in Tangbüttel. Die Generalin hatte sich tausend Sachen und Sächelchen aus Hamburg schicken lassen, um damit so viele Menschen wie möglich am Heiligen Abend zu erfreuen. Die große Arbeit, die sie sich damit aufgebürdet hatte, wurde ihr nicht erleichtert durch den zahlreichen Besuch von geistlichen Herren, mit denen sie allmählich immer mehr in Verbindung trat und treten mußte. Schließlich bat sie um einen jungen Kandidaten aus der innern Mission in Berlin, dem aber Kai, zum Verdruß Ihrer Exzellenz, die Aufnahme im Schloß versagte. Er mußte in einem der Wirtshäuser des Dorfes absteigen. Sie hatte es ganz gut getroffen mit diesem Kandidaten. Es war ein harmloser, genügsamer Mensch, der eifrig die Aufträge von Frau von Vorbrüggen besorgte und sich sonst sehr bescheiden zeigte. Nur als er damit anfing, einen Posaunenchor zu bilden, verbat sich Kai so entschieden wie höflich dies und ähnliches.

Den ganzen vierundzwanzigsten Dezember gab es ein Ein- und Auslaufen im Schloß.

Kinder und Erwachsene, oft aus der weitern Umgebung, wurden beschenkt. Stunde um Stunde kamen neue Menschen. Den ganzen Tag sangen immer andre Stimmen: O du fröhliche, o du selige, gnadenbringende Weihnachtszeit. Endlich ging die Unruhe zu Ende.
Kai hatte diesen ewigen Singsang nicht mehr aushalten können. Er steckte sich ein paar hundert Taler in Silber, die er sich zu Geschenken aus Hamburg hatte schicken lassen, in die leeren Rock- und Hosentaschen und fuhr auf die Landstraße. Hier hielt er und stieg aus. Der Wagen mußte in weiter Entfernung langsam folgen. Jedem ihm entgegenkommenden Bettler und Landstreicher gab er von seinen Talern. Je versoffener und erbärmlicher solch ein Lump aussah, je mehr erhielt er von Kai: damit sie tüchtig einen trinken könnten heut abend, wie er ihnen sagte. Alles glotzte ihn natürlich, wie blödsinnig vor Verwunderung, an und sah ihm nach. Es waren nicht wenige, die er in dieser Weise mit seinen Talern beglückt hatte. Als er kein Geld mehr bei sich fühlte, winkte er seinen Wagen heran und fuhr seelenvergnügt nach Hause.
Am späten Abend saßen seine Mutter und er noch ein Stündchen beisammen, nachdem er der gesamten Dienerschaft reichlich beschert hatte. Als die Generalin noch einmal O du fröhliche, o du selige, gnadenbringende Weihnachtszeit singen wollte, empfahl er sich schleunig auf sein Zimmer.
Die Sylvesternacht war da. Frau von Vorbrüggen und Kai saßen an diesem Abend länger als gewöhnlich auf. Sie ließen das Jahr vorüberziehen, das ihnen eine so große Überraschung gebracht hatte. Die Generalin meinte, was wohl sämtliche andre Millionäre der Erde sagen und wie sie lachen würden, wenn sie in dieser Minute sie und Kai in ihrer Zurückgezogenheit sähen. Sie sprachen und besprachen dies und jenes. Gegen Mitternacht erhob sich Kai und bat, sich beurlauben zu dürfen. Er küßte die hingehaltnen Hände der Generalin, und dann küßte der Sohn die Mutter innigst auf Stirn und Lippen.
In seinem Arbeitszimmer saß er noch lange, wie in tiefen Gedanken, am Fenster; er, der es gewohnt war, um neun Uhr zu Bett zu gehn und um halb fünf Uhr aufzustehn. Erinnerungen zogen an ihm vorüber, und er dachte mit großer Sehnsucht seiner Leutnantszeit. Es überkamen ihn schwere Gedanken, Gedanken, denen er nie oder doch nur sehr selten bisher Eingang erlaubt hatte: Die Härte des Lebens, über die er doch wahrlich nicht zu klagen brauchte, und ein heftiger Widerwille gegen seine Mitmenschen, zu dem er doch nicht den geringsten Grund hatte, wollten ihn in dieser Stunde fast erdrücken. Er breitete wie in unendlichem Verlangen seine Arme auseinander und stellte sich aus unverhangene Fenster. Draußen lag eine leichte Schneedecke, die gefroren war. Die Sterne funkelten mächtig und gebieterisch.

Vor allem schien es ihm, als wenn er den Aldebaran nie so klar gesehen hätte. Seine Augen wurden gespenstisch. Er ging, völlig wie abwesend, zögernd Schritt vor Schritt setzend, durch die Tür und, in demselben ruhigen Zeitmaß, die Treppe hinunter ins Freie. Er ging unbedeckten Hauptes, in seinem Zimmeranzug, in die kalte Nacht. Im Schloß war es totenstill. Nur aus einem entfernten Raum, wo sich die Dienerschaft noch in der letzten Stunde des Jahres freuen und belustigen mochte, klang verworrenes Lachen und gedämpfter Lärm her.

Kai ging, immer mit weitgeöffneten Armen, den Nacken zurückgebogen, über die weiße Fläche des Parkes dicht hinterm Schloß auf den Aldebaran zu. Das Blut schien aus seinem Gesicht gewichen zu sein. Nur Sternenlicht sah auf ihn nieder. Er schritt wie ein Nachtwandler weiter und weiter. Endlich kniete er, immer noch auf der großen Fläche im Park, nieder. Seine Augen sahen unausgesetzt in den geheimnisvollen Stern, seine Arme blieben ausgebreitet. Plötzlich erwachte er. Tiefe Einsamkeit um ihn her. Er stand rasch auf und schüttelte sich und erschrak. Eilends ging er ins Schloß zurück. Niemand hatte ihn hinaus- und niemand hereingehn sehn.

Gleich legte er sich zur Ruhe, zog seine Decken um sich und schlief ohne aufzuwachen bis zum andern Morgen, wie jedes andre gesunde Menschenkind.

Im Süden

Der erste März, der Tag seiner Abreise, kam näher. Kaum war es ein Jahr, daß der große Krieg geendet hatte.

Abschied zu nehmen hatte er nur von zweien. Von seiner Mutter und vom alten Schilting. Der alte Schilting war übrigens nur elf Jahre älter als Kai. Das Wort alt wird oft in Dänemark und Schleswig-Holstein wie eine Liebkosung gebraucht, die man denen sagt, die man gern hat. In der Frühe des ersten Märztages fuhr er ab. Eine tiefe Schneedecke, mürrische Wolken, krächzend ziehende Krähen sagten ihm Lebwohl. In der Haupttür standen die Generalin und sein Generaldirektor und winkten mit den Taschentüchern, bis er aus dem Hoftor verschwunden war. Wieder fiel sein letzter Blick auf die spaßhaften Sandsteinmännchen.

Sein ihn nach dem Bahnhof begleitender Packwagen führte auserlesene Gepäckstücke mit; darauf hatte er immer gehalten. Nur einen Kammerdiener nahm er mit sich, den alten erprobten Hein Eggers, der schon viele Jahre Enewolds Vertrauen gehabt hatte; den er, wie es schon Enewold getan, zuweilen als Quartiermacher vorausfahren lassen wollte.

Sein Reiseweg ging über Berlin, München, Verona, Rom, Neapel nach Palermo, wo er sich einige Wochen aufzuhalten gedachte. Rom und Neapel sollten diesmal nur flüchtig besucht werden. Das erste, was er in Italien mit allen Sinnen aufnahm, war das leuchtende Licht und der durchdringend blaue Himmel und die Heiterkeit und Lebhaftigkeit, die ihn überall empfingen. Von Palermo wollte er nach Marseille, das ihn besonders anzog, und, unerkannt, nach La Dorette in der Provence. Wenn er nach Tangbüttel zurückgekehrt wäre, sollte sich gleich darauf die Fahrt nach Jütland anschließen, wo er Ripen sehen und sich vor allem seiner Baronie Mariagerhuus und Lillehammer zeigen mußte.
Eigentlich war es auch seine Absicht gewesen, am Schluß seiner Reise nach Paris zu fahren. Paris muß man sehen, wenn die Syringen blühn. Einzig ist es in diesen Wochen. So kannte er Paris aus früheren Jahren, wenn er Urlaub dahin genommen und im Vorbrüggenschen Stadthaus gewohnt hatte, in der Vorstadt St. Honoré. Man riet ihm für diesmal ab. Das große Paris zitterte noch zu sehr in seiner mächtigen Erregung wie ein schwingender Kolossos, der sich erst beruhigen und ins Gleichgewicht bringen muß.
In Rom fuhr er sofort durch den Corso und über die Piazza Colonna nach der Fontana Trevi, wo er, ohne daß es ihm klar wurde: weshalb, einen äußerst malerischen Eindruck empfand. Alle die hier lagernden und herumlungernden Bettler und Bummler und Kinder ergötzten ihn. Es war ein so ganz andres, fremdes Bild; wie mans im Norden niemals trifft. Schon wollte er in der nächsten Nacht weiter. Doch es fiel ihm ein Wort ein, das man einem alten Nordschleswiger, der zum erstenmal nach Rom gekommen war, nachsagte. Man hatte ihn gefragt, als er über Italien, das er durcheilt hatte, schalt: »Nun, in Rom, in der ewigen Stadt, da blieben Sie doch eine Zeitlang?« »Nein, durch diesen Oart kam ich bei Nacht.«
In Neapel begegnete ihm gleich zu Anfang ein lustiges Abenteuer: Ein ihm langsam vorbeifahrender Droschkenkutscher sprang ab, ging hinter ihm her, hob die gespreizten fünf Finger seiner rechten Hand und flüsterte ihm zu: Cinque Lire, Signor; Tarantella. Das Pferd duselte ruhig weiter. Kai dachte: Schön, sehn wir uns die vielgerühmte Tarantella an. Er setzte sich in den Wagen. Der Kutscher schuckelte in verhaltner Fahrt seinen Weg durch unzählige Plätze und Straßen und hielt endlich in einer sehr engen Gasse vor einem wie es schien verschlossenen Hause. Er glitt vom Bock und forderte nicht fünf, sondern zehn Lire. Kai gab sie ihm, um den lärmenden, wüst auf ihn einredenden und lebhafte Gebärden machenden Menschen los zu werden. Nun ging der Kutscher an die Tür und trommelte mit seinen Fingern ein Zeichen. Die Tür öffnete sich, und ein altes Weib bedeutete Kai, einen Augenblick zu warten.

Nach kurzer Zeit kam sie wieder und ließ ihn in einen Saal hinein, wo ihn vier splitternackte Mädchen empfingen, die alle eine Weinflasche zwischen den Knieen hielten, um sie aufzuziehen. Das alte Weib schrie: Quaranta Lire, Signor. Kai übersah sofort alles, behielt seine Geistesgegenwart, zahlte auf der Stelle die geforderten vierzig Lire und begab sich an die Haustür, die ihm willig von der Alten aufgemacht wurde. Er stand auf der Straße und hörte hinter sich, so glaubte er fest, ein nicht endenwollendes Gelächter.

Zum Glück sah er zwei Schutzleute, von denen der eine französisch radebrechte. Sie führten ihn nach einer Droschke, die ihn nach seinem Gasthof zurückbrachte.

Palermo. Ein Paradies auf Erden. Kai stieg im Hôtel des Palmes ab. Ehe er noch von der unbeschreiblichen, ihn verwirrenden Fremdheit Palermos überwältigt worden war, besuchte er im Dom die Gräber Friedrichs des Zweiten und Heinrichs des Sechsten in ihren Porphyrsärgen, und sah die Sarkophage der beiden Konstanzen. Die beiden Hohenstaufen beschäftigten von jeher seine Phantasie. Der furchtbare Heinrich der Sechste! Dessen stärkster Charakter- und Herzenszug, in all seiner Grausamkeit, doch einzig nur Deutschlands Größe war. Was auch dieser merkwürdige Kaiser unternahm, bis an seinen Tod blieb ihm immer im letzten Gedanken haften: Deutsch und Deutschland über alles!

Sein Sohn, der geniale Friedrich der Zweite, der Ketzer, der Freigeist, der seinen Lebenstagen weit voraus war, der sich bis an seine Sterbestunde herumschlagen mußte, nicht nur mit den übrigen geistigen Einflüssen und geistlichen und weltlichen Mächten seiner Zeit, sondern auch mit seinen leiblichen Söhnen, war für Kai der merkwürdigere von diesen beiden deutschen Kaisern. Friedrich, der Sohn der normannischen Prinzessin Konstantia, der Erbtochter Siziliens – nun, gleichviel: der Sohn einer Normannin. Da hatte er doch das Blut der Nordmänner in sich, die sich in den Fjorden und Felsen ihres arktischen Landes herumgebalgt hatten, um später mit ihren Langbooten in England, in Frankreich, in Sizilien die Überschüsse ihrer Bärenkräfte zu landen. Nichts von dieser rauhen Nordlandsnatur ist in ihm flüssig geworden: er blieb der Südländer, der Sizilianer, mochte unter allen Weibern der Erde am liebsten umsungen und umtanzt sein von arabischen Houris, fand sein bißchen menschliches Glück, das ihm übrig blieb in allen seinen Kämpfen, in sarazenischer Umgebung.

Kai ging erschüttert von den Truhen dieser beiden großen Menschen in sein Hôtel zurück, wo er schon am nächsten Tage bekannt wurde mit dem österreichischen Kavalleriegeneral a.D. Grafen Mauthersdorf und seiner Familie.

Der Graf war mit seinen vier Töchtern in Sizilien, um diese Insel noch vor seinem Tode zu sehen: Das sei der Wunsch seines Lebens gewesen. Die drei ältesten Töchter, die Marquise Belleville, die dänische Gräfin Lilleborg und die mecklenburgische Baronin Tremplin waren mit ihren Männern hier. Es traf sich, daß der Marquis eine Besitzung in der Provence hatte, und daß Graf Lilleborg in Jütland ein Nachbar von Kai war.

Die vierte Tochter, die siebzehnjährige Komteß Philomena, die eigentlich Philomele getauft werden sollte, war ledig. Als sie zum erstenmal in Kais schwarze Augen, die schwärzer noch dunkelten als sizilianische Augen, sah, erschrak sie so, daß sie sich an ihren Vater lehnen mußte. Kai wurde von ihrer Schönheit so angezogen, daß er fast vergaß, ihr seine Verbeugung zu machen, daß er vor ihr stand wie ein tumper Schäferjunge, mit offnen Lippen.

Gleich für den andern Tag wurde ein Ausflug nach dem Monte Pellegrino, nach der Grotte der Heiligen Rosalie beschlossen. In der Nacht konnten weder Kai noch Mena schlafen vor Sehnsucht nach einander: Die Liebe war mit südländischer Heftigkeit über sie gekommen. Als sich die Reisegesellschaft am nächsten Morgen in der Nähe von Santa Rosalia in einem kleinen Tempel mit einem verstümmelten Standbild aufhielt, von wo aus das Meer vor ihr in glitzernder Unendlichkeit lag, fanden sich die Hände Kais und Menas, die hinter den andern standen, zum ersten Liebesdruck. Der erste leise, gegenseitige Händedruck des Verständnisses bleibt, was auch für Wonne und Glück später winken, der seligste Augenblick.

Die Verlobung zwischen Kai und Mena wurde schon nach acht Tagen in der Familie im Hôtel des Palmes gefeiert, eigentlich, oder gradezu gesagt, mit nicht sehr schicklicher Eile. Daran war Graf Lilleborg schuld, dem sich Kai stürmisch genähert hatte. Keinen bessern als Lilleborg gab es, der genauer seinen Schwiegervater hätte mit Kais Verhältnissen bekannt machen können. Zwischen Mutter und Sohn wurden die zärtlichsten Depeschen gewechselt.

Lilleborg war mit Enewold und Enewolds Leben gut vertraut gewesen. Er erzählte Kai, daß man überall ein ähnliches Ende, wie er es gefunden, jede Stunde erwartet habe.

Gleich nach der Verlobung dampfte Kai, wie durch ein Meer von Rosen, nach Marseille ab. Es war verabredet worden, daß sich Mauthersdorfs nach acht Tagen auf ihrem Schloß Mauthersdorf nicht fern von Graz in Steiermark einfinden wollten. Dort sollte Kai nach zwei Wochen auch erscheinen, nach dem Besuch seines Gütchens La Dorette in der Provence.

Kai wurde in Marseille auf der Promenade de la Corniche verhaftet. Erst als er hinter Schloß und Riegel saß, verkündete man ihm, daß man ihn für einen Spion halte.

Zwei lange Tage dauerte es, bis er auf diplomatischem Wege – Kai hatte das ganze Triebwerk der Deutschen Botschaft in Paris und des Auswärtigen Amtes in Bewegung gesetzt – unter vielen Entschuldigungen wieder entlassen wurde. Er drehte Marseille den Rücken und eilte in die Provence. Einen Augenblick war es ihm durch den Kopf geschossen, daß sein zukünftiger Schwager Belleville seine Einsperrung veranlaßt haben könne. Aber er verwarf den Gedanken als abgeschmackt. Freilich kam ihm ein kleiner Streit in Palermo in Erinnerung, den er dort mit ihm gehabt hatte:
Der Marquis behauptete, daß es ganz unmöglich sei, daß ein Deutscher in Frankreich auch nur den kleinsten Besitz sein nennen könne; wenn er aus der Zeit vor dem großen Kriege herrühre, wäre ein solcher Besitz nach dem großen Kriege einfach aufgehoben. Es half nichts, daß sich Kai dagegen mit allen Mitteln wehrte, denn: das könne er doch selbst am besten wissen und hätte es an seiner eignen Haut erfahren müssen. Nichts sei weder vor noch nach dem Kriege vorgekommen, das auch nur leise darauf hingedeutet habe. Die französische Regierung ...
Der Marquis war erregt aufgesprungen ...
Nun fuhr Kai durch den schönsten Frühling in die Provence hinein, wo sich ihm Syringen und Goldregen in voller Blüte entgegenstreckten. Er dachte an Tangbüttel, daß dort jetzt kaum schon ein Marienblümchen, kaum ein Schneeglöckchen zu finden sei, daß dort der Wald noch starr und stumm, noch blätter- und knospenleer stehe.
Im Lande der Provenzalen! Wo die Wurzel seines Stammbaumes in der Erde lag, von wo aus sich die Zweige nach Norden gewandt hatten. Es war ein uraltes Geschlecht; und wenn schon der Troubadour Raimon devant le Pons, ein goldnes Stirnband um das nachtschwarze Haar geschlungen, um die Wette gesungen hatte mit Bernhard von Ventadour, so muß es schon im zwölften Jahrhundert geblüht haben, in der Zeit der Hohenstaufen. Kai hatte nach dem Tode Enewolds in seinem Nachlaß eine Menge Bücher und Schriften über die Provence und über den provenzalischen Adel und den provenzalischen Minnesang gefunden. Ihm schwirrten im Kopf die Namen der Troubadours durcheinander, die Raimbaut von Orange, Guiraut von Bornelh, Arnaut von Mareuil, Peire Vidal, Bertran de Born.
Noch zu Lebzeiten Enewolds hatte ihm dieser gesagt, daß das meiste über die Vorbrüggen in der Bibliothek und Manuskriptensammlung in Avignon zu finden wäre. Darum wollte Kai einige Wochen in Avignon bleiben. Jetzt freilich hatte er seine Pläne geändert und trachtete nur darnach, so schnell wie möglich nach Mauthersdorf zu seiner Braut zu eilen.

Doch er mußte sich so lange gedulden, bis der verabredete Tag gekommen war, wo er bestimmt wußte, daß Graf Mauthersdorf und die Seinen zu Hause angekommen seien und sich wieder in die alte Gewohnheit eingelebt und auf seinen Besuch eingerichtet hätten. Auf diese Weise fand er Zeit, La Dorette, das früher Le Torelet gehießen, und Avignon flüchtig zu besuchen. Von Avignon schrieb er den ersten langen Brief an seine Braut.

Avignon, den 6. April 1872.

Mein Herz, o mein Herz!
Könnt ich alle Blumen raffen, die in diesem Augenblick in der Provence blühen, um Dir meine Liebe zu zeigen. Nein, um Dir meine Liebe zu zeigen, möchte ich Dich jetzt hier haben im hohen Bibliothekszimmer, in dem ich sitze. Weißt Du, was ich dann täte? Ich würfe Dich wie einen Ball an die Decke, und finge Dich auf, und immer wieder, und jedesmal wenn ich Dich auffinge, bedeckte ich Dich, Deinen Mund, Deine Stirn, Deine Augen mit unzähligen Küssen. Halt ein, halt ein, rufst Du, mir schwindelt.
Du wirst alle meine vielen Briefchen und Depeschen, die ich Dir täglich, wo ich auch war, sandte, vorgefunden haben in Mauthersdorf, oder findest sie da bei Deiner Ankunft. Heute erst kann ich Dir den ersten langen Brief schreiben. Vor unserm Zusammentreffen den ersten und letzten. Ich halte es gar nicht mehr aus vor Sehnsucht und reise deshalb schon morgen nach Wien ab, wo ich Deinen ersten Brief, den ich stürmisch aufreißen werde, antreffe. Er wird mir sagen, zu welchem Zuge ihr mich in Kronleithen empfangen werdet. Denke Dir, ich habe eine tolle Idee, denn Du hast mich nüchternen Menschen zum Romantiker gemacht. Also ich schlage vor: Seid alle zu Pferde auf dem Bahnhof, und habt ihr nicht Pferde genug für die Schwäger, so mögen die Dragoneroffiziere aus euerm Nachbarstädtchen, von denen Du und die Deinen mir so viel erzählt haben, aushelfen. Ein Gedanke: Du und ich voran, und hinter uns der ganze Reiter- und Reiterinnenzug, ziehen wir in die Voralpen und durchs Tor von Mauthersdorf. Als Kind war ich schüchtern und scheu und versteckte mich oft vor den Menschen. Das hat sich in meiner Soldatenzeit geändert. Obgleich mir jede Öffentlichkeit auch heute noch ein Greuel ist. Mit Pauken und Trompeten galoppieren wir ins Leben.
Ich bin in Avignon. Hier wollte ich mich, nach meinem Plan, wochenlang aufhalten, um nach dem Ursprung meines Hauses zu forschen. Dazu fehlt mir nun jede Geduld. Deshalb bin ich jetzt in Avignon, daß ich meinen kurzen Aufenthalt ausnutze, um mich nach den provenzalischen Troubadours und ihren Minnesängern

umzusehen. Das sagte ich auch den Behörden, und bin mit größter Liebenswürdigkeit von der Bibliothek aufgenommen worden.
Hier hast Du ein Verslein von Bernard von Ventadour:

> *Mi dons soi hom et amic e servire,*
> *E non l'enquier nuill autras amistatz,*
> *Mas c'a selat los sieus belz villz me vire,*
> *Que gran be – m fai l'esgartz quan soi iratz.*

Du möchtest wissen, wie das deutsch heißt:
Ich steh zu ihr in Dienst- und Freundespflichten, und bitte sie nur um die eine Huld, geheim den schönen Blick auf mich zu richten, denn der besänftigt meine Ungeduld.

Nein, nein, das ist eine recht zage Strophe: Ich bitte sie nur um die eine Huld, geheim den schönen Blick auf mich zu richten, denn der besänftigt meine Ungeduld. Nein, nein, das tut er nicht. Du sollst mich ansehen mit Deiner ganzen Liebesglut.

Eine Strophe von Gaucelm Foidit:

> *Can li baisei dousanen*
> *Son bel col blanc avinen,*
> *Adonc frais*
> *Lo dous bais*
> *Mo marrimen.*

Auf deutsch:

> *Als ich einen Kuß entzückt*
> *Auf den weißen Hals gedrückt,*
> *Fühlte ich wonniglich*
> *All mein Leid entrückt.*

Das klingt schon anders.

Eine heiße Strophe von Peire Vidal:

> *Mehr Hab ich an einem Band*
> *Aus Raymdaudas eigner Hand,*
> *Als der König an Poitou*
> *Und an Tour und an Anjou.*

Du hältst mich wohl für einen Gelehrten. Um Gottes Willen, das bin ich nicht. Ich fand nämlich hier auch das Buch vom alten Diez:

Die Poesie der Troubadours. Ich hatte es schon unter den Büchern Enewolds gefunden und war erfreut, es hier wieder zu sehen.

Nun muß ich Dir von meinem Ausflug nach La Dorette erzählen. Es liegt nicht weit von Avignon. Ich fuhr in kurzer Fahrt nach einer kleinen Stadt mit der Bahn und ging von dort aus an die Durance. Ich gab an, daß ich aus Nordfrankreich sei. Alles ging gut. Der wilde Fluß hat vor seiner Mündung in die Rhône (bei den Franzosen heißt der Fluß der Rhône) sein Ungestüm gemäßigt. Ich ging und ging. Plötzlich sah ich hart am Ufer in einem Park ein Schlößchen im Mansardenstil. Mein Herz klopfte. Vorm Garten lag auf einer Anhöhe ein Wirtshaus. Dort kehrte ich ein und ließ mir Wein und Brot auf eine Bank vorm Kruge (würde ich in Holstein sagen) bringen. Es gesellte sich zu mir ein Greis, der mir vieles von dem Gütchen erzählte, auch daß es einem dänischen Grafen, dessen Namen er Fourbruges aussprach, gehöre. Ich gab mich nicht zu erkennen, schon um politischen Bitterkeiten aus dem Wege zu gehen. Ich fragte ihn wegen des Namens aus, von wann an das Schlößchen La Dorette heiße, da es doch früher den Namen Le Torelet gehabt habe. Er gab mir verwirrte Antworten, aus denen ich zu erraten glaubte, daß der Marschall Brune es umgetauft habe. Der Marschall sei achtzehnhundertundfünfzehn in Avignon ermordet worden. So muß ich mich denn weiter begnügen, bis ich endlich genaueres erfahre. Enewold schien auch nicht darüber Bescheid zu wissen.

Ich fragte den Greis, ob es erlaubt sei, den Park zu besuchen. Er bot sich mir ohne weiteres als Begleiter an, und ich betrat mit ihm mein Eigentum. Ein seltsames Gefühl, wie ein Geächteter durch seine Wege und Wiesen gehen zu müssen.

Als wir durch den gutgepflegten Garten gingen, kam die Dämmerung. Während wir in einem Tannengebüsch waren, hörte ich die Drossel. Ich war gleich in der Heimat. Auf die Veranda des Hauses trat eine schon weiße Dame. Ich zog meinen Hut und mein Wegweiser sagte: Frau Faydard. Da bemerkte ich, daß er ihr Mann sein müsse, was er mir lachend zugab. Ich hatte auch von Enewold und Schilting oft den Namen gehört. Schon wollte ich mich zu erkennen geben, doch ich unterließ es abermals. Herr Faydard führte mich nun ins Haus und stellte mich seiner Frau vor. Auf meine Bitte, die Zimmer sehen zu dürfen, gingen die beiden alten Leute mit großer Freundlichkeit ein. Im Obergeschoß hatte sich Enewold seine Räume vorbehalten. Es standen höchst geschmacklose Möbel drin aus den vierziger Jahren, die er damals aus Paris hatte kommen lassen; ich hätte bald gesagt, Möbel des Krinolinenstils der Kaiserin Eugenie, obgleich die Kaiserin in den vierziger Jahren noch nicht in Paris gewesen ist. Von Bildern fand ich einen guten Napoleon von Horace Vernet, leider in einem scheußlichen goldenen Rahmen.

Die übrigen Bilder waren aus der Empirezeit, noch in ihren alten Rahmen. Vier davon waren aus der kaiserlichen Bibliothek achtzehnhundertundfünf: La petite Savoyarde, Le Berger complaisant, Le Départ pour la chasse und Le Retour de la chasse. Die Menschen darauf vorzüglich; die Tiere (Pferde, Hunde, Schafe) steif und hölzern. Ich werde mir diese Bilder später nach Tangbüttel schicken lassen. Weiß Gott, wie Enewold zu ihnen gekommen ist. Herr Faydard konnte mir darüber keine Auskunft geben. Als ich in Enewolds Schlafzimmer trat und das breite französische Bett sah, fragte ich, ob ich diese Nacht hier zubringen dürfe. Das wurde mir verweigert mit ebenso großer Entschiedenheit wie Höflichkeit.

Herr Faydard wußte natürlich, daß Enewold im vorigen Jahr gestorben sei; sein Nachfolger sei noch nicht in La Dorette gewesen. Er habe gehört, daß er als Offizier gegen Frankreich gekämpft habe, und da möchte er ihn lieber nicht sehen.

Ich dankte meinem gütigen Führer, ging ins Wirtshaus zurück, wo ich übernachtete, und fuhr am anderen Morgen früh nach Avignon.

Morgen reise ich auf einem Umwege über Frankfurt nach Wien, wo ich an dem Tage eintreffe, an dem ich von Dir Deine Ankunft erfahren habe und den Zug, mit dem ich zu Dir eilen kann. Hätte er die Flügel des Gedankens: um Dich so rasch wie möglich in meinen Armen zu halten.

Ich mache Pläne über Pläne, wie ich Dir, wie ich uns das Leben einrichten möchte.

In Avignon fand ich postlagernd ein eingeschriebenes Paket vor, worin auch Briefe von meiner Mutter und von meinem Generaldirektor lagen. Schilting hatte die Vorsicht gebraucht, das Paket vom französischen Generalkonsulat in Hamburg abschicken zu lassen. Wenngleich meine Papiere, durch die ich mich auf der Post ausweisen mußte, in bester Ordnung waren, dauerte es eine ziemliche Zeit, bis mir das Paket ausgeliefert wurde. Ich glaube, die Post hat erst telegraphisch beim Generalkonsulat in Hamburg angefragt. Du ahnst nicht, wie erregt noch alles in Frankreich ist nach dem letzten Kriege.

Ich hatte mir von meiner Mutter noch eine kleine Ansicht von Tangbüttel mitsenden lassen, die im vorigen Sommer gemalt ist. Sie folgt hiermit. Da siehst du das alte würdige Schloß mit seinen beiden mehreckigen, efeuumsponnenen Halbtürmen, zwischen denen der Haupteingang liegt. Trotz seinem Alter, es ist vor zweihundertunddreißig Jahren gebaut, und trotz der ein wenig gedrückten Vorderansicht hat es ein durchaus, sagen wir mal französisch, distinguiertes An- und Aussehen. Ein alter feudaler Herrensitz.

Wie wirst Du Dir drin gefallen? Das ist meine immerwährende Frage. Der Park ist ausgedehnt und einigermaßen angelegt, mit viel Bäumen drin. Doch die Umgebung. Namentlich nach Osten viel Haide und Moor. Meine Liebe, was wirst Du dazu sagen?
Meine Baronie in Jütland kenne ich noch nicht. Vielleicht paßt es uns, dort zu wohnen.
Du erzähltest mir, daß Du gern auf der See wärest. Es soll mein erstes sein, daß ich mir auf einer Hamburger Werft einen Ozeandampfer bauen lasse. Dann nehmen wir uns einen deutschen Kapitän und auserlesene deutsche Matrosen und fahren hin, wohin wir wollen. Gräfin vielleicht eine Reise nach China und Japan gefällig? oder nach den Feuerländern? oder zu den Molukken? oder nach Kamtschattka? nach Indien? nach Tunis? Zuerst fahren wir nach Ripen, im Westen Jütlands. Das muß eine köstliche Nordmännerstadt sein. Ich schwärme für sie, ohne daß ich sie gesehen habe. Von da nach Palermo. Da zuerst der Monte Pellegrino und der Fleck, wo das Tempelchen steht mit dem sonderbaren Standbild, dem der Kopf fehlt, wenn ich mich recht erinnere. Da, da, da drückten wir uns zuerst die Hände, von keinem bemerkt.
O mein Herz, mein süßes Herz, was fasele ich Dir für dummes Zeug vor. Leb wohl, leb wohl. Ich habe eine rasende Sehnsucht nach Dir. Gestern träumte ich nur von Dir in der Bibliothek, zwischen all den Troubadours. Ich träumte, daß ich Dich neben mir im Jagdwagen hätte: Wir fuhren in lachendster Sonne durch meine Felder. Vorn vier nickende Pferdeköpfe, neben mir zwei blonde Frauenzöpfe (verzeih, als Frau darfst Du wohl keine Zöpfe mehr tragen), hinten der Groom mit wichtigen Mienen, an den Rädern Gebell. In den Dörfern windstillen Lebens Genüge, auf den Äckern fleißige Spaten und Pflüge, alles das von der Sonne beschienen, so hell, so hell – ja, das träumte mir von uns. Nun ab nach Wien. Auf baldiges, baldiges Wiedersehen. Dein Kai.

Kai war in Wien angekommen und hatte im Matschakerhof die Antwort seiner Braut erhalten. Immer wieder las er den Brief, und küßte tausend und tausendmal die Zeilen.
Zur bestimmten Empfangsstunde fuhr er nach dem kleinen Bahnhof ab, nach Krohnleihten, nicht fern von Graz. Da war er. Als er seine schöne Verlobte sah, vergaß er alles um sich und drückte sie an sein Herz und küßte sie. Und die junge Gräfin vergaß alles um sich und wollte ihn nicht lassen, und preßte ihn an sich: Alles war wie ein Sturm, der die Welt zusammenbrechen will.
Der alte Graf, die Schwestern und Schwäger, alle in Reitanzügen, empfingen Kai mit großer Herzlichkeit.

Als sie aus dem Empfangsgebäude traten, klang ein Tusch und ein Reitermarsch, und, weiß Gott, da hielten die Dragoneroffiziere vom Regiment Erzherzog Xaver Emanuel zu Pferde und riefen Hurra. Das war eine Überraschung.

Kai hatte kaum mehr an seinen Vorschlag gedacht und war deshalb ohne Sporen und Stege gefahren. Rasch band ihm ein Diener mit Bändern unten die Hosen fest, wie wir es zuweilen bei den Radlern sehen. In diesem nicht grade sehr ritterlichen Anzug stieg er in den Sattel.

Alles ritt ab, er und Mena an der Spitze.

Das war die alte österreichische Fröhlichkeit, wie sie sich zu solchem Ausdruck wohl nie in einem andern Lande offenbaren könnte.

Wo sie vorbeikamen, traten die Leute aus den Türen. Die Kinder liefen und jubelten hinterher und warfen die Mützen in die Luft. Fast war es wie auf einem Schwindschen Bilde. Einmal bog sich Kai zu seiner Braut und flüsterte ihr glückselig zu: »Es gibt auf Erden keinen Schmerz mehr. Wär ich dein Page, den verkappten Falken auf dem Finger, ritt ich hinter dir und sähe nur meine Königin!« Sie lächelte ihm zu, und das Glück lag ohne Schatten in ihren Augen.

Die Dragonermusik trabte nach vorn und blies schmetternde Stücke. Das alte finstre Schloß Mauthersdorf trat wie ein Kastell aus den Bäumen heraus. Sie hielten vor der Rampe. Kai half seiner Braut aus dem Sattel und fand jetzt erst Gelegenheit, den Offizieren seinen Dank auszusprechen.

Der Park in Mauthersdorf dehnte sich zehnmal weiter als der von Tangbüttel. Lenôtre selbst soll ihn in seinem Stil von Versailles angelegt haben. Die Reste waren noch zu erkennen. Trotzdem ihn ein späterer Besitzer im achtzehnten Jahrhundert in den englischen Garten verwandelt hatte, waren die langen, breiten Buchenalleen aus dem siebzehnten Jahrhundert stehen geblieben. In diesen Alleen, die so lang waren, daß es aussah, als wenn sie am Ende spitz zuliefen, gingen unterm ersten, hellgrünen Laub Kai und seine Braut spazieren. Sie gingen, wie alle Liebesleute, wenn sie allein sind, dicht aneinandergeschmiegt und tuschelten sich die seligsten Geheimnisse zu. Kleine Gruppen von Sandsteinfiguren aller Art, die oft stark abgebröckelt schienen, standen in Verstecken, zuweilen auch von Linden umgeben, die in Sechs- und Achtecken gepflanzt waren. Unter einem Hollunderbusch entdeckte man ein Standbild: einen Gott, der mit sei nem gewaltigen, langen Bart wie Vater Rhein aussah. Diesen gewaltigen Bart schob der Biedere äußerst geziert mit seiner linken Hand nach seiner linken Seite. Er war noch gut im Stande. Nur bemerkte man Spuren von Pistolenkugeln auf seiner Brust. Wahrscheinlich hatte er der Jugend des Schlosses als Ziel gedient.

Von Mauthersdorf aus wurden zwei Ausflüge unternommen: der eine nach dem Semmering, der andere auf zwei Tage nach Graz, wo sie im Stadtschloß der Mauthersdorf einkehrten, einem unvergleichlichen Barockbau in italienischem Stil. Einmal aßen sie da zu Mittag, das andere Mal im vorzüglichen Erzherzog Johann. In Graz interessierten Kai besonders die vielen langen Höfe der Häuser mit ihren Lauben und mit ihren vielen schmiedeeisernen Gittern und Türen.

Die Abschiedsstunde war herangekommen. Es war allerlei beredet: Im Juni wollten sich der Graf und seine Tochter der greisen Exzellenz auf Tangbüttel vorstellen. Im September sollte auf Schloß Mauthersdorf die Hochzeit sein. Man hoffte bestimmt auf die Anwesenheit von Frau von Vorbrüggen. Kai wollte sich auf seiner Rückreise einen Tag in Prag aufhalten und zwei bis drei Tage die Schlachtfelder von Sechsundsechzig in Böhmen aufsuchen. Darauf rasch über Berlin nach Hamburg. In Tangbüttel erwartete ihn sicher ein ganzer Haufe von Briefen und Depeschen aus Mauthersdorf. Wie er sich schon jetzt darauf freute.

Auf dem Hinwege zum Bahnhof ritt, ohne die Dragoneroffiziere, das ganze Haus Mauthersdorf. Diesmal trug Kai Sporen und Reithosen, wenn sie ihm auch bis nach Wien, wo er sich umkleiden konnte, etwas unbequem sein mußten.

Der letzte Wink mit dem Taschentuch. Kai war auf der Heimreise nach Norden. Er lehnte sich in den Sitz zurück und liebe Erinnerungen aus der letzten Zeit zogen ihm durchs Herz.

Einen Tag blieb er in Prag und ging wie ein Träumender durch diese Wunderstadt mit ihren unzähligen geschichtlichen Plätzen, Straßen und Häusern und Sagenstätten. Das wußte er, daß er oft wiederkommen würde.

Den nächsten Tag fuhr er weiter, um sich die Schlachtfelder von Nachod und Skalitz anzusehen. Nichts mehr erinnerte auf ihnen an den Krieg. Keine rauchenden Trümmer mehr, keine von Granaten durchwühlten Äcker. Überall Friede, Friede. Auf dem Bahnhof in Skalitz ging ein Zug ab, der frohe Menschen trug: Irgend eine Gesellschaft, ein Verein hatte sein Sommervergnügen. Junge Mädchen in weißen Kleidern lachten und lärmten und schauten aus den Wagen. Männer, mit Schleifen in den Knopflöchern, ordneten, so gut es gehen wollte. Ein Pfiff der Lokomotive, und mit Hurra dampfte der Zug ab nach dem bestimmten Ausflugsorte. Grade vor Skalitz hatte Kai die Schienen aufgerissen gesehen vor sieben Jahren. Dicht vor Skalitz hatte neben den Schienen der gefallene österreichische General von Fragnern gelegen.

Er nahm einen Wagen und ließ sich aufs Schlachtfeld bringen, zuerst nach dem Hügel (788).

Hier war er verwundet worden; hier, ehe er ohnmächtig wurde, hatte er als letztes Bild die stürmenden Offiziere und Mannschaften seines Regiments im Auge festgehalten, die mit furchtbarer Willenskraft, mit äußerster Entschlossenheit die Höhe eroberten. Nun stand er ganz allein oben. Kein Blut, kein Tod, keine zerrissenen Menschen- und Pferdeleiber. Auf der Wiese vor ihm sah er ein paar Bauern, die mit ihren Mädchen scherzten. Der Friede küßte Baum und Strauch und Gras und dehnte sich auf Wegen und Wiesen. Dann ging es nach Nachod weiter, wo er am folgenden Tage die Wahlstatt besuchte: Zunächst Dorf Wenzelsberg und die Kirche, dann das Wäldchen vorm Dorf. In diesem Wäldchen hatte er zuerst den Feind in seinen weißen Röcken herankommen sehen, im glitzernden, funkelnden Sonnenschein; alle österreichischen Regimentsmusiken spielten den Radetzkymarsch. Und wo er jetzt im ersten Frühling am Rand des Wäldchens stand und in die Ferne nach Westen sah, brach damals gegen ihn und sein Regiment im kühnsten Sturm ein weißes Meer, des Feindes wundervolles Heer. Er stützte, wie aus Erz gezeugt, sich auf den Säbel, vorgebeugt, mit weiten Augen, offnem Mund, als starrte er in den Höllengrund. Nun sind sie da! Und Mann an Mann, hinauf, hinab, und mancher sinkt in Graus und Grab. Zu Boden stürzt er, einer sticht und zerrt ihn, er errafft sich nicht. Um ihn, vor ihm, ein einzig Ringen, Gall und Gier. Und über diesem wüsten Knaul bäumt sich ein scheugewordner Gaul und zeigt der Vorderhufe Blitz, blutfestgetrockneten Sporenritz, den Gurt, den angespritzten Kot, der aufgeblähten Nüstern Rot. Und mitten drin mit Klang und Kling platzt der Granate Eisenring: Ein Drache brüllt, die Erde birst, einfällt der Weltenhimmelfirst. Es ächzt, es stöhnt, und Schutt und Staub umhüllen Tod und Lorbeerlaub.
Jetzt liegt vor ihm, um ihn ausgebreitet der harmlose Friede und trägt einen hellen Kranz von erstem Buchengrün auf den Locken.
Le temps se passe. Das ist schwer zu übersetzen: Die Zeit vergeht, ist nicht ganz richtig im Deutschen wiedergegeben; am besten könnte es noch im Plattdeutschen gesagt werden: Hol di ni up.
Breslau, Berlin, Hamburg. In Hamburg traf Kai mit dem Nachtzuge von Berlin am ersten Mai in der Frühe ein. Sein Wagen wartete auf ihn vorm Bahnhof. Sowie er aus Hamburg hinaus war, ging es im raschen Trabe nach Tangbüttel. Überall das wiedererstandene und wiedererstehende Leben in der Natur. Nur die Eichen zeigten sich noch kahl.
Er umarmte seine Mutter, die ihn mit weinenden, lachenden Augen empfing. Es war einer der seltenen, ganz glücklichen Augenblicke, die es auf unsern Erdenwegen gibt. Halt, halt an!

Kai fragte gleich nach den eingelaufenen Depeschen und Briefen aus Mauthersdorf. Frau von Vorbrüggen überreichte ihm nur zwei Depeschen und einen schweren Brief, der gestern abend aus Mauthersdorf eingetroffen war.

Kai eilte mit ihnen hinauf, drei Stufen auf einmal nehmend. In seinem Zimmer warf er seinen Hut von sich und erbrach, an seinem Schreibtisch stehend, aufs Geratewohl zuerst die beiden Depeschen. In der ersten, die er aufriß, stand, daß Mena aufs schwerste erkrankt, in der zweiten, die eine Stunde später gekommen sein mochte, daß das schöne Mädchen gestorben sei.

Was? was stand da? Das alles ist ja eine Unmöglichkeit, ein Wahnsinn. Doch ohne noch einmal den Inhalt zu prüfen, sank Kai in einen Stuhl und stierte, als wenn er kindisch geworden wäre, vor sich hin. Die Lippen standen ihm offen. So blieb er eine ganze Zeitlang starr und stumpf sitzen. Mit einemmal sprang er auf und rief, wie er es als Kind getan, als kleiner Knabe, dem eine plötzliche Angst die Seele raubt, schnell und ängstlich: »Mutter, Mutter!« Dann riß er die Tür auf und schrie, daß es über die ganze Erde zu hören war: »Mutter, Mutter.«

Die Mutter verstand den Ruf und kam, so rasch es ihre Jahre erlaubten, zu ihm. Sie sagte nichts, sondern schloß ihn nur an ihr Herz und lehnte seine Stirn an ihre Brust. Ohne zu wissen, was vorgefallen, wußte sie alles. O Mutterherz!

Sie führte ihren Sohn, der sich wie ein Schwerkranker, gänzlich Kraftloser ihr überließ, an sein Bett. Als er sich hingelegt hatte, legte sie ihm eine leichte seidene Decke über und verschwand leise aus der Tür.

Erst am Nachmittag öffnete sie, auf Kais Bitte, den Brief. Er war vom Grafen Lilleborg geschrieben. Nun erst erfuhren sie, welchen Tod die junge Gräfin erlitten hatte: Auf dem Heimweg nach Mauthersdorf, als Kai eben nach Norden abgefahren war, begegnete dem Reiterzug ein Landwagen, auf dem eine schwere, sehr hohe landwirtschaftliche Maschine festgebunden war. Menas Pferd scheute heftig und stieg kerzengrade. Die Komteß fiel aus dem Sattel zu Boden, und die lebhafte Stute ging durch, ihre Reiterin, die dem Bügel nicht entgleiten konnte, in rasendem Lauf mit sich schleifend. Das Pferd hatte erst aufgehalten werden können, als es endlich ausgerast hatte und von selbst stehen geblieben war.

Mena, bis zur Unkenntlichkeit entstellt, war tot.

Graf Lilleborg schrieb nach dem Beerdigungstag. Zum Schluß erwähnte er, daß man Depeschen auf Depeschen nach Prag, Skalitz und Nachod geschickt hatte, in der steten Hoffnung, daß doch eine wenigstens ihn treffen werde.

Immer auch seien Telegramme von Kai an Mena angekommen: nur angefüllt mit glücklichen Worten und Scherzen, aus denen sie entnommen hätten, daß kein Telegramm von ihnen ihn erreicht habe. Schließlich hätten sie nach Tangbüttel telegraphiert, und Graf Lilleborg habe diesen Brief gleichfalls dorthin gerichtet. Alle herzlichen Drahtmitteilungen Kais seien Mena in den Sarg gegeben.
Kai lag den Nachmittag unten bei seiner Mutter ausgestreckt in einem Sessel. Er blieb ganz ruhig, scheinbar teilnahmlos. Frau von Vorbrüggen tröstete ihn mit Bibelsprüchen und Gesangbuchversen. Kai schien es nicht zu berühren. Nur einmal sagte er ein wenig unwirsch: »Mutter, wenn der liebe Gott einen Menschen aus Todesgefahr rettet, ist es seine Gnade gewesen; wenn er ihn nicht gerettet hat, ist es des Allmächtigen unerforschlicher Ratschluß und Wille, dem wir uns fügen sollen. Ach, von dem Trost mag ich nichts wissen.« Ihre Exzellenz erschrak heftig. Sie erwiderte nichts, sondern legte ihm nur die Hand auf die Stirn und hielt sie dort so lange, bis Kai ein wenig einschlummerte.
Als er erwachte, hatte er seine Tatkraft wieder erlangt. Er beschloß, am nächsten Morgen nach Mauthersdorf zu reisen. In früher Stunde fuhr er nach Österreich ab. Nur seine Mutter hatte es sich nicht nehmen lassen, beim Abschied an der Tür zu stehen und ihm nachzuwinken, bis er am Hoftor verschwunden war.
Am Bahnhof Kronleithen empfing ihn Lilleborg, der ihn kaum wiedererkannte, so gebrochen kam er an.
Schwer und bitter war der Empfang im Schloß. Als sich Kai eine Stunde ausgeruht hatte, nahmen ihn der alte Graf und Lilleborg zwischen sich und führten ihn nach der Kapelle, wo Menas hölzerner Sarg so lange vor dem Altar stehen sollte, bis ein bronzener ihn umschloß.
Vorm Altar angekommen, brach Kai zusammen. Zum erstenmal erlöste ihn ein Tränenstrom. Er warf sich auf die Truhe und umklammerte sie und wollte sich nicht davon trennen und loslösen lassen.
Als er nach Tangbüttel zurückgekehrt war, fand er seine Mutter im Bett. Gleich nach seiner Abfahrt war die alte Dame zusammengebrochen. Bis dahin hatte sie sich aufrecht gehalten und ihrem Sohne keine Schwäche gezeigt. Länger hatte sie es nicht getragen. Kai sandte sofort Eilboten zu Pferde an zwei bekannte Ärzte in Hamburg, die ihm nach der Beratung eröffneten, daß schon eine zu große Schwäche eingetreten sei und kaum eine Hoffnung auf Genesung angenommen werden könne. Schon nach zwei Tagen hatte Frau von Vorbrüggen den Weg zu Gott genommen, das ärgerliche irdische Leben mit dem himmlischen vertauscht, die Schuld der Natur bezahlt. Dies Wort: die Schuld der Natur bezahlt, wollte Kai auf ihrem Sarg eingraben lassen.

Er bedachte noch rechtzeitig, daß es an dieser Stelle eine arge Unschicklichkeit gewesen wäre, und unterließ es deshalb.

Einige Tage nach der Beisetzung hatte Kai eine lange Unterredung mit seinem Generaldirektor, der sich mit seiner Treue und Klugheit und Besonnenheit gleichmäßig bewährte. Kai teilte ihm mit, daß er entschlossen sei, eine Reise um die Erde zu machen, von Hamburg nach Mittel- und Südamerika, nach China, Japan, Indien, von da über Kapstadt nach Hamburg zurück. Er würde sich dazu einen Dampfer irgend einer Linie mieten. Vor seiner Abfahrt wolle er sich eine Ozeandampfjacht bestellen: aus Eichen, Teakholz und Polisander auf Stülckens Werft in Hamburg, um später mit ihr seine Fahrten zu machen. Diese solle höchstens dreißig Einzelkajüten für seine Gäste haben. Wie lange seine erste Reise dauern werde, könne er jetzt noch nicht angeben; vielleicht ein bis zwei Jahre. Seine erste Fahrt wolle er ganz allein machen, nur von zwei Dienern begleitet. Er sagte müde lächelnd, er dürfe sich auch mal etwas von seinem Reichtum erlauben. Der Generaldirektor schluckte zuerst ein wenig seine Verwunderung hinunter und bat, Kai morgen seine Ansichten auseinandersetzen zu dürfen. Nur um das eine bäte er jetzt schon: Kai möge doch wenigstens auf seinen langen Reisen, die er vorhabe, jährlich einige Monate, wenns auch nur einige Wochen wären, auf Tangbüttel zubringen, um alle die dann vorliegenden Angelegenheiten mündlich mit ihm zu besprechen. Das sagte ihm Kai zu. Als sich Schilting empfehlen wollte, bat Kai ihn, vom ersten Oktober dieses Jahres an einen jährlichen Gehalt von zweihunderttausend Mark statt hundertzwanzigtausend Mark annehmen zu wollen. Er sei ihm dankbar und verpflichtet für alle Treue, die er ihm gezeigt, so daß seine Bitte nur als ein kleines Entgelt dafür angesehen werden könne. Zugleich wolle er die Gehälter der Herren Schwensen und Linke verdreifachen vom ersten Oktober an; zum Dank für die harte Pflichterfüllung ihres schwierigen und schwerverantwortlichen Amtes. Alles wurde nun geregelt. Am Ende des Sommers fuhr Kai mit dem Dampfer Rauenfels, unter Führung des altbewährten Kapitäns Oskar Kämpe ab. Als Reisebegleiter hatte er nur die Bibel, viel von Goethe und den ganzen Shakespeare mit an Bord genommen. Außer den zwei Dienern folgten ihm in die Ferne der würdige, vernünftige Bernhardinerhund Säntis und der kluge Pudel Piks.

Der erste Besuch galt Ripen in Jütland.

Hinaus in den Ozean!

Vierter Teil

Nach vielen Jahren

Kai war seit sieben Jahren verheiratet. Seine kleine fünf-jährige Tochter hieß Heilwig. Zu Anfang der neunziger Jahre hatte er auf seiner letzten Reise nach Ceylon an Bord des Ozeandampfers die Familie eines Gesandten kennen gelernt, der auf dem Wege nach dem Osten war. Er verlobte sich mit einer der drei mitfahrenden Töchter und heiratete sie ein Jahr später. Das war nun seine Herrin auf Tangbüttel.
Er hatte diese Reise, nachdem er fast zwei Jahrzehnte nicht mehr das Weltmeer gesehen, wie in großer Sehnsucht gemacht: um noch einmal Ceylon zu besuchen. In den fünf, sechs Jahren, die auf seine erste große Ausfahrt achtzehnhundertzweiundsiebzig folgten, war er immer unterwegs gewesen von Erdteil zu Erdteil, rastlos. Auf seinem eigenen Ozeandampfer. Auf allen seinen Ausflügen, nur auf dem ersten nicht, hatte er geladne Gäste bei sich. Vor allem Klaus Klünder und Henning Smalstede. Diesen allerdings nur zweimal, weil Henning nicht so langen Urlaub nehmen konnte wegen seiner Dienstverhältnisse.
Endlich war er der ewigen Hin- und Herkreuzerei müde geworden. Doch hatte er sein Schiff behalten und stellte es viele Jahre lang Freunden und Bekannten zur Verfügung, bis auch dies Schiff den Weg allen alten Eisens gegangen war. Er selbst blieb von da an auf seinem Schloß Tangbüttel, nur noch Europa bereisend. In Paris gehörte ihm sein ererbtes Palais im Faubourg St. Honoré. In Wien und London, in Berlin und Prag hatte er, wie die Franzosen es zierlich und bezeichnend nennen, sein *pied-à-terre*. Das deutsche Wort dafür: Absteigestätte oder Absteigestelle ist keine gute Übersetzung und klingt plump. In jedem Jahr hielt er sich wochenlang in seinen drei Lieblingsstädten auf: in Palermo, Prag und Ripen. In Ripen stets einen Monat nach Weihnachten. In diesem Monat sah er auch jedesmal seine jütländische Baronie.
Tangbüttel hatte er, abgesehen von einigen Ausbesserungsarbeiten, keinen Neuerungen unterzogen, weder im Schloß noch im Park. Nur auf dem großen Rasen vor dem Herrenhause, der noch immer von den kleinen Sandsteinfiguren, die er aus alter Anhänglichkeit stehen gelassen hatte, umstellt war, stand nun in der Mitte eine mächtige marmorne Schale, die von zwei kleineren, sich verjüngenden Becken überragt wurde. Diesen antiken Brunnen hatte er mit außerordentlichen Kosten und nach vielen Bemühungen und Weiterungen bei den italienischen Behörden mitgebracht. Er behauptete, daß Conrad Ferdinand Meyer ihn als Vorbild gebraucht habe für sein Gedicht:

Der römische Brunnen:

Auf steigt der Strahl und fallend gießt
Er voll der Marmorschale Rund,
Die, sich verschleiernd, überfließt
In einer zweiten Schale Grund.

Die zweite gibt, sie wird zu reich,
Der dritten wallend ihre Flut.
Und jede nimmt und gibt zugleich
Und strömt und ruht.

Der Brunnen war von so ausgedehnten Verhältnissen, daß er zu der großen Rasenfläche paßte. Jeden Sommer plätscherte er Tag für Tag. Durch die warmen Nächte erzählte er der nordischen Stille von seinen italienischen Erlebnissen, was um ihn geschehen, wer um ihn gestanden sei und gelagert habe.

Mit seiner kleinen Familie lebte Kai glücklich. Die Gräfin war eine sanfte, kluge Frau, die seinem Herde Frieden und Ruhe gab. Henning und Klaus waren jahraus, jahrein wochenlang seine Gäste. Sein Generaldirektor, der Enewold den Vermehrer und Kai den Erhalter des unermeßlichen Vermögens nannte, stand heut wie gestern seiner Stelle mit größter Treue und Umsicht vor.

Seine gesellschaftlichen Pflichten und Verpflichtungen in der Provinz und in Hamburg erfüllte Kai gewissenhaft. Erscholl früher aus seinem gastfreien Hause Fröhlichkeit und lustiger Lärm, so gab er später seine großen Mittagessen bei Pfordte in Hamburg, um seinen Gästen die lange Hin- und Zurückfahrt nach und von Tangbüttel zu ersparen.

Immer blieb es dieselbe Stunde in Tangbüttel: Um sechs Uhr wurde zu Tisch gegangen, ob er allein oder mit seiner Frau oder mit Besuch aß. Und immer, wie es stets gewesen, in Frack und Lack. Daran hielt er unverbrüchlich fest. Nach wie vor ging er um neun Uhr zur Ruhe und stand um halb fünf Uhr auf.

Allmählich waren ihm Gesellschaften, Konzert und Theater zur Last geworden. Er wurde mit den Jahren einsamer und einsamer. Ein einsamer Mensch war er durch sein ganzes Leben geblieben. Hatte er auch ehemals, namentlich in seiner frischen Leutnantszeit, getobt und sein Leben genossen – mehr und mehr zog er sich zurück und lebte in seinen Zimmern.

Die russischen Güter und spanischen Erzgruben waren nach endlosen Verhandlungen verkauft worden. Er hatte, weil er es des unabänderlichen Vermächtnisses wegen mußte, seine dänische Baronie Lillehammer und Mariagerhuus in Jütland behalten. Sein Gütchen La Dorette in der Provence und sein Stadthaus in Paris waren ihm nur als dänischem Grafen geblieben.

Er hatte viele Umständlichkeiten deshalb durchmachen müssen. Einen Deutschen wollten die Franzosen durchaus nicht in ihrem Lande haben, besonders nicht in der ersten Zeit nach dem Kriege.
Seine sonderbaren, wenn man es drollig nennen will: Beziehungen zum Aldebaran waren noch dieselben wie früher. Er hatte den roten Stern zum erstenmal im Stormarnschen Landstädtchen Ahrensburg, in der Nähe von Tangbüttel, durch das große Fernglas von Doktor Flögel, dem dort wohnenden berühmten Astronomen, gesehn. Die namhaften Sternwarten der Erde kennen den bescheidenen Gelehrten und stehn mit ihm in Verbindung. Naturforscher aller Länder besuchen ihn mit Scharen von Schülern, um seinen Vorträgen zu lauschen.
Er erinnerte sich eines Besuches, wo ihm der Doktor die Krätzmilbe des Fuchses gezeigt und dabei lächelnd gesagt hatte: Jaja, Cäsar und die Krätzmilbe. Durchaus derselbe Saft und Grundstoff.
Als er zum erstenmal im Riesenfernglas den Aldebaran sah, brach er, wie geblendet, aufs höchste erregt, sofort ohnmächtig vorm Rohr zusammen. Mit einer solchen glitzernden, herrischen Herrlichkeit hatte der Stern ihn angeblitzt. Als er sich wieder besonnen hatte und ihn nun mit ruhigen Augen beobachtete, sah er auch den sogenannten Begleiter des Aldebarans; der sehr selten nur, in klarsten Nächten, zu sehn ist. Durch sein ganzes späteres Leben trug Kai das Bild mit sich: unter dem Aldebaran, handbreit, schimmerte dieser kleine Stern. Es kam ihm vor, als wenn er das Blatt eines sonst unsichtbaren Pendels gewesen sei: einer über ihm (dem Sternchen) hängenden stillstehenden Uhr, dem Aldebaran.
Damals hatte er die ganze folgende Nacht nicht schlafen können: mit der größten Sehnsucht dachte er immer an seinen Stern und wollte zu ihm hinauf. Alle Menschen und irdischen Dinge waren ihm tief zuwider in dieser Nacht. Doch am andern Morgen beruhigte er sich und ging frisch und mutig wieder in den Tag hinein, dem er nicht feige entrinnen wollte.
Jeden Winter wohl, aber nur wenn Schnee lag und im hellen Sternenschein, kam er ein- oder zweimal in den Garten hinterm Schloß, um auf den Stern zuzugehen. Er drang nie über die Rasenfläche hinaus. Nach hundert Schritten kniete er nieder und sah mit schmerzlichen, sehnsüchtigen Augen in den Stern. Die Dienerschaft hatte ihn zuweilen beobachtet, aber keiner wagte es, ihn zurückzuhalten. Auch die Gräfin, als sie von dieser merkwürdigen Sucht ihres Mannes durch andre verständigt worden war, suchte ihm nicht entgegenzuwirken. Immer nur von seinem Arbeits-zimmer aus geschahen diese Seltsamkeiten. Wenn er eine Minute gekniet hatte, sprang er schauernd auf und ging eilends, wie beschämt, ins Herrenhaus zurück.

Waren die Türen verschlossen, machte er sie ruhig auf, wie im wachen Zustand; stets trug er die Schlüssel, die klein und fein gearbeitet waren, bei sich. Nach wie vor erzählte er keinem Menschen, selbst seiner Frau und Klaus und Henning nicht, von diesen Abweichungen seines gewöhnlichen täglichen Lebens. Er schien sich selbst dieser Regelwidrigkeit nicht recht bewußt zu sein. Sonst dachte er nüchtern und klar, wenn er auch ein Stück Romantik, das er vorsichtig in sich verbarg, mit sich herum trug. Alles, was Okkultismus, Spiritismus, Geisterseherei, Gesundbeterei oder wie immer genannt wurde, mit denen sich seine Zeit stark beschäftigte, nannte er derb: Schwindel. Ihm mußten diese Dinge zuwider sein.

Von seinen langjährigen Reisen hatte er zwei Errungenschaften mitgebracht. Viele Vorurteile waren von ihm abgefallen, und er hatte gesehen, daß alle, wilde oder gesittete Völker, gleich seien in ihren Tugenden und Lastern, daß es überall »gute und böse« Menschen gäbe, daß, wenn auch Erziehung, Umgebung und Gewohnheit vieles übertünchen, immer wieder die Grundeigenschaften, mit denen wir geboren werden, durchdringen und bis zur Sterbestunde nicht von uns lassen.

Seine Richtschnur waren Kaiser und Reich, das Vaterland. Davon wich er niemals fingerbreit ab.

An die Lösung der vielen unendlich wichtigen Fragen seiner Zeit, an alle die gesellschaftlichen und wirtschaftlichen Rätsel, die mehr und mehr in seinen Lebenstagen in den Vordergrund traten, hat er mit seinem starken Herzen, so gut er folgen konnte, teilgenommen.

Seine Gedanken über den Begriff Wohltätigkeit hatten sich im Laufe der Jahre anders gestaltet. Er wußte, und wußte es freudig, daß er mit seinem ungeheuern Vermögen der Erde und ihren Geschöpfen einfach verpflichtet war. Wie er diesen Verpflichtungen nachzukommen habe, das lag nur an und in ihm. Durch Schiltings sichere Verwaltung hatte sich sein Reichtum erhalten. Er sowohl wie Kai waren zu achtsam und besonnen, um sich in kühne Unternehmungen einzulassen, die vielleicht das Vermögen hätten verdoppeln, verzehnfachen, oder es hätten vernichten können. Um solche Unternehmungen zu wagen, dazu fehlte ihm der große kaufmännisch-schöpferische Geist Enewolds.

Kai galt nach wie vor in der Provinz und in Hamburg für geizig. Das hatte nun mal Schilting getan: weil er immer die vielen, vielen Anbettelungen jeder Art und aus jedem Stande an Kais Geld sorgsam prüfte und gewisse Summen nicht überstieg. Dadurch fanden sich die meisten enttäuscht und nannten Kai einen Harpagon. Denn alle diese Bittsteller, wie viele andere Menschen, hatten nicht den leisesten Begriff davon, was für Ansprüche von allen Seiten jahraus, jahrein, Tag für Tag, an ein großes Vermögen gestellt werden.

Sie alle hielten sich, wie in einer dumpfen Meinung vermummt, für die einzigen, die ihren Gesuchen Geltung zu verschaffen glaubten. Und waren deshalb verwundert und erbost, wenn sie abschlägig beschieden oder nur mit einem Bruchteil des gewünschten Geldes bedacht wurden, der ihnen nicht viel helfen konnte. In den meisten Fällen bekamen sie überhaupt keine Antwort. Weshalb? Weil es in der Unmöglichkeit lag. Ultra posse nemo obligatur.

Keiner wußte, welche freigebige Hand Kai zeigte, oder besser: nicht zeigte, denn bei allen seinen Schenkungen mußten ihm die Beschenkten einen Schein ausstellen, worin sie sich mit ihrem Wort verpflichteten, niemand und niemals davon zu erzählen oder zu schreiben. Er hatte sich mit der Zeit einen eigenen Wohltätigkeitsplan gemacht. Er gab einzelnen Menschen, namentlich Künstlern und Dichtern, wenn sie es bedurften, große Summen, damit sie reisen und sich ausbilden konnten. Merkwürdigerweise scheinen in Deutschland die Dichter nicht zu den Künstlern gerechnet zu werden, denn stets wird gesagt und geschrieben: Künstler und Dichter. Kai glaubte, er leiste damit bessere Hilfe, als daß er an die zahlreichen Wohltätigkeitsvereine sein Geld gäbe. Auf jegliche Art Dank hatte er von Haus aus verzichtet. Dadurch blieb ihm manche Verdrießlichkeit erspart.

Als er in der ersten Zeit, er stand in der Mitte seiner dreißiger Lebensjahre, von einer seiner überseeischen Fahrten auf kurze Wochen nach Tangbüttel zurückgekehrt war und Bilder von seinen alten Kameraden in die Hand nahm, schrieb er mit tiefer Bewegung einen Vers auf die Rückseite eines dieser Bilder. Von dem Augenblick an schrieb er oft, wie gezwungen, seinen Schmerz und seine Freude in Vers und Prosa.

Was mochte ihn so spät zum Dichter gemacht haben? Er wußte es nicht und konnte es nicht sagen und enträtseln. Vielleicht trug eins dazu bei: sein steter Ärger über so manches deutsche Gedichtbuch, worin er nur laue und schwach ausgedrückte Gefühle gefunden hatte. Nichts von Natur, von echter Qual und echter Lust war drin. Außer Goethe, den er auf allen seinen Reisen mit sich geführt hatte und den er fast auswendig wußte, kannte er von den neueren nur Storm und Mörike, später Conrad Ferdinand Meyer und Keller. Von seinen Schleswig-Holsteinischen Landsleuten Klaus Groth. Und unsere beiden großen Dramatiker Kleist und Hebbel.

Diese Dichter, vor allen Goethe, las er immer und immer wieder. In den frühen und frühsten Morgenstunden fand er, wenn er sich nicht in Wald und Flur erging oder seine Pferde rührte, jene köstlichen, reichen Stunden, sich in seine Dichter zu vertiefen.

Ehrgeiz und Eitelkeit fehlten ihm ganz und gar. Ehrgeiz und Eitelkeit, wenn sie übermächtig werden, töten jede andere Äußerung des Lebens. Fehlen sie aber gänzlich wie bei Kai, reizen sie zu nichts, tritt manche Freude, mancher tüchtiger Wille nicht in Erscheinung.
Gegen alle Anthologieen, namentlich in seiner Zeit, empfand er einen heftigen Widerwillen. Die süßlichen Namen, wie Blüten und Blätter, Perlen im Tau und zahlreiche ähnliche, ekelten ihn an. Auch fand er meistens nur Gedichte darin, die aller Kraft und Natürlichkeit entbehrten. Es lag wie eine Furcht in allen diesen »Blumenlesen«, daß sie ja nicht die abscheuliche Zimperlichkeit der Deutschen verletzen könnten. Da versenkte er sich in die paar großen Lyriker und in Kleist und Hebbel.
Ebenso konnte er nicht an gegen die Vorleser. Denn er hörte immer nur dieselben Gedichte; wahrscheinlich Gedichte, die diesen Vorlesern am besten lagen, Prunkstücke, mit denen sie die größte Wirkung zu erzielen wußten. Sowohl in den Anthologieen wie bei den Vorlesern schienen ihm grade die schlechtesten Gedichte ausgewählt zu sein. So mochte es in ihm gären und gegärt haben, trotzig die Stirn zu zeigen, damit sich die Dichtkunst wieder zu ihren alten Ehren emporsiegen könne. Deshalb kehrte er sich auch nicht daran, als seine Gedichte von allen Seiten stark angegriffen wurden. Er war sich bewußt, daß später von ihm nichts bleiben würde, außer dem einen, daß er den Dichtern in seinem Vaterlande wieder Mut gemacht habe, sich zu besinnen, Frische und Ursprünglichkeit zu zeigen, sich wieder auf sich selbst zu stellen.

  Im Anfang des Jahres neunzehnhundert wurde Kai ein Sohn geboren, den er Wittekopp nannte. Allerdings konnte er ihm diesen Namen erst geben, als er sich nach seines Söhnchens Geburt überzeugt, daß das Kindchen nicht seine schwarzen Haare und seine schwarzen Augen, sondern die weißblonden Haare und blauen Augen seiner Mutter mitgebracht hatte.
Der Mann ist von der Natur zur Vielweiberei geboren. Dennoch ist es für jeden Mann und jede Frau das größte, vielleicht das einzige Erdenglück, wenn sie, eins im andern, unausgesetzt einträchtig miteinander leben können. Eine solche Ehe führten Kai und seine Frau. Des Lebens grobe Schläge und Anschläge, rohe Angriffe und fortwährende Peinigungen hielten sie tapfer zusammen aus.
Seine Mildtätigkeit blieb dieselbe.
Wenn er auch mehr als früher gab für das öffentliche Wohl. War die Not da, so blieben ihm stets die Nebenumstände gleichgültig. Er gab. Sei es für eine arme, verlassene, unter Andersgläubigen wurzelnde Kirche, sei es für ein Heim zum Mutterschutz oder für Mütter, die unehelich gebären mußten, sei es für eine abgebrannte oder vom Sturm zerstörte Seiltänzerbude, –

niemals fragte er nach Moral oder Religion und nach all den tausend Wenn und Aber, mit denen wir uns erst plagen, wenn wir irgend eine nützliche Einrichtung für unsere Nächsten treffen wollen; er gab. Er gab: sei es an einen verarmten Fürsten, sei es an den ärmsten Bettler, den er verfroren auf der Landstraße fand. Er gab und gab, so lang er es seiner Familie gegenüber verantworten konnte. Wenn er für manches Gutestun manche Unannehmlichkeit erntete, bald dachte er nicht mehr dran und gab weiter, als wäre nichts geschehn.

Während seiner ersten fünf, sechs Ozeanjahre, wie er sie nannte, war er immer, jedes Jahr, einige Wochen oder Monate auf Tangbüttel gewesen. Nur einmal war er fast zwei Jahre weggeblieben, ohne sich auf seinem Schlosse zu zeigen. Keiner, außer Schilting wußte damals, wo er sich aufhielt. Einige wollten ihn in London gesehen haben und behaupteten, daß er mit einer Engländerin verheiratet sei und eine Villa in Bayswater oder am Hyde Park besitze und bewohne. Andere wollten ihm in diesen beiden Jahren in Wien und Bukarest begegnet sein. Er selbst wußte es aber doch am besten, wo er diese Zeit gewesen war. Kurz vor seiner Hochzeit entnahm er seinem Schreibtisch ein Paketchen, auf dem der Name Lady Esther stand. Er öffnete es: ein Bildchen, das er sich auf Elfenbein hatte malen lassen, trotzdem die Elfenbeinmalerei längst vorbei war, griff er heraus und besah es lange, lange. Dann löste er aus dem Paketchen Briefe und Aufzeichnungen, las sie und verbarg sie wieder, küßte das Päckchen, steckte es in die Flammen und verbrannte alles. Er stierte minutenlang auf die erlöschenden Funken. Das, was er eben vernichtet hatte, war teilweise wie aus einem Räuberroman gewesen: ein solches Durcheinander: Schüsse klangen und Messer blitzten, Flucht und Verborgenheit auf Schiffen und in fremden Ländern. Zum Schluß knarrte der Tod mit seiner Jahrmarktsrassel heran.

Lady Esther. Kai hatte in Kanada einen hohen Staatsbeamten und seine Frau kennen gelernt, die ihn auf ihr Schloß in Schottland einluden. Die Lady, aus einem englischen Herzogshaus, war wohl dreißig Jahre jünger als der Lord. Er: ein bartloser, strengdreinschauender, ernster Mann, den nur seine Regierungsobliegenheiten anzugehen schienen. Sie: ein zartes, blasses Geschöpfchen mit dem Haupt einer Künstlerin, der die schwarzen kurzen Haare um die Stirn fielen.

Gleich in der ersten Nacht im Castle in Schottland trat, wie ein Gespenst, die Lady in Kais Zimmer ein und flehte ihn an, mit ihr zu fliehen; sie könne nicht mehr mit ihrem Manne zusammenleben. Die Flucht. Auf Kais Schiff, das in Hull lag. Nach Hamburg. Gleich wieder weiter. Als sie bei Blankenese vorbeifuhren, kam mit einemmale aus einem Versteck an Deck der Lord zum Vorschein.

Er schoß unverzüglich auf seine Frau und Kai, die er beide verfehlte, und erschoß sich dann vor ihren Augen. Darüber ein maßloses Aufsehen in England und auf dem Festland. Zwei Jahre der Verborgenheit in Frankreich, in Siebenbürgen, wo viel liebe deutsche Menschen wohnen, zuletzt in Bukarest, der heißesten Stadt Europas, auf der Schwelle des Orients, wo die Lady im Hôtel an einem glühenden Tage in den Armen Kais starb, während unter ihrem Fenster die unzähligen Ausrufer und Warenanbieter, wie in einem Chaos durcheinander schreiend und lärmend, vorbeigingen.

Das alles hatte Kai eben noch einmal durchgelebt, als er die Aufzeichnungen las. Das Feuer hatte sie gefressen. Vorüber. Wie ein gespenstischer Schattenzug war alles verflüchtigt. Wie ein Bild war es gewesen, das auf einer weißen Wand schnell, mit schwachen Umrissen, mit kaum erkennbaren Farben, hingemalt wird, um ebenso schnell zu verlöschen.

Nach dieser Zeit war er einsamer geworden, wenn er es nicht schon immer gewesen war.

In der Umgegend Tangbüttels kannte er und kannten ihn alle Menschen. Zuweilen war er, in früheren Zeiten, im Wirtshaus Pukaff oder in Opendör (Zur offnen Tür) oder in de Luus (Laus) oder in Trillup (Treidel auf) oder in de Schäfe Kachel (Schiefen Kachel). Gern gab er einen aus, wie es in seiner Heimat heißt. Es machte ihm immer ein Vergnügen, wenn er Freude und Heiterkeit unter den Gästen verbreiten konnte. Wohl war er gewarnt worden und hatte sich selbst gewarnt: vorsichtig zu sein. Denn im Wirtszimmer saßen zuweilen Leute, die er nicht kannte, die aber von ihm und seinem Reichtum wußten. Richtig: einmal, als er seinen Wagen nach Tangbüttel geschickt hatte, um an dem schönen Sommerabend zurückzugehen, waren ihm zwei Gauner nachgeschlichen. Es wäre um ihn geschehen gewesen, wenn er nicht durch die beiden Zigeuner Asiaticus und Silesius beschirmt worden wäre in dem Augenblick, als die Mörder ihn überfallen und berauben wollten. Weiß der Himmel, woher die beiden just in dieser Stunde gekommen waren.

Kai war vor kurzem Ehrenritter des Ordens des Heiligen Johannes vom Gebet zu Jerusalem geworden. Er hatte für die edel-menschlichen und nützlichen Ziele dieser Gemeinschaft viel getan.

Je älter er wurde, je einsamer und scheuer hielt er sich zurück. Wenn er Gesellschaften geben oder besuchen mußte – das verdammte ewige Rücksichtnehmenmüssen, eins der größten Leiden des menschlichen Lebens, begleitet uns, bis wir die Augen schließen – ersehnte er mit jeder Faser die Stunde der Befreiung. Wurde auf ihn eine Tischrede gehalten, so war ihm das das denkbar unangenehmste.

Während dieser Rede zwang er sich, mit aller Macht, an alles andere auf Erden zu denken, statt auf die mehr oder weniger schönen Sätze des Sprechers zu hören.

Er ging gleichsam wieder in sein Kindesalter zurück: versteckte sich vor den Leuten und lief vor ihnen weg. Seine sehr gute Menschenkenntnis wurde dadurch gelähmt, daß er sie nicht auszunutzen verstand, wohl zum Teil aus der zu großen Gutmütigkeit seines Herzens.

Der Drache Tod, der fort und fort das arme Lämmlein des Lebens überfällt, flößte ihm keine Angst ein.

Sein Wahlspruch hieß: Nubicula est, transibit. (Ein Wölkchen nur, es wird vorüberziehn). Das war ihm das liebste Wort seines Lebens.

Die Sonne befiehlt, und was sie befiehlt, geschieht auf Erden. Dem beugte er sich und wäre am liebsten Sonnenanbeter geworden.

Seine größte Freude blieb ihm bis ins Alter treu: Allein durchs Land zu reiten oder zu gehen, zu jeder Jahres- und Tageszeit. Nach wie vor war die Naturgeschichte der Vögel sein Steckenpferd: er kannte sie alle, große und kleine. Oft dachte er dabei an seinen ersten Lehrer, an den greisen Wallmeister. Dem hatte er auf seinem Grabe in der kleinen Festung ein Steinbild gesetzt nach seinem Entwurf; da stand der alte Herr in Lebensgröße. Die rechte Hand mit dem Daumen im Koppel trug ein schweres Schlüsselbund und auf seiner erhobenen Linken saß, wie dem Falkner der Falke, ein Vögelchen.

Durch alle Jahre hindurch blieb das oft erneute Zelt im Knick bei der Mühle. Von dort aus sah er, wohl gar in der Luft, den anrückenden Feind und versenkte sich in Schlachtenbilder, seiner alten Kriegskameraden gedenkend.

Dahin er am liebsten sein Pferd lenkte oder zu Fuß ging, das waren die endlose Haide und die Moore von Henstedt, wo die Alsterquelle liegt. Hier kannte er die wenigen Besitzer, die dort vereinzelt auf ihren kleinen Stellen in der vor aller Welt verborgensten Abgeschiedenheit wohnten. Da half er, ließ ihnen allerlei gute Gaben hinbringen, schenkte diesen paar abseits wohnenden Kätnern mit Freuden, begleitete ihren Fleiß und freute sich mit ihnen, wenn sie sich ein Kornfeldchen aus Haide und Moor erobert und erarbeitet hatten. In irgend einem dieser abgelegnen Häuser schlief er auch von Zeit zu Zeit, im Winter und im Sommer, um den Sonnenaufgang in seiner Pracht und Herrlichkeit auf der Ebne zu erleben. Diesen armen, ruhigen, nichts vom Dasein als eine gute Ernte wünschenden Bauern traute er; hier fühlte er sich sicher. Wenn er sein ihm vom Schicksal beschiedenes Leben hätte austauschen können, hier hätte er Spaten und Pflug in die Hand genommen, um sich mühselig durch den Tag zu helfen, durch seine eigene Kraft, durch seinen Fleiß und Schweiß.

An diese geringe Landschaft wurde er erinnert durch ein Sendschreiben, das er in der Urkundensammlung Tangbüttels vor einigen Tagen unversehens gefunden hatte. Diese Bekanntmachung, mit ihren verschnörkelten Rokoko-Buchstaben, trug die Benennung: Communiqué.

Wiebke Blunck

Communiqué.

Hoch Edler Herr Kammer Assessor, wie auch Edle Herren Kirchspiel Voigte und Guts Obrigkeiten!

Wenn dem eingekommenen Bericht nach am 20ten hujus in der Alster Quelle ein Todtes Kind gefunden worden und nach ferner geschehener Erkundigung sich gezeiget, daß die Mutter zu diesem Kinde am 20ten hujus in aller Fruh nebst beregtem Kinde aus Christian Reimers Hause weggegangen, folglich wider selbige die Rechtliche Vermuthung militiret, daß sie gedachtes Kind weggelogiret, wo nicht gar umbge-bracht: Nun aber ob erwähntes Frauens Mensch nach der hierselbst eingelangten Beschreibung von glatten und sehr jungen Gesichts ist, weiß und blas aussiehet, eine braune Kattune Mütze, spitzes Schrag Tuch, eine bunt gedruckte Jacke, wie auch einen blau und weiß gestreiften gingangen Rock träget. So wollen die Herren, sogleich nach Empfang dieses mit Zuziehung eines oder mehrerer Gerichts Männer in Ihren respective Kirchspielen und Guts Obrigkeiten eine genaue Hauß Suchung vornehmen, und falls das obbeschriebene Frauens Mensch ertappet wird, selbiges sogleich arretiren und zu weiterer Verfügung anhero senden.
Und gehet dieses Circular von Tremsbüttel nach Quickborn und Bergstedt und Tangbüttel. Und ich bin
derer Herren
dienstbereitwilligster
gez. Unterschrift,
Kammerherr.

Amthaus Tremsbüttel,
den 22ten Maji 1789.

Kai hätte das Rundschreiben sicher, als belanglos, bei Seite gelegt und nicht mehr daran gedacht, wenn es ihm nicht aufgefallen wäre, daß die Beschuldigte ihr Kind in der Alsterquelle ertränkt hatte. Er ließ deshalb in den Büchern der benachbarten Kirchdörfer und in den Büchern Tangbüttels nachsehen, wo Christian Reimers damals gewohnt hatte. Es zeigte sich bald, daß es das der Alsterquelle heute noch nächstgelegene Gewese sein mußte.

So wurde es leicht erklärlich, weshalb sich die Kindesmörderin grade dies Wässerchen ausgesucht hatte. Auch, daß schon an demselben Tage die kleine Leiche gefunden wurde, war zu erklären, wenn angenommen werden konnte, daß die Mutter ihrem Kindchen keinen Stein angebunden habe, daß es also nach wenigen Stunden an die Oberfläche der Quelle getaucht und vielleicht durch zufällig vorbeigehende Leute entdeckt worden sei.

Da nun aber Kais Anteilnahme rege geworden war, versuchte er, darüber Gewißheit zu erlangen, wer das Mädchen gewesen und wo sie abgeblieben sei; ob sie als Kindesmörderin, nach den Begriffen jener Zeit, auf dem Schaffot geendet habe. Doch fand er nur eine Spur: Das arme Geschöpf hatte sich nach Hamburg gerettet, wo es vor den dänischen Behörden sicher war, um so sicherer, als sich die Gesandtin aus Wien, deren Mann, Graf Sperbershof, bei der Freien- und Hanse-Stadt Hamburg beglaubigt war, ihrer angenommen hatte. Diese Nachricht verdankte er den Hamburgischen Behörden, die sich ihm zuliebe, um sich ihm für viele Wohltaten, die er in Hamburg gespendet, erkennt-lich zu zeigen, in alte Gesandtschaftsberichte und Gesand-schaftsangelegenheiten nicht öffentlicher Art vertieft hatten. Weiter kam Kai nicht. Da erinnerte er sich des wunderlichen Gelehrten, den er mal auf seinen Reisen kennen gelernt hatte. Die Liebhaberei dieses Professors, der mit der Schnüffelnase eines geheimen Sicherheitsbeamten versehen war, offenbarte sich darin, daß es ihm das größte Vergnügen machte, in vergessenen und unerforschten Dingen herumzu-lüften. Dieser Gelehrte nahm freudig Kais Anerbieten an und begann seine Wühlarbeit. Richtig, eines Tages erhielt Kai von ihm aus Frankreich ein langes Schreiben, worin stand, daß er auf der Spur sei, ja, daß er schon entdeckt habe, daß die Kindesmörderin 1793 während der Revolution in Paris umgekommen sei. Er machte sogar einige Mitteilungen, die Kai in große Verwunderung setzten. Als er plötzlich gar einen Namen las, der ihm aufs äußerste auffiel, sprang er in höchster Erregung auf. Allmählich beruhigte er sich wieder. Er schrieb nun, gleichsam um wieder in die ruhige Schwebe zu kommen, die Geschichte des armen Mädchens:

Wiebke Blunck (später in französischen Berichten Vive Blanc genannt und geschrieben) hatte weder ihren Vater, noch ihre Mutter gekannt; sie wußte nicht mal die Namen ihrer Eltern. In den Tauflisten stand sie unter Wiebke Blunck, geboren den 1. Mai 1772. Zuerst wurde sie im Tangbütteler Armenhaus aufgenommen, später im Waisenhaus erzogen. Beide Male traf sie es gut. Die Hausväter und Hausmütter behandelten sie in diesen Häusern menschlich. Sie dankte es ihnen durch steten Fleiß und aufmerksames Betragen. Mit dem fünfzehnten Jahr kam sie in die einsame Kate in der Nähe der Alsterquelle zu Christian Reimers und seiner alten Frau.

Auch diese beiden behandelten sie mit Liebe und Freundlichkeit. Sie war wie ein Kind im Hause. Hier dankte sie wie im Waisenhaus mit ihrer großen Anstelligkeit. In ihrem siebzehnten Lebensjahr lernte sie einen frühern dänischen Dragoner, Wessel Bruuns aus Kopenhagen, kennen, der ihr allerlei vorlog und vormachte und sie sitzen ließ.

Am 20. Mai 1789 kurz nach Mitternacht gebar sie in ihrer Kammer ein totes Kind. Sie nahm es an die Brust und schlief ein. Nach einer Stunde erwachte sie, sah, daß ihr Kindchen nicht lebte, und umhüllte es mit einem Handtuch. Als wenn nichts geschehen sei, zog sie ihre Sonntagskleider an, nahm ihr Würmchen in die Arme und schlich sich ins Freie. Einen Augenblick bellte der Hund Perle, bald schwieg er, wohl weil er sie erkannt hatte.

Es war halb zwei Uhr. Der volle Mond goß sein Licht über Haide und Moor. Rings totenstill. Das Mädchen schauerte in der Kühle der Nacht zusammen. Sie drückte ihre kleine Bürde fest an sich und ging auf die Alsterquelle zu. Dort nahm sie das Handtuch ab, küßte das nackte Kindchen auf Stirn und Brust und versenkte es ins Wasser, wo es sofort unterging.

Im Mondschein an der Quelle stehend, überlegte sie, was sie jetzt zu tun habe. Zurück ins Haus von Christian Reimers wollte und konnte sie auf keinen Fall. Wenn da ihr Wegbleiben bemerkt wurde, schlugen die Eheleute gewiß Lärm. Sofort würde alles hinter ihr her sein und sie zu finden und zu fassen suchen. Sie ging einige Schritte und sah das vor ihr im grellen Mondschein liegende Gewese ihrer Bauersleute. Nein, dahin wieder zurück: das konnte sie nicht über sich bringen. Wohin? Sie entsann sich, daß in der Nähe hamburgisches Land läge. Dort sei sie sicher vor Nachspürungen, so waren ihre Gedanken. Da ging sie los, voller Kraft, die eben, vor ein paar Stunden, ihre Niederkunft gehabt hatte. Sie wollte in das ihr zunächst liegende Grenzland, nach Wohldorf, einem hamburgischen Waldort. Allmählich kam der Morgen mit seiner Anfangskühle. Der Mond stand, verblaßt, noch am Himmel. Die Sonne ging auf und sog den Tau ein. Die ersten Lerchen stiegen. Wiebke Blunck nahm, ohne Schwäche, ihren Weg. Ihr entgegen kam ein Wagen, den ein alter krummer Knecht lenkte. Er fragte sie, ob sie mit wolle, er müsse nach Sasel. Sie setzte sich auf den Bock und fuhr mit ihm nach dem Dorfe Sasel. Hier stieg sie ab und schritt nun, der Tag fing an, seine breiten Lichter zu zeigen, auf das hamburgische Staatsgut Die Berne zu. Dort konnte sie nicht weiter. Eine nicht wegzuscheuchende Müdigkeit und Mattigkeit zwang sie, sich unter eine starke Eiche im Park zu legen. Sie fiel auf der Stelle in einen tiefen, traumlosen Schlaf.

Der Hohe Senat hatte seit Jahrhunderten schon das hamburgische Staatsgut die Berne (Börne, Tränke) dem jeweiligen kaiserlichen Gesandten und seiner Familie als Sommeraufenthalt geboten.

Jeder hatte die Liebenswürdig-keit immer mit Freuden angenommen. Seit einigen Tagen war der Gesandte Graf Sperbershof hergezogen mit der Gräfin, um den Frühling hier zu verleben. Die Gräfin war aus dem berühmten römischen Hause der Colonna. Sie hieß, wie eine ihrer großen Ahnfrauen, Vittoria. Aber mit dieser Vittoria, die durch Michel Angelo unsterblich geworden ist, hatte sie wenig Ähnlichkeit. Dagegen besaß sie eine nicht auszulöschende Menschenliebe. Gegen jedermann war sie herzlich und sorglich. Ihre nordische Umgebung, rings herum, vergötterte sie.

Als gegen neun Uhr der greise Obergärtner Klaus Mewes an der Eiche im Park vorüber kam, fiel ihm im Schatten des großen Baumes das schlafende Mädchen auf. Er blieb verwundert stehen und bog sich zu ihr, um sie zu wecken. Es gelang ihm nicht, trotz allen Rüttelns: das Mädchen war nicht wach zu machen. Er wußte keinen andern Rat mehr, als daß er sich ins Herrenhaus zur lieben Gräfin begab und ihr sein Erlebnis mitteilte. Beide gingen zusammen an die große Eiche. Das Mädchen lag noch immer im tiefsten Schlaf. Die Gräfin nahm ihr hochgestieltes Augenglas und bog sich damit auf sie hinab. Eine tiefe Rührung, sie wußte nicht recht weshalb, überkam sie. Lange sah sie auf die Schlafende, die in ihrem gingangen blau und weiß gestreiften Sonntagsrock (wie es im Rundschreiben stand) wie eine Tote lag. Dies blasse, feine Gesicht. Noch einmal versuchten die beiden sie zu wecken. Umsonst. Da holte die Gräfin einige Diener und Dienerinnen. Diese hoben mit größter Behutsamkeit Wieb Blunck in die Höhe und trugen sie sanft und sacht auf ein Bett im Fremdenzimmer. Auch hier schlief die Fremde, ohne nur einmal die Augen zu öffnen, weiter und weiter. Endlich spät am Nachmittag schlug sie die Wimpern auseinander und sah sich erstaunt im Raume um. Die Gräfin legte gleich die Hand auf ihre Stirn und tröstete sie in ihrem gebrochenen Deutsch, sie solle jetzt nichts sprechen und an nichts denken. Wieb Blunck bekam ein paar Tropfen alten Weines. Als das Mädchen getrunken hatte, fiel sie wieder in ihren schweren Schlaf zurück und schlief bis zum andern Morgen. In der Nacht mußten abwechselnd zwei Dienerinnen an ihrem Lager wachen, um der alten Dame sofort zu melden, wenn die Fremde vollends erwacht sei. Als ihr das mitgeteilt worden war, erschien sie gleich. Wieb Blunck sah in die gütigen Himmelsaugen. Sie öffnete weit ihre Arme und zog die Gräfin zu sich nieder. Leise sprach sie ihr ihr Geheimnis ins Ohr. Eine Frau versteht jede andere Frau auf Erden. Selbst wenn einer Colonna von einem armen holsteinschen Waisenkind der Henstedter Haide plattdeutsch aus dem innersten gebeichtet wird: sie versteht es.

Wieb Blunck blieb im Schutz des kaiserlichen Gesandten, woraus sie niemand fordern durfte und konnte. Merkwürdig genug: das erste, was ihr im Sperbershofschen Hause begegnete, war:

daß ihr ein französischer Sprachlehrer zugeteilt wurde, der ihr, die kaum ein Wort hochdeutsch kannte, die fremde Sprache beibringen sollte. Noch merkwürdiger: daß sich bei ihr eine Sprachbegabung zeigte, die ihr alles leicht machte. Überhaupt: Ihr heller Verstand, ihre schnelle Auffassung brachte sie bald in die Höhe.

Nur wenige Monate konnte die Familie des kaiserlichen Gesandten auf der Berne wohnen, weil der Minister von Hamburg nach der französischen Hauptstadt versetzt wurde. Hier waren unruhige Tage gewesen und schienen sich noch ferner entwickeln zu wollen. Man wünschte in Wien den klugen, willensstarken Sperbershof an den Hof Ludwigs des Sechzehnten.

Die Reise ging zuerst von Hamburg bis Köln und von da bis Koblenz hinunter. Von hier aus, der Mosel entlang, über Metz nach Paris. Wieb Blunck zog gleichsam als eine Hofdame im Gefolge des Gesandten mit. Man hatte ihr den Namen Vivia de Berne gegeben. In der Tat, mit jedem Tag mehr lebte sie sich in das Auftreten einer Hofdame hinein. Fast war es, als wenn sie von Anfang an diese Stellung innegehabt hätte. Von Koblenz aus ging die Fahrt in die ruhige Mosel hinein, teils auf mit Wimpeln geschmückten Booten, die vom Lande aus gegen den Strom gezogen wurden, teils zu Pferde und in Wagen und Sänften. Der erste längere Aufenthalt zum ausruhen nach der langen Fahrt war Burg Eltz, wohl schon damals »die besterhaltene und interessanteste Burg Deutschlands«. Hierher waren sie vom Grafen Eltz eingeladen, der mit den steiermärkischen Sperbershofs verwandt war. Auch der nüchternste Deutsche erstirbt, wenn er nach vielen Schlängelungen plötzlich die Märchenburg Eltz vor sich sieht. Ja, es ist ein Märchen; nicht wie ein Märchen, es ist das Märchen selbst.

Oben begannen fröhliche Tage und fröhliche Feste. Alles war wie auf einer andern Welt. Unter den vielen Gästen traf auch ein junger Graf Mauthersdorf aus Wien ein, den man dem Gesandten beigegeben hatte für Paris.

Wieb Blunck, immer mehr »Hofdame«, blieb stets um die Person der Gräfin. Die jungen Herren, Prinzen und Nichtprinzen, vergafften sich alle in die schöne Vivia de Berne. Am stärksten aber verliebte sich Poldi (Leopold) von Mauthersdorf in sie. Auch Wieb Blunck, Vivia de Berne, erbebte leise, wenn sie an ihn dachte. Und das geschah immer. Vittoria Colonna erklärte mit der denkbar lustigsten Stimme: Vivia de Berne, eine arme dänische Weise, hat sich unter unsere Flügel begeben. Wir verehren sie alle, das liebe dänische Fräulein. Jeder soll sie auf Händen tragen.

Der Kurfürst Clemens Wenzel von Trier hatte der durchziehenden kaiserlichen Gesandtschaft, als sie in Burg Eltz weilte, eine Einladung geschickt, wenigstens einen schönen Herbsttag auf der kurfürstlichen Burg Cochem zuzubringen.

Als die Zusage eintraf, sandte er Eilboten nach jeder Windrichtung, um so schnell wie möglich alle die guten Dinge, die zur Verpflegung einer zahlreichen Gesellschaft nötig sind, auf die Burg zu schaffen. Kaum war auf diesem Riesenschloß ein Saal zu finden, der wenigstens einigermaßen seine Gäste hätte aufnehmen können. So grauenhaft hatten die Franzosen 1680 das uralte große deutsche Schloß verwüstet. Der Kurfürst brachte es fertig. Als der Zug von Burg Eltz abgezogen war und in das selige Tal des Städtchens Cochem einritt, donnerten von der Burg die Böller, wehten viele Fahnen, und auf der stillen Mosel lagen verankerte Kähne, von denen aus die fröhlichste Willkommenmusik über den Fluß den Ankommenden entgegenjubelte.

Auf der berühmten Burg, die nach Caroli Magni Tode den Pfalzgrafen am Rhein drei Jahrhunderte gehört, die Otto den Dritten, seine Schwester Richeza und ihren König Miezeslaus in ihren Mauern gesehen hatte, war alles geschehen, was Menschenhände zum Empfang in wenigen Tagen ausführen können. Dazu kam ein traumhaft schöner Herbsttag.

Der Kurfürst empfing am Burgtor seine Gäste und führte sie erst ein Stündchen umher, um ihnen die von den Franzosen nicht ganz zerstörte Anlage zu zeigen. Sie hätten sicher keinen Stein aufeinandergelassen, wenn nicht der verflochtene Bau, der für Jahrtausende vermörtelt zu sein schien, ihrer Mordbrennergier widerstanden hätte.

In einem der Rittersäle waren die Tische gedeckt, recht und schlecht, wie es sich in der kurzen Zeit hatte bewerkstelligen lassen. Aus Trier war der kurfürstliche Tafelschmuck eingetroffen. Alles lachte und zechte und war guter Dinge.

Um drei war das Essen vorbei. Alles zerstreute sich, um das, was es noch auf der Burg zu sehen gab, aufzusuchen. Auf einem der Höfe versammelte der Kurfürst seine Gäste, um ihnen den sehr tiefen Brunnen des Schlosses zu zeigen. Er ließ sich dabei ein großes verrostetes Schlüsselbund reichen, das vor kurzem in diesem Brunnen bei Ausbesserungsarbeiten gefunden worden war. Schmunzelnd erzählte er, daß dieser Schlüsselbund das einzige gewesen wäre, was die Franzosen damals nicht zerstört, verbrannt, geplündert, mitgenommen hätten. Jedenfalls habe der treue Pförtner sein Pfand ihnen nicht ausliefern wollen, und habe es deshalb hinuntergeworfen.

Wie von selbst hatten sich Leopold Mauthersdorf und Vivia an einem Punkt des Walls getroffen, wo sie durch breite Scharten hinuntersahen auf die liebliche Mosel, auf die Stadt, auf Wälder und Ruinen und auf die vielen Weinberge, die überall um sie her ihr Grün zu ihnen emporsandten.

Von all diesem Friedensglanz umgeben, umfächelt vom Zephyr des warmen Herbsttages, legte Graf Leopold plötzlich seine Hände auf Wiebkes Schultern und sah ihr in die Augen. Sie hielt mit ihren Händen seine Unterarme fest und sah zu ihm hinauf. Er sagte nur: Ich liebe dich. Und sie sagte nur, in diesem Augenblick alles um sich her vergessend, in ihrem Henstedter Haide-Platt: Ick heff di lev. Ob Leopold Mauthersdorf diese Worte für dänisch gehalten hat, für malaiisch oder chaldäisch? Er wußte nur, daß er den Ton der Liebe gehört hatte und war glücklich.

Nachts mußte die Reisegesellschaft in Cochem in verschiedenen Häusern beherbergt werden. Vittoria und Vivia schliefen am Markt im Wirtshaus zum Roten Hahn, das einen wirklichen ausgestopften Hahn über seiner Tür als Wahrzeichen aufgestellt hatte. Hier erzählte Wieb Blunck der gütigen Gräfin, was oben auf der Burg geschehen war. Vittoria Colonna nahm auch diese Beichte mit ihrem liebevollen Gemüt in ihr Herz. Hatte sie es doch schon in den letzten Tagen kommen sehen. Am nächsten Abend in der nächsten Behausung wollte und mußte sie den jungen Grafen aufklären über Vivias Vergangenheit. Das sagte sie ihr offen: damit spätern Entdeckungen jeder Stachel genommen werde. Das Mädchen war es zufrieden, wenngleich sie erst jetzt erschrak und einsah, welche unüberbrückbaren Gegensätze sich hier gegeneinander auftaten.

Am nächsten Tage ritt Graf Leopold neben der Sänfte, worin Vittoria und Vivia saßen. Er war überglücklich. In ihrem Aufenthaltsort, wo die Gesandtschaft übernachten wollte, angekommen, erbat Vittoria seinen Besuch.

Als er aus ihrem Zimmer trat, war es schon dunkel, so daß man sein blasses, aufgeregtes Gesicht nicht sehen konnte. Amor vincit omnia. Amor vincit omnia? Schon am nächsten Tage war er abgereist, nach Wien zurückgereist. Er hatte keinen Brief an den Gesandten hinterlassen, wohl aber ein Schreiben an die Gräfin Vittoria. Darin hatte er sich unter anderm erinnert, daß schon einer seines Geschlechts unter Otto dem Großen auf dem Lechfeld gegen die Hunnen gekämpft hatte. Ah ...

Es war doch das Beste, was Vittoria hatte tun können: gleich die volle Wahrheit zu sagen. Dadurch war spätern unsäglichen Schmerzen, Mißverständnissen, vielleicht gar Roheiten vorgebeugt. Nun galt es, Vivia zu verständigen. Möge Gott sie den richtigen Weg hierfür finden lassen, das war ihr Gebet, bevor sie das hübsche Mädchen an ihre Seite rief.

In Wien hatte man törichterweise angeordnet, daß die Gesandtschaft des Grafen Sperbershof mit größtem Pomp in Paris einzurücken habe. Törichterweise:

Denn man schien in der Donaustadt nicht zu ahnen, wie solcher Dünkel und Hochmut auf die äußerst erregten Massen wirken, wie sich die Gesandtschaft dadurch lächerlich machen mußte: war doch schon die Bastille gefallen, hatte doch die Nationalversammlung die Erklärung der Menschenrechte schon ausgerufen.

In allem und durch allen Tumult zog die Gesandtschaft mit ihrem geschichtlichen Putz und Aufputz durch die höhnisch lachende, wütende, drohende Menge in den düstern Gesandtenpalast ein.

Das erste war, daß sich Graf Sperbershof zu Ludwig dem Sechzehnten und zu Marie Antoinette begab, die ihn, den alten Freund aus Wien, weinend vor Schmerz und Freude empfingen: hofften sie doch nun, daß Österreich und die Verbündeten in Frankreich einmarschieren und alles wieder zum besten einrenken würden.

Vittoria und Vivia und das ganze Gefolge der Gesandtschaft richteten sich in den Sälen, Zimmern und Gängen des alten Gebäudes ein.

Immer wieder mußte sich Vittoria sagen, daß sie recht und richtig gehandelt habe, als sie Vivia aus dem höchsten Glück vertreiben mußte. Umsomehr nahm sie sich des Mädchens an, und Vivia vergalt ihre Liebe mit größter Hingebung. Die Gräfin vermittelte sogar, daß Wiebke Blunck der Königin vorgestellt und in die Hofgesellschaft aufgenommen wurde. Allerdings konnte von einer Hofgesellschaft bei der politischen Lage kaum noch die Rede sein.

Während Wiebke Blunck der Gräfin Vittoria wie ein von den Sternen verwehtes Wunderkind vorkam, das in einem halben Jahr die Verwandlung vom einfachsten Landmädchen, das des Morgens den Gänsen und Schafen die Stalltür öffnet, bis zur Hofdame durchgemacht, schien es Vivia nicht im geringsten verwunderlich, daß sie so schnell den Sprung in die große Welt getan hatte. Im Französischen vervollkommnete sie sich täglich; umsomehr dadurch, daß sie mitten in Paris lebte. Nur die Aussprache ließ noch manches zu wünschen übrig, doch ihre Umgebung fand es ursprünglich und urwüchsig und belustigte sich darüber.

Das eine blieb ihr unfaßlich, daß sich ihr Liebster so leicht von ihr hatte trennen können. Das konnte sie nicht verwinden. Alle Güte der Gräfin, die sie nach der schmählichen Flucht Leopolds um ihren Schützling verdoppelte, konnte sie von ihren Schmerzen nicht befreien.

Wiebke Blunck lernte am königlichen Hofe Lafayette und Mirabeau kennen und sah in Paris die Revolutionsmänner Danton, Robespierre, Marat. Die treue Oberhofmeisterin der Königin, Prinzessin von Lamballe, nahm sich ganz besonders ihrer an und behielt sie bei sich, als Graf Sperbershof und Vittoria Paris verlassen mußten, weil Österreich seine Heere gegen Frankreich schickte.

Die Sperberhofs und besonders Vittoria nahmen den zärtlichsten Abschied von ihr, in der festen Hoffnung, sie nach allen den Wirren später wieder in ihre Arme schließen zu können. Nur auf den dringendsten Wunsch der Prinzessin, die in Vivia ein kluges, festbleibendes, treues Mädchen erkannt hatte, war Wiebke in Paris geblieben. Sie wohnte in den Gemächern der Prinzeß und war stets um sie.

Am 2. September begannen die Gefängnismorde.

Am 3. September hörten die Prinzessin und Vivia schon von fern her den Pöbel schreien: La Lamballe! La Lamballe! Näher und näher drang es wie ein Meer, das die Flut brachte: La Lamballe! La Lamballe! Bis es brüllend vor ihren Fenstern staute.

Die Türen wurden aufgerissen und Truchon trat ein, mit Abgesandten der Kommune. Die Prinzessin, im Nachtkleid, fragte zitternd, wer sie seien. Truchon antwortete höhnisch: Ich bin der Große Nikolaus und komme, um euch unten vors Gericht zu stellen, das euer schon wartet.

Die Prinzessin bat, sich anziehen zu dürfen, und erbat es auch für Vivia. Es wurde mürrisch erlaubt. Aber sie wurden bald, erst halb bekleidet, jede von zwei Soldaten geführt, hinausgebracht. Auf den Treppen und Gängen mußten sie über die Ermordeten, die meistens erwürgt worden waren, steigen.

Unten angekommen, stieß man die Prinzeß in ein Zimmer, in dem die Richter im Halbkreis saßen. Vivia mußte draußen bleiben, von Henkern und Munizipaloffizieren bewacht.

L'huillier, der Vorsitzende, fragte die Prinzeß sofort:

Qui êtes-vous?
Marie Louise, princesse de Savoie-Carignan.
Votre qualité?
Surintendante de la maison de la reine.
Avez-vous connaissance des complots de la cour, au 10. août?
Je ne sais pas s'il y avait des complots au 10. août, mais je sais que je n'en ai eu aucune connaissance.
Jurez l'égalité. la liberté, la haine du roi, de la reine et de la royauté.
Je jurerai facilement les deux premiers. Je ne jurerai pas le dernier;
il n'est pas dans mon coeur.

Da stürzte einer von den Beigeordneten auf sie zu, fuchtelte ihr mit der geballten Faust vor der Stirn und schrie sie wütend an:
Schwöre, daß du die Königliche Familie und das Königtum haßt. Wenn du nicht schwörst, bist du des Todes.

Die Prinzessin von Lamballe beschattete die Augen mit ihrer Hand und antwortete nicht mehr.

L'huillier rief nun laut: Madame ist frei, sie kann ihrer Wege gehen! Doch diese Worte waren das Zeichen, daß sie sterben sollte.

Kaum war die Prinzessin an der Tür, die vor ihr geöffnet wurde, als sie auf der Schwelle von einem Mörder einen Säbelhieb über den Hinterkopf erhielt. Sofort eilte Wiebke Blunck, die draußen hatte warten müssen, auf sie zu und fing sie mit ihren Armen auf. Nun fielen Schlag auf Schlag, Stoß auf Stoß, Gewehrkolben, Säbel und Spieß auf sie. Beide sanken tot zusammen. Da war des Haltens nicht mehr. Alles lief auf die Leichen zu und zerriß sie. Ihre Köpfe wurden nicht abgeschnitten: Man trennte sie mit den bluttriefenden Fingern vom Rumpf, so daß die Gesichter der unglücklichen Opfer kaum noch zu erkennen waren.

Einige der von Wein und Blutgeruch ganz betrunknen Menschen holten lange Feuerhaken herbei. Auf diese wurden die Köpfe der beiden Frauen gesteckt.

Nun ging ein grausenhafter Marsch vor sich. Vor dem Hause trennten sich die beiden Köpfe. Den einen, den Kopf der Prinzessin, trugen sie nach links, den Kopf Wieb Bluncks nach rechts. Dieser Doppelweg wurde willkürlich-unwillkürlich angetreten. Es war, als geschähe es, um die Masse schneller zu berauschen und zu entzünden.

Von nun an steht in allen Berichten Vive Blanc. Die Franzosen konnten das Wort Wiebke Blunck, das sie im Archiv der Gesandtschaft gefunden haben mochten, nicht entziffern, und nannten sie deshalb Vive Blanc, das u in Blunck in a verwandelnd.

Von einer wüsten Menge unter Geschrei und Trommelschlag begleitet, wurde Wieb Bluncks Kopf nach dem Tempel getragen, dem Gefängnis der Königlichen Familie. Hier wurden der König, die Königin, Prinzessin Elisabeth und der kleine Dauphin von ihren Wächtern gezwungen, an die niedrigen Fenster zu treten. Man schrie wie rasend, die ganze Königliche Familie solle das entstellte Haupt küssen. Der Träger bog die Stange mit dem Kopf Wieb Bluncks ins aufgerissene Fenster hinein. Die Königin brach ohnmächtig zusammen, und der König wich voll Grauen einige Schritte zurück; er bedeckte sein Gesicht. Der arme Dauphin glitt an seiner Mutter nieder und verbarg seine Stirn in ihren Kleidern.

Mit demselben Bestiengeheul lenkte die Hyänenschar nach dem Palais Royal ein und zeigte den Kopf unter den Fenstern des Herzogs von Orléans. Der Herzog, der grade mit Frau von Buffon zu Tisch saß, fiel sofort zu Boden. Frau von Buffon rief: O mein Gott, mein Gott, so wird mein Kopf auch eines Tages spazieren geführt werden.

Dann zog die Mörderbande vor das Hôtel de Toulouse, wo die Prinzessin Lamballe lange Zeit gewohnt hatte. Endlich johlten sie mit dem blutigen Kopf auf der Stange weiter durch die Straßen, bis er heruntergerissen und von den rohen Füßen des Pöbels zertreten und zertrümmert wurde. Der schreckliche Janhagel verlief sich.

Das war das Ende gewesen des armen Waisenmädchens von der leeren Henstedter Haide im Lande Holstein, als sie von der schüchternen Alsterquelle aus in den Wirbel der großen Welt gerissen wurde.

Ein wenig aus der Dichterei

Kai hatte sich bis in sein Alter die vornehme Gewohnheit bewahrt, früh aufzustehn und früh zu Bett zu gehn. Auch heut, am schönsten Frühlingstag, ritt er um fünf Uhr in den hellen Morgen hinein. Sein Ziel war, wie in der letzten Zeit immer öfter, die einsame Henstedter Haide. Da half er den paar armen, ganz vereinzelt wohnenden Kätnern. Die waren es froh. Immer besser ging es ihnen. Wenn sie wieder einen Haidestrich urbar gemacht hatten, gab Kai ihnen jedes Mal ein Fest. Das nahe bei der Alsterquelle gelegene Gewese wollte Kai kaufen, um hier jährlich, in gänzlicher Abgeschlossenheit von allem, ein paar Tage allein zu leben. Selbst Postsachen sollten ihm nicht nachgebracht werden. Er wurde von Jahr zu Jahr menschenscheuer.
Diese Kate, mit ihren finstern Bäumen herum, hatte Christian Reimers gehört. Von hier aus hatte Wiebke Blunck ihr todgeborenes Kindchen in stummer Sternennacht in die Alsterquelle gelegt, um später, nach den merkwürdigsten Schicksalswegen auf der höchsten Flutwelle der großen Staatsumwälzung in Paris als Vive Blanc mit der Prinzessin von Lamballe in der Tür des Gerichtssaales ermordet zu werden. Ihr Kopf auf der Pike, als der Kopf der Prinzessin von Lamballe, war in die offenstehenden niedrigen Fenster des Tempels hineingehalten worden, damit die Königliche Familie ihn küsse. Plötzlich ging ihm auch der Name Mauthersdorf aus Steiermark durch seine Erinnerung: Schloß Cochem an der Mosel, Wiebke Blunck und der junge Graf auf der Burg. Welch ein rätselhaftes Zusammentreffen! Er fing an, die Stirn zu senken ... Aber frei und klar hob er sie wieder und ritt weiter in die Haide hinein. Der Gedanke wuchs in ihm: hierher zu ziehen, um mit dem Spaten in der Hand selbst sein Haideland, und wär es das kümmerlichste Fleckchen, zu Brotland zu machen. Er sann und sann: ob das nicht dennoch das Erstrebenswerteste im Leben sei.
Um ihn her entfaltete sich, auch auf diesem abgelegenen Teilchen der Erde, die hohe Freude des Frühlings mit ihrem ganzen stürmischen Getümmel, ihrer ganzen Seligkeit.
In der Ferne sah er einen ihm bekannten Bauern. Er sah, wie ers mit ihm in den letzten Tagen besprochen hatte, daß er in mühsam gepflügten Boden Buchweizen säte. Sonst gediehen nur kärglich Roggen und Rüben, Hafer und Kartoffeln in der magern Haide. Er sah, wie er immer mit derselben Handbewegung den Samen der Erde gab.

Unermüdlich ging der Säer seinen Weg, hin und zurück. Es war der erste Versuch, in die dürre Krume diese Saat auszustreuen. Endlich hielt Kai vor dem scheinbar menschenleeren Gewese. Einige hundert Schritte davon lag die Alsterquelle.
Auf dem Rückweg ritt er zu einem Stück Land, auf dem er eine Buschinsel angelegt hatte. Alles ohne forstwissenschaftliche Anordnung. Wild durcheinander. Sie sollte den Vögeln dienen, um hier in Ruhe, so gut das die Natur erlaubt, ihre Nester zu bauen. Und er hatte seine kindliche Freude dran, als er viel Lock- und Hochzeitsgezwitscher daraus hörte. Er kannte, als Vogelkundiger, die Stimmchen der verschiedenen Arten, die ihm aus dem Busch herausklangen. Er sah das neugierige Rotkehlchen und hörte sogar den Schlag der Nachtigall, die sonst wahrlich nicht die Haide aufsucht. Auch den flinken, drolligen Zaunkönig entdeckte er hier.
Auf dem Nachhauseweg kam er durch Hecken und Knicks, die ihm wieder die Nähe der gehegten und gepflegten Bebauung zeigten. Dicht vorm Park, wenn er von Wilstedt herlenkte, hielt er jedesmal an, um eine aus dem Knick herausgewachsene, unbeschreiblich schöne Doppelbuche immer von neuem zu bewundern und sich ihrer zu freuen. Als er am Ende der Haide war, dreht er noch einmal sein Pferd zurück und legte ihm die Zügel auf Sattel und Widerrist.

Tiefeinsamkeit, es schlingt um deine Pforte
Die Erika das rote Band;
Von Menschen leer, was braucht es noch der Worte,
Sei mir gegrüßt, du stilles Land.

Auf seinem Zimmer eingetroffen, fand er den gewöhnlichen Haufen Bücher und sonstige Postsachen vor, die ihm stets ein Grausen waren. Gottseidank erhielt er jeden Morgen so viel, daß es ihm längst zur Unmöglichkeit geworden war, die Bücher alle zu lesen oder auch nur einzusehn und die übrige Post ganz zu beantworten. Die Grenze der Unmöglichkeit kann kein Mensch überspringen.
Der alte Schilting, der nun wirklich der alte genannt werden konnte, denn er hatte sein siebzigstes Lebensjahr um geraume Zeit überschritten, hatte tatsächlich Mittel und Wege gefunden, daß Kai nach wie vor geschützt war gegen die vierhundert, fünfhundert Briefe, die täglich an ihn einliefen mit ihren Bitten um Geld, Bürgschaft, kurz, um die ewige Münze des menschlichen Lebens. Freilich mußten Verwechselungen vorkommen, aber im allgemeinen gelang doch eine ziemlich sichere Trennung. Nur einmal am Tage, des Morgens, ließ sich Kai die Post nach Tangbüttel holen. Der Postreiter war längst abgeschafft; ein Kraftwagen brachte sie in den letzten Jahren.

Kai hatte sich gestern einige Aufzeichnungen gemacht für einen Aufsatz über die Wandlungen in der Literatur seit fünfundzwanzig Jahren. Diese Wandlungen hatte er selbst miterlebt. Er wollte sich in einer Abhandlung, so gut es ging, klar darüber werden. Zuerst schrieb er, gewissermaßen als Einleitung, einige Goethische Aussprüche nieder:

Ein gutes Kunstwerk kann und wird zwar moralische Folgen haben, aber moralische Zwecke vom Künstler fordern, heißt ihm sein Handwerk verderben.

Und so schnurrt denn durch die ganze, halbwahre Philisterleierkasten-melodie, daß die Kunst die Moralgesetze anerkennen und sich ihnen unterordnen soll. Das erste hat sie immer getan und muß sie tun; täte sie das zweite, so wäre sie verloren, und es wäre besser, man hinge ihr einen Mühlstein um den Hals und ertränkte sie, als daß man sie langsam durch das Nützlich-Flache krepieren ließe.

Was der Künstler nicht geliebt hat, nicht liebt, soll er nicht schildern, kann er nicht schildern. Ihr findet Rubensens Weiber zu fleischig? Ich sage euch, es waren seine Weiber! Und hätt er Himmel und Hölle, Luft, Erd und Meer mit Idealen bevölkert ... es wäre ein kräftiges Fleisch von seinem Fleisch und Bein von seinem Bein geworden.

Vom Dilettantismus sagt Goethe:

Alles Vorliebnehmen zerstört die Kunst, und der Dilettantismus führt Nachsicht und Gunst ein. Er bringt diejenigen Künstler, die dem Dilettantismus näher stehen, auf Unkosten der echten Künstler in Ansehn. Der Dilettantismus befördert das Gleichgültige, Halbe und Charakterlose, und deshalb ist der Schade bei ihm immer größer als der Nutzen.

Kai schrieb weiter:

Wohin sind die Zeiten, als ich gleichsam wie ein Wütender dichtete:

Der Genius in Flammen.
Kühner, Glühender, Schrecklicher!
Dringt in den Schwarm ein dein Schwert,
Stürzen, wie Kinder
An die Schürzen ihrer Mütter,
Die Philister in den Tempel
Und schreien:
Der Teufel kommt!

Kühner, Glühender, Schrecklicher!

Laß mich bekränzen dein Schwert.
Reit ich, ein Lehnsmann,
Im Gefolge dir, lärm ich laut,
Schwing ich freudig deine Farben,
Und rufe:
Sanct Jürgen kommt!

Kai fand einen Merkzettel, den er zu Ende der achtziger Jahre geschrieben hatte:

Eine der schwersten Peinigungen mehr oder minder aller Menschen ist die unbefriedigte und verletzte, oft tödlich verletzte Eigenliebe. Ich glaube, daß in erster Linie die Künstler darunter zu leiden haben. Sie sollten sich, wie überhaupt fürs ganze übrige Leben, unempfindlich dagegen machen, wenigstens so gut es geht. Nubecula est, transibit. Ich hatte die Absicht, mich entmannen zu lassen damit es mir dadurch endlich gelänge, in die Familienblätter zu kommen. Können wir unsre Geschichten und Verse und Skataufgaben, Rätsel und Rösselsprünge dort unterbringen, sind wir gerettet. Außerdem seh ich keinen Ausweg mehr. Und doch: die Rettung ist da! Sie hat schon seit fünf, sechs Jahren begonnen, ausgegangen von einigen wenigen tapfern Männern.

Wir sind mitten im Sieg, jetzt schon mitten drin. Die Zukunft wird ihn krönen. Immerhin noch »sachte mit die jungen Pferde,« wie mein Unteroffizier zu sagen pflegte. Dieser Sieg ist erst der »kleinen Gemeinde« bekannt. Das »Volk«, ob Fürst, ob Bettler, weiß von dem neuen Aufstieg der Dichtung in Deutschland noch nichts. Es liest nur die Bilderbücher, die Werke der Ausländer, die Bücher der Modeschriftsteller und die, die ihm vom Leihbibliothekar und in den Buchhandlungen in die Hand gesteckt werden. Aber wie mir geschrieben wird, ist schon in einigen großen Städten der Umschwung zu bemerken: Die kleine Gemeinde vergrößert sich.

Doch es ist heute ein zu schöner Frühlingstag, als daß ich mich länger mit Literatur beschäftigen könnte. Ich will meinen Braunen Höger rup satteln lassen und an die Elbe reiten. Schon bin ich im Sattel. Ich halte bei Blankenese an. Hier erweitert sich der Strom, und hier spür ich jedesmal den ersten wilden Kraftgeruch der Nordsee. Mein Pferd bläht die Nüstern, und ich sperre das Maul auf; wir ziehen gierig die strenge, herbe Frische ein. Es kommt mir ein Lustgefühl: Ich stelle mich in die Bügel und werfe meine Mütze hoch, und ich rufe ein Hurra dem Siege der neuen deutschen Dichtung.

Alles flitzt und blitzt und leuchtet um mich her: Das ist die Zukunft.

Als Kai diesen etwas wüsten Ausruf gelesen hatte, schleuderte er den Unsinn lachend in den Papierkorb.

Von seinen eignen dichterischen Erzeugnissen hielt Kai nicht viel; er war der Meinung, daß sie, das meiste wenigstens, mit seinem Tode vergehen würden. Nur von einer Dichtung, die jetzt noch kaum recht verstanden sei, glaubte er, daß sie die Zukunft ertragen könne: von seinem Buch Krötenkrieg, dem kunterbunten Epos in neunundzwanzig Kantussen. Hierin, meinte er, müßte man die Ironie des Lebens erkennen, und eine spätere Zeit würde manches darin finden, was die damalige erlebt habe: Die philiströse Erbärmlichkeit des Alltagstreibens, die soziale, moralische und religiöse Heuchelei, die feige Bekrittelung aller starken Triebe, den trotzdem unhemmbaren Flug der persönlichen Phantasie, die unausrottbare Freude am natürlichen Dasein, an den Abenteuern der Liebe, des Krieges und des Weltverkehrs, vor allem aber den unum-schränkten Humor des ganz auf sich selbst gestellten Weltmanns, der zu jeder Gemeinheit des menschlichen Schicksals schließlich doch immer sagt: Je m'en fiche! Deswegen, glaubte er, würde man Poggfred einst als ein Wahrzeichen tapferer Ironie anerkennen.

Nur von einem einzigen Dichter seiner Zeit war Kai ohne einen Zweifel überzeugt, daß er in die Jahrhunderte hineingehen würde: von Richard Dehmel. Kai schrieb folgendes über ihn in sein Tagebuch:

Wenn ein Dichter wie Richard Dehmel, auch als Mensch ein stolzer, liebenswerter, feiner, wahrer, starker Charakter, unablässig mißverstanden und mißdeutet, von seinen Feinden immer wieder angegriffen wird – nun, das ist wahrlich der beste Leumund, den ein Künstler bei Lebzeiten haben kann. Denn dann wird und darf und muß er sich sagen: Ich bin ein Künstler von steter Entwicklungskraft. Nur das Übliche wird sofort verstanden.

Man hat Richard Dehmel vorgeworfen, daß er zu viel in sein Dichten »hineingrüble«. Welch ein törichter Vorwurf! Seine Schöpfungen beweisen das Gegenteil: er dichtet immer nur aus dem Gefühlserlebnis heraus. Wenn man ihm einen Vorwurf machen wollte, so wäre es der, daß er manchmal zu klug ist, in einem Teil seiner Lyrik nämlich. Ein Lyriker darf nicht »zu klug« sein. Aber wie kann man einem Dichter, dessen Wesen durchaus nicht bloß lyrisch ist, eine hohe geistige Eigenschaft als etwas nicht für seine Kunst günstiges anrechnen, wenn diese Eigenschaft (die Klugheit) eine der besten aller Lebensäußerungen bedeutet?

Jeder Künstler, jeder Schöpfer ist ein Geheimnis. In Dehmel findet sich das immerwährend fesselnde Rätsel: bei einem grenzenlosen Freiheitsdrang jenes unbedingte Pflichtgefühl, wie man es vorbildlich am altpreußischen Staatsbeamten antrifft. Aber ist das nicht eine köstliche Mitgabe ins Leben hinein?

Richard Dehmel ist frei; er gehört keiner Partei an, welcher Richtung es auch sei. Er ist sich selbst genug; aber er kennt seine Gebundenheit ins Ganze. Und das macht ihn zum großen Dichter und zum großen Menschen. Sein Mitgefühl ist ebenso stark wie sein Selbstgefühl. Nur der scheele Dünkel ist ihm verhaßt; und deshalb hält er sich die Macher und Streber, die Maulhelden und Musterknaben, mit unwillkürlicher Verachtung fern. Er ist der treuste Freund, wo er wirklich vertraut, und er bleibt auch als Feind ein grader Gegner. Mit keinem habe ich so herzlich lachen können wie mit ihm. Seine Kunst ist Gestaltung der Menschlichkeit.

Ein Gespräch

Im November waren, wie in der Regel alljährlich, Henning und Klaus in Tangbüttel zum Besuch eingetroffen. Auf diese Tage freute sich Kai am meisten im ganzen Jahr. Henning war schon seit einiger Zeit Kommandierender General des siebzigsten Armeekorps, und Klaus war ein berühmter Gelehrter und Weltreisender geworden, der sich »hoher Gönnerschaften und Verbindungen rühmen durfte«. Beide waren auch in ihrem Alter dieselben geblieben wie in ihrem ganzen Leben. Die Freundschaft der drei hatte bisher niemals einen Knacks erfahren.

Kai hatte sie, wie stets, auf dem Bahnhof abgeholt: diesmal mit vier hellbraunen russischen Orlowtrabern. Diese Rasse, aus holländischen Traber- und englischen Vollblutstuten gezüchtet, dieser Viererzug begeisterte die Freunde. Noch immer konnte sich Kai nicht an den Kraftwagen gewöhnen. Er fand es viel eigenherrlicher, seinen Weg mit adlichen Pferden zu fahren, wenn er sich natürlich auch sagen mußte, daß der Kraftwagen der Sieger bleiben werde.

Als sich Henning und Klaus am nächsten Tage vormittags im Schloßgarten Bewegung machten, schien einer vorm andern etwas verbergen zu wollen. Dann sprachen sie sich aus. Beiden war zum erstenmal Kai verändert vorgekommen. Zwar waren sie ebenso lustig und froh von ihm empfangen worden, wie sie es gewohnt gewesen waren seit jeher. Aber irgend etwas, und sei es die leiseste, kaum merkbare Umwandlung, hatte sich dazwischen geschoben: sie gestanden sich, daß er, der heitere, er, der nie den Humor verlor, ernst und schweigsam geworden sei, daß sein ganzes Gehaben eine andere, wenn auch fast unsichtbare Richtung genommen habe.

Als sie eines Tages mit der Schloßfrau allein zu Tisch gewesen waren, weil Kai in unaufschiebbaren Geschäften nach Hamburg hatte fahren müssen, öffnete ihnen nach Aufhebung der Tafel die Gräfin rückhaltlos ihr Herz; sie mußte ihnen ihre schweren Sorgen um Kais geistige Gesundheit offenbaren. Er säße nur noch auf seinen Zimmern oder ritte nach der Henstedter Haide hinaus. Immer mehr ziehe er sich von allem zurück, werde täglich menschenscheuer.

Er sei nicht mehr zu bewegen, in Konzerte und Theater zu gehn, in Gesellschaften oder wohin ihn die allgemeinen Pflichten und Verpflichtungen riefen. Er äußere oft zu ihr, daß er im Alter ganz wieder so würde, wie er in den Knabenjahren gewesen sei: in sich gekehrt, zurückgezogen, schweigsam, versteckt lebend, soweit es möglich zu machen wäre. Gegen sie und die Kinder sei er immer gleich gütig und liebevoll. Die einzige Stunde, wo er seine Familie sähe, wäre beim Diner. Wärmer geworden erzählte sie noch, daß Kai kaum noch Gäste bei sich sehe, fast nie mehr größere Gesellschaften gebe. Nur für die Kätner der Henstedter Haide tue er alles. Diese seien ihm aufs rührendste dankbar und ergeben. Als Henning und Klaus unter sich waren, sprachen sie noch lange über ihren Freund Kai.

Der letzte Abend vorm Abschiedstage war herangekommen. Die drei saßen, wie sies immer zu tun pflegten an solchen Abenden, in Kais Arbeitszimmer. Vor ihnen standen, auch das war ihnen, den drei alten Schleswig-Holsteinern, zur Gewohnheit geworden: drei Grogkgläser. Grogk wußte Kai herzustellen, das mußte ihm der Neid lassen. Die drei Schleswig-Holsteiner waren Kenner dieses gesunden, derben, männlichen, Getränks.

Plötzlich fragte Kai ziemlich unvermittelt: »Wollen wir drei, ehe wir diesmal wieder auseinandergehn, uns einmal ganz offen und frei und mutig unsere Weltanschauungen gegenseitig ausschütten? Es darf kein Trug und keine Heuchelei dabei sein. Wahr und klar, wie wir drei immer miteinander und untereinander gewesen sind, so lange wir uns kennen, wollen wir uns jetzt, in dieser Stunde, das sagen, was wir vom Leben und vom Tode denken. Seid ihr einverstanden?«

Henning und Klaus gaben gleich ihre unbedingte Zustimmung. Das Los sollte entscheiden, wer den Anfang machen, wer folgen, wer der letzte sein sollte. Das Los entschied: Kai, Klaus, Henning.

Kai begann sofort: »Wir drei sind in einem gleichgesinnt: in unsrer Liebe und treuen Hingebung für Kaiser und Reich, für das Vaterland. Aber im übrigen: Zu welchem Ergebnis, zu welcher Schlußfolgerung muß jeder Mensch gelangen, wenn er alt geworden ist?

Ich habe Gott gesucht, so lange ich klar und vernünftig denken kann. Ich fand ihn nie, ich finde ihn nicht. Das Dornengestrüpp der ewigen Widersprüche unsres irdischen Daseins hat bei mir von jeher auch den geringsten Keim der Hoffnung auf ein himmlisches Jenseits erstickt. An die Unsterblichkeit der Seele glaube ich nicht. Das ist bedauerlich für mich, das bekenne ich frei. Dadurch, daß wir an nichts glauben als an die Natur, sind wir haltlos, ohne in Materialismus und Decadence untergehen zu müssen, wie die Eiferer uns nur zu gern hämisch zuschleudern, uns ihre wutgeballten Fäuste vor die Stirn haltend. Ich meine, daß sich die meisten gewaltsam zwingen: zu glauben, sich was vorzudenken, oder wie man gemeiniglich sagt:

sich was vorzureden, vorzugaukeln, vorzulügen, lediglich aus Angst: es könnte doch sein – weil sie sich sonst den Tod geben würden. Sie sagen sich: wenn ich nach den ewigen Qualen und Sorgen auf Erden nicht jenseits des Grabes entschädigt werde, was soll ich hier?
Ich glaube, und ich bin ganz ohne Furcht dabei, so weit die uns allen eingepflanzte Furcht vorm Tode nicht unausrottbar ist, ich glaube: daß wir, wenn wir gestorben sind, in keiner Erscheinung weiter leben werden, daß wir, wenn wir die Augen zum letzten Schlaf schließen, für immer ›gewesen‹ sind.
Ein trauriger Glaube, ich sage auch das offen. Jede sogenannte Staatsreligion in Ehren: wir sollen ihr nicht trotzen, sondern sollen ihren Weisungen und Warnungen gehorchen, schon aus Gründen der Vernunft, und vor allem, weil wir uns dem Gesetz zu beugen haben, dem wir alle, ausnahmslos, untertan sind. Aber keiner kann zu einem bestimmten Glauben gezwungen werden. So soll man mir das lassen, was meine Überzeugung vom Leben ist: Alles Leben ist Lüge.
Das Rätsel des Daseins, der Welt wird niemals erraten werden. Irgend ein Furchtbares steht über uns: Das Schicksal, bei jedem Volk mit andern Namen genannt, das Schicksal, dem keiner entrinnen kann.
Der Mensch ist dem Menschen ein Wolf. Der Wolf ist ein Raubtier. Wenn wir uns selbst nicht zahlreiche Schutz- und andere Gesetze gegeben hätten, hätten wir uns alle schon, der Stärkere den Schwächeren, zerrissen. Ach, das große Trauerspiel des Lebens. Wir alle haben viele abscheuliche Eigenschaften, mit denen wir geboren sind und mit denen wir sterben: wenn uns nicht eine starke Willenskraft, eine gute Erziehung, Erfahrung helfen, sie zu überwinden. Was nenn ich aus diesem Heer von Schändlichkeiten? Den Neid? Die gemeine Bosheit? Die Scheelsucht? Den Hochmut? Die Lieblosigkeit? Das teuflischste: die Lieblosigkeit gepaart mit Hochmut? und hundert andres. Die Schadenfreude steckt in uns allen, unterschiedslos. Es ist die Freude, andre im Unglück, in Ungelegenheiten zu sehen, namentlich die, die reicher sind, reicher an Geist und Körper, an Geld, die gesellschaftlich höher stehen als wir. Was ist das Wesen der Tragödie (auf der Bühne vor uns)? Ich meine, weshalb schauen wir mit solchem Behagen hin von unsern Sitzen? Es ist die unwillkürliche Freude in uns: vor uns zu beobachten, wie der Mensch oder die Menschen im Kampf mit dem Schicksal erliegen. Wir thronen gemächlich und gemütlich dabei auf unsern sichern Plätzen.
Ich habe allmählich einen Schauder davor bekommen, wenn ich fort und fort sehe, wie wir unglückseligen Menschen uns nur dadurch helfen, daß wir durch und durch Heuchler, Lügner und Betrüger sein müssen. Können wir, alle, auch nur einen Tag, eine Stunde ohne die vollendetste Heuchelei, ohne Lug und Trug atmen?

Wären wir nicht sofort verloren, wenn wir uns einander ohne Masken zeigten? Ah, die Klugen und die Dummen. Ich weiß immer noch nicht und schwanke immer noch, ob ich uns aufs tiefste bemitleiden oder aufs tiefste verachten soll. Die Heuchelei für das öffentliche, wie für das einzelne Wesen ist unerläßlich. Warum schelten wir sie denn? Alle brauchen sie: der Staat, jede Partei (welcher Art sie sei), jeder einzelne in seinem Innersten.

Was haben wir aus der Weltlehre des Heilands gemacht, aus seiner steten Lehre: Liebet euch untereinander. Welchen unermeßlichen Haß, welche Meere von Blut hat grade sein erhabenes Wort gezeitigt!
Dies reine, unsäglich lautere Herz des armen jüdischen Zimmermannsohnes! Wenn er in diesem Augenblick unter uns träte, ich würde meine Stirn vor ihm in den Staub zu seinen Füßen legen. Den Mächtigen, den geistlichen und weltlichen, ist er ein Schirm, ein Werkzeug für ihre Herrschsucht geworden. Den Armen, Schwachen wollte er dienen.
Wenn er jetzt plötzlich vor uns, meinetwegen in der Tracht unserer Zeit, auf irgend einer Straße stünde und finge an zu predigen: Kommt her zu mir alle, die ihr mühselig und beladen seid, ich will euch erquicken – er würde sofort ins Gefängnis oder ins Irrenhaus gebracht werden. Und von unserm sozialen Standpunkt aus mit Recht.
Die Erde ist ein einziger Kampf, alle Menschen gegen einen, jedes Menschen Lebenslauf. Christus predigte den Frieden, die Liebe. Es ist ein unverkennbares Zeichen unserer Zeit, daß die Menschen wieder zur Religion zurückwollen. Wer wird sie führen?
Was soll ich noch weiter reden von der Eitelkeit? Von der verbrecherischen Neugierde? Vom scheußlichsten Tier: von der gedankenlosen Klatschsucht? Genug! Ich mag das alles nicht mehr sehen, nicht mehr hören. Ich möchte so leben, als wenn ich schon gestorben und, was damit gleichbedeutend ist, vergessen wäre.
Heut morgen, als wir drei zur Alsterquelle ritten, zeigte ich euch in der Nähe das von Bäumen umwehte abgeschiedene Gewese, das ich, wie ich euch erzählte, gekauft habe. Hier will ich jeden Sommer und jeden Winter ein paar Tage in gänzlicher Abgeschlossenheit wohnen. Nicht mal die Post darf mir dann gebracht werden. Ich will nur in die Sonne und in die Wolken sehen, und in die Sterne. Ich besuche nur einzelne kleine Katenbesitzer und forsche nach ihren Fortschritten auf ihren urbargemachten Feldern. Das übrige für mich ist die Einsamkeit der Haide. Sonst nichts. Aber glaubt nur nicht, daß ich da den muffig gewordenen Einsiedler spielen werde. Immer schon nach kurzem bin ich wieder zurück in Tangbüttel und im Lärm der Außendinge.«

Kai erhob sich. Henning und Klaus sahen ihm unverwandt ins Gesicht.
»Und doch, ihr Freunde, irgend etwas ist in mir, ist in uns allen: Die unverwüstliche Gewißheit: Wir haben eine Erinnerung an eine andre, eine frühere Welt. An eine Welt, wo wir selig gewesen sind. An die uns irgend etwas in uns, wenn auch nur in seltenen Minuten, mahnt. Ist es nicht, als wenn wir fühlten, daß uns ein Stern, den wir verlassen mußten, zurückruft? Daß es uns zuweilen ist, als wenn wir uns von Geschöpfen dieses Sterns unsichtbar umgeben fühlten? Als wenn sie uns zuflüsterten: Komm, komm zurück zu uns. Wir führen dich hinauf –«
Kai, der die letzten Sätze stehend, fast wie im Seherton gesprochen hatte, schloß einen Augenblick die Augen. Gleich öffnete er sie wieder und fragte, lustig und froh wie immer, während er sich setzte:
»Nun aber noch ein Glas Grogk. Ihr wißt, Grogk darf nur getrunken werden von mittlerem Rum. Ebenso verabscheuungswert, wie er von Fusel ist, ist er vom feinsten, weil fast stets parfümierten Rum. Gebt eure Gläser her! Kochendes Wasser ist da. Erst Zucker ins Glas, dann kochendes Wasser darüber. Ist er geschmolzen, dann der Rum. Erst Rum, und dann Wasser und Zucker dazu, ist wie eine schwere Beleidigung. Nun, das kennt ihr so gut wie ich.
Jetzt kommt Klaus an die Reihe!«
Klaus fing an:
»Wir haben, so denk ich, ebensowenig Ursache zur grobmaterialistischen Trostlosigkeit wie zum idealistischen Schwindel. Goethe sagt:

> *Ich bin nur durch die Welt gerannt;*
> *Ein jed Gelüst ergriff ich bei den Haaren,*
> *Was nicht genügte, ließ ich fahren,*
> *Was mir entwischte, ließ ich ziehn.*
> *Ich habe nur begehrt und nur vollbracht,*
> *Und abermals gewünscht, und so mit Macht*
> *Mein Leben durchgestürmt; erst groß und mächtig,*
> *Nun geht es weise, geht bedächtig.*
> *Der Erdenkreis ist mir genug bekannt.*
> *Nach drüben ist die Aussicht uns verrannt;*
> *Tor, wer dorthin die Augen blinzend richtet,*
> *Sich über Wolken seinesgleichen dichtet!*
> *Er stehe fest und sehe hier sich um!*
> *Dem Tüchtigen ist diese Welt nicht stumm.*
> *Was braucht er in die Ewigkeit zu schweifen!*
> *Was er erkennt, läßt sich ergreifen.*
> *Er wandle so den Erdentag entlang;*

Wenn Geister spuken, geh er seinen Gang;
Im Weiterschreiten find er Qual und Glück,
Er, unbefriedigt jeden Augenblick!

Was Goethe sagt, darüber hinaus besseres geben kann keiner. Erlaßt es mir deshalb, meine Ansicht von Leben und Tod hier weiter auseinanderzusetzen. Mein Standpunkt über die letzten Dinge ist der, daß ich darüber keinen Standpunkt haben kann. Mich hat die Naturgeschichte das gelehrt, daß wir niemals wissen werden, was der Anfang war und was das Ende sein wird. Was uns alle erhält, was unser Leben überhaupt erst möglich und erträglich macht, ist das unwillkürliche Erinnern an ewiges Gewesensein und das eingeborene Gefühl ewigen Werdens. In diesen paar Worten habe ich meine Weltanschauung gegeben und damit ist alles gesagt, was mein und jedes Leben lebensfähig macht.
Die Grogkgläser her! Wenn wir jetzt einen guten Schluck getan haben, wird Henning sprechen.«
Henning sprach ruhig und klar, wie er es immer tat, wenn er eine wichtige und ernste Angelegenheit darzulegen hatte:
»Wir haben uns gelobt, ohne Doppelsinn, Auge in Auge unsre Ansicht über Leben und Menschen, über Welt und Tod auszusprechen. Ihr tatet es, und jeder Mensch hat das innigste Recht, hat die innerste und höchste Freiheit, sich darüber auszulassen.
Ich glaube an Gott und seinen Sohn, den Erlöser Jesus Christus. Ich bin niemals in meinem ganzen Dasein, oder besser: von meiner Einsegnung an, davon abgewichen. Immer wieder hat mich mein Gottvertrauen getröstet, ist mir in allen, besonders in den schwersten Stunden, der festeste Halt gewesen.
Ihr kennt unser altes schleswig-holsteinisches Wort: De Welt is vull Pien un jeder hett sien. Doch nicht die Hände in den Schoß legen, sondern Kampf heißt es auf jedes Menschen Fahne.
Die Menschen nehmen, wie sie sind, wie sie uns begegnen. Dabei muß uns, in allen Fällen, die Königin Vernunft führen. Sie ist eine kühle Königin, die uns immer wieder die nüchterne, besonnene, beschwichtigende hochgehobene Hand entgegenhält: Überlege!
Das beste in allen meinen Tagen hab ich gefunden: Schweigen und schweigen können. Das sind zwei verschiedene, nicht leicht auseinander zu haltende Begriffe. Wer schweigen kann, hat den Preis gewonnen. Ich brauche nicht erst die vielen Sprichwörter, die wir darüber haben bei allen Völkern, auszukramen.
Wer sich so viel wie möglich von den Menschen zurückzieht, ist, nach meiner Ansicht, verloren. Zuerst lassen ihn die andern unbeachtet für sich, dann aber fallen sie über ihn her und reden, daß er hochmütig geworden sei.

Auch meine Meinung ist es, daß wir Menschen alle mit Masken kämpfen, daß wir die Maske nie vor einander ablegen. Wehe, wenn wirs täten: Wir wären sofort rettungslos bloßgestellt und stünden ungeschützt da. Jeder hat zuerst für sich zu stehen und sich nicht auf den andern zu verlassen. Jeder ist mir verächtlich, der nicht bis zum letztem Atemzug um sein geistiges und körperliches Leben kämpft. Die geringste Schwäche rächt sich an uns. Aber durch diesen ewigen Streit, den wir, alle, durchfechten müssen, werden wir hart und eigennützig. Da soll uns das Herz helfen, die heilige Lehre des Erbarmers, daß wir nicht verhärten, daß wir liebevoll werden und bleiben gegen unsre Mitmenschen; daß wir uns immer wieder zurufen: Sei hilfreich, sei gütig gegen deinen Nächsten, siehe ihm bei, wenn er unter seinem Joch zusammenbrechen will.«

Henning hatte einige Sekunden geschwiegen und vor sich hingesehen, wie verhüllt. Dann kam sein feines, stilles, liebes Lächeln, das die Freunde an ihm seit seinen Knabenjahren kannten.

Er fing noch einmal an: »Ich spreche ja hier wie auf der Kanzel oder wie auf einem Lehrstuhl. Das will ich doch nicht.« Hört meine letzten Worte:

»Ich habe wohl eben zu ernst gesprochen. Fröhlich will ich enden. Wir leben nun einmal, wir sind hier auf Erden, wir träumen nicht. Was nützt uns da das immerwährende Grübeln und Nachsinnen. Gott hat uns wirklich nicht hierher gebracht, daß uns alle die tausend guten Dinge, die er uns vorgesetzt hat und täglich vorsetzt zum Genießen, nicht erquicken, erfrischen und stärken sollen. Also heben wir unsre Gläser, die übrigens kalt geworden sind, und rufen wir drei uns zu, wie wir es stets getan haben: Es lebe das Leben! Über fünfzig Jahre kennen wir uns, und die paar letzten Jahre soll uns nichts trennen. Kai, mach uns einen Grogk zurecht! Wir bleiben noch ein wenigauf und erzählen uns von unsern unerschöpflichen Knaben- und Schülergeschichten. Morgen heißt es: Auseinandergehen, bis wir das nächste Mal wieder Tak for sist sagen können.« Am andern Tage, nach herzlichem Abschied, war Kai allein auf Tangbüttel.

Der letzte Tag

Über Schleswig-Holstein hängen fast immer Wolken. Meistens ist es bis dicht vorm Weihnachtsfest feucht und warm. Erst unmittelbar vor den Feiertagen oder in ihnen fängt es an zu frieren. In diesem Jahr trat ein gelinder Frost in der Nacht vom sechzehnten bis zum siebzehnten Dezember ein. Am nächsten Tag fiel ein wenig Schnee, der nur eben die Erde bedeckte. Die Jäger nennen ihn Spurschnee.

Für den sechzehnten Dezember hatte sich die spanische Herzogin Diana von Fuentes, Markgräfin von Lerma, in Tangbüttel angesagt. Sie war auf der Durchreise zu einem ihrer Verwandten bei der spanischen Gesandtschaft in Kopenhagen. Kai war früher einige Male der gern aufgenommene Gast ihrer Eltern in Madrid gewesen. Er hatte sie nur als Kind gekannt. Seit fünf, sechs Jahren war sie verheiratet.
Kai hatte sie auf dem Hauptbahnhof in Hamburg mit seinen vier hellbraunen Orlowtrabern abgeholt. Die junge Herzogin fuhr mit ihm allein nach Tangbüttel. Sie hatte nur eine Kammerjungfer dahin mitgenommen, die mit Chrischan Mehrens auf dem Gepäckwagen saß. Ein köstliches Paar: Der gute hellblonde holsteinische Kutscher Chrischan Mehrens aus Stapelfeld und die kleine schwarzlockige Anita aus Barcelona, die sich voller Schauder umsah, als sie in der Dämmerung durch die kahlen Felder rollte, und die sicher glauben mochte, sich bedenklich dem Nordpol zu nähern.
Das ganze übrige Gefolge der Herzogin war im Hôtel d l'Europe untergebracht.
Für diesen Abend und für den folgenden Tag, den die Herzogin in Tangbüttel bleiben wollte, war kein besonderer Aufwand geschehn. Alles blieb in der täglichen Weise. Nur wurde der Vorbrüggensche Silberschatz herausgenommen und fand seine Aufstellung auf der Tafel. Ein alter prächtiger Schatz mit künstlerischen Schalen und Schüsseln und Aufsätzen, die die dänischen Vorbrüggen in den letzten Jahrhunderten gesammelt hatten.
Die Herzogin war lebhaft und fröhlich, eine echte Spanierin. Sie behauptete, wie alle alten spanischen Geschlechter, von den Goten abzustammen, aus einem baltischen Königsgeschlecht. Kai machte sie deshalb lachend darauf aufmerksam, daß sie sich im Lande ihrer Ahnen befände, das sich von hier, an der ganzen Ostseeküste, bis nach Livland und Estland erstrecke.
Da sie sich übermüdet fühlte, ging die Herzogin früh zur Ruhe.
Die neunundneunzig Lichter brannten auf den Gängen und Treppen. Kai hatte sie gleich nach seiner Besitzergreifung von Tangbüttel abgeschafft, wie auch die zahlreiche Dienerschaft aus Enewolds Zeit. Seit einigen Jahren aber brannten jede Nacht die neunundneunzig Lichter wieder. Auch hatte Kai seit derselben Zeit abermals eine große Dienerschaft, mit einem Haushofmeister an der Spitze, im Schloß angestellt, die eigentlich so gut wie nichts zu tun hatte und sich deshalb langweilte. Weshalb er es getan hatte, wußte er, der sonst gänzlich anspruchslos und einfach lebte, wohl selbst nicht recht. Vielleicht aus dem Grunde, daß er sich sagte, er müsse sich doch wenigstens in einer Färbung seinen Überfluß vor Augen führen.

Der siebzehnte Dezember fing mit Wolken an, die sich um acht Uhr am Himmelsrand hoben und im Osten einen dunkelbraungelben Streifen zeigten. Bald kam die Sonne durch und blieb den ganzen Tag die Siegerin. Als sie untergegangen war, trat aus dem Dunkel ein klarster, funkelnder Sternenhaufe.

Kai war auch an diesem Morgen, wie er es gewohnt war von alters her, um halb fünf aufgestanden und hatte sich um fünf Uhr in die gedeckte Bahn begeben, die jeden Morgen, ob er kam oder nicht, taghell erleuchtet sein mußte. Er ritt zwei Pferde und ging wieder ins Schloß zurück. Hier setzte er sich, nachdem er sich eine Viertelstunde ruhig in einen Stuhl gelehnt hatte, an seinen Schreibtisch, um sich mit Brentano zu beschäftigen, den er in diesen Wochen viel las. Vorher hatte er sich umgekleidet.

Seit einigen Jahren hatte Kai begonnen, eine Sammlung von Gedichten zu ordnen, von Lyrikern des neunzehnten Jahrhunderts. Er wollte diese Sammlung für sich drucken lassen und nur an einzelne Freunde verteilen. Nach langer Wahl hatte er von Clemens Brentano drei Gedichte gewählt für sein Buch. Das erste hieß: O lieb Mädel, wie schlecht bist du. Er las es sich laut vor und wurde von neuem erschüttert durch die wilde Schönheit und durch den leidenschaftlichen Klang dieses Liedes.

O lieb Mädel, wie schlecht bist du!
Die Welt war mir zuwider,
die Berge lagen auf mir,
der Himmel war mir zu nieder,
ich sehnte mich nach dir, nach dir.
O lieb Mädel, wie schlecht bist du!

Ich trieb wohl durch die Gassen
zwei lange Jahre mich;
an den Ecken mußt ich passen
und harren nur auf dich, auf dich.
O lieb Mädel, wie schlecht bist du!

Und alle Liebeswunden,
die brachen auf in mir,
als ich dich endlich gefunden,
ich lebte und starb in dir.
O lieb Mädel, wie schlecht bist du

Ich hab vor deiner Türe
die hellgestirnte Nacht,
daß dich mein Lieben rühre,
oft liebeskrank durchwacht.
O lieb Mädel, wie schlecht bist du!

Ich ging nicht hin zum Feste,
trank nicht den edlen Wein,
ertrug den Spott der Gäste,
um nur bei dir, bei dir zu sein.
O lieb Mädel, wie schlecht bist du!

Bin zitternd zu dir gekommen,
als wärst du ein Jungfräulein,
hab dich in Arm genommen,
als wärst du mein allein, allein.
O lieb Mädel, wie schlecht bist du!

Wie schlecht du sonst gewesen,
vergaß ich liebend in mir,
und all dein elendes Wesen
vergab ich herzlich dir, ach dir.
O lieb Mädel, wie schlecht bist du!

Als du mir einst gegeben
zur Nacht den kühlen Trank,
vergiftetest du mein Leben,
da war meine Seele so krank, so krank.
O lieb Mädel, wie schlecht bist du!

Bergab bin ich gegangen
mit dir zu jeder Stund,
hab fest an dir gehangen
und ging mit dir zu Grund.
O lieb Mädel, wie schlecht bist du!

Es hat sich an der Wunde
die Schlange festgesaugt,
hat mit dem giftigen Munde
den Tod in mich gehaucht.
O lieb Mädel, wie schlecht bist du!

Und ach, in all den Peinen
war ich nur gut und treu!
Daß ich mich nannte den Deinen,
ich nimmermehr bereu.
O lieb Mädel, wie schlecht bist du!

Er schrieb sich immer selbst das Gedicht ab, wenn er endgültig entschieden hatte.
Um halb acht Uhr klingelte er seinem Kammerdiener und bat wieder um seinen Reitanzug, ohne Sporen: die kleine arabische Schimmelstute Dschemmadschwissa solle vorgeführt werden.

Der Kammerdiener geriet innerlich in Staunen über den Wunsch seines Herrn, denn seit Jahren hatte Kai dies Pferd nicht mehr befohlen. Die alte kleine, feine arabische Schimmelstute hatte ihren Namen Dschemmadschwissa tatsächlich über ihrem Stande stehen. Jedenfalls war der Name aus Versehen unrichtig angegeben und geschrieben. Kai nannte sie Dschemma; im Stall und unter den Landbewohnern der Umgegend hieß sie Dat Hemd is twischen. Wie sich denn das Volk oft in köstlicher, humorvoller Art fremdländische Namen in seiner natürlichen Ausdrucksweise zurecht legt.

Welch ein Geschöpfchen war diese arabische Schimmelstute. So voller Zartgefühl, daß sie keiner von jeher mit Sporen reiten durfte. Der geringste Zinkendruck brachte sie außer sich. Alle gingen mit ihr um wie mit einem Menschen. Sie konnte nur von Liebkosungen leben. Besonders wußte Kai sie zu nehmen. Wenn er zu ihr ging und seine Arme, vor ihr stehend, um ihren Hals legte, war es, als wenn sie ihren Kopf an seinen Kopf lehnen müßte. Zuweilen, bei sehr schönem Wetter, ließ er sie im Sommer in den großen Garten, wo sie auf dem Rasen weidete. Saßen er und die Seinen draußen, kam sie heran und blieb wie ein Hund bei ihnen. Ja, was wohl kaum je bei einem Pferde in so auffallender Weise bemerkt worden ist: sie legte sich bei den Kindern oder bei der Gräfin, oder, waren Gäste da, bei den Gästen ruhig nieder, als gehöre sie ganz und gar zu den Menschen. Je älter sie wurde, je zutraulicher wurde sie. Auch mit all den vielen Hunden, die Kai immer um sich haben mußte, war sie guter Kamerad. Namentlich ließ der mürrische Mainzer Pintscher Dschokkel nicht von ihr, Tag und Nacht.

Als sie nun an dem kalten Wintertag so früh gesattelt und vor die Schloßtür geführt wurde, schien ihr die Sache auffallend zu sein. Sowie aber Kai aus dem Herrenhaus getreten war, mit vielem Zucker, drehte sie ihren Kopf zu ihm und wieherte, was sie fast nie tat. Kai legte ihr, sich vor sie hinstellend, die Arme um den Hals. Nun war sie ganz und gar beruhigt und trug ihn sanft weg.

Kais Kammerdiener, der den in Schleswig-Holstein so gut wie unbekannten Namen Josef (er war aus Wien) führte, war mit hinausgetreten. Als der Graf vom Hofe ritt, ging er zum Reitknecht, der die Stute gebracht hatte, und zu einigen Dienern, die sich hinter der Tür zurückgehalten hatten: Alle besprachen den merkwürdigen Fall, daß Kai die kleine Schimmelstute verlangt habe. Wenn er in der Bahn gewesen war, ritt er überhaupt nicht mehr an dem Tage aus.

Kai bog nicht um den Park, um nach Wilstedt und nach der Henstedter Haide zu traben, sondern nahm seinen Weg durchs Dorf. Das kannten die Bewohner kaum mehr.

Im Osten lag der breite dunkelgelbe, schmutzig-braungelbe Streifen am Himmelsrand, den eine mächtige graulila Wolke darüber begrenzte. Kai hielt Dschemma an und mußte lange hineinsehen. Weiter, bis er vor Pukaff ankam. Hier stieg er ab und ging in die Gaststube. Von den beiden fleißigen jungen Wirtsleuten, Mann und Frau, hielt er viel. Nur die Frau mit einem dreijährigen Kinde empfing ihn, höchst verwundert, ihn so früh schon in Pukaff zu sehen. Kai lachte sie aus. Er sah zum Fenster hinaus auf die Lehmsaler Haide und auf die Hünengräber. Und auf die beiden Bohlenwege, die man vor kurzem noch in ganz gutem Zustande gefunden hatte. Vergeblich rätselten die Gelehrten daran herum, in welche Zeitrechnung sie zu setzen seien.

Unendlich melancholisch lag die Haide vor ihm. Sein Herz ward ihm schwer, ohne zu wissen, weshalb. Da trat Jan Steen, der Torfbauer, ein. Kai bat ihn, mit ihm ein Glas Grogk zu trinken, und lauschte mit Gutmütigkeit und Humor Jan Steens Erzählungen. Nachdem er noch mal das Kindchen, das sich ihm willig gab, auf den Arm genommen hatte, verabschiedete er sich. Vorher hatte er noch den Wirt rufen lassen, mit dem er allerlei über den Kriegerverein besprach. Dafür hatte er immer offnes Herz und offne Hand. Seine Hauptanteilnahme galt, wie das natürlich war, den Veteranen, mit denen er die Schlachten durchgekämpft hatte: in Schleswig-Holstein den Veteranen des deutsch-französischen Krieges.
Er ritt in den Wald und blieb dort wohl zwei Stunden. Bis er zwischen zehn und elf Uhr vorm Schloß erschien und aus dem Sattel sprang.
Alle Wolken waren verzogen. Ein windstiller Wintertag, mit leiser Schneedecke, breitete sich über Tangbüttel und Umgegend.
Als Kai ins Schloß trat, kam eilig ein Reitknecht angegangen und bat auf Anweisung des Herrn Stallmeisters, ob Kai nicht so gut sein wolle, in die Bahn zu kommen: der kleine Wittekopp möchte sich dem Vater zeigen. Kai ging sofort hin und freute sich von Herzen über sein siebenjähriges Söhnchen, der seine Beinchen über einen dicken Norbakker, der eine dichte, zottige Mähne schüttelte, gespannt hatte. Wahrhaftig, wie saß der Bengel schon zu Pferde! Sogar einige Gänge machte er in der Bahn, wenn auch das Pferdchen nicht grade Lust und große Fähigkeit dazu zu haben schien. Kai lobte sein Söhnchen, der seinen Nacken stolz hob und sich aufs kräftigste bemühte, sich von der besten Seite seinem Vater vorzustellen.
Während Kai zurückging über den Hof, fuhr ihm durch den Kopf: Zwei Dinge müßte jeder Knabenerzieher so früh wie möglich beginnen: Reiten und französisch lehren.

Kai ließ sich sofort umkleiden und machte sich wieder an die Arbeit. Er entschloß sich endgültig, als zweites Gedicht von Brentano aufzunehmen: Einsam will ich untergehn.

Einsam will ich untergehn
Einsam will ich untergehn,
keiner soll mein Leiden wissen;
wird der Stern, den ich gesehn,
von dem Himmel mir gerissen,
will ich einsam untergehn
wie ein Pilger in der Wüste.

Einsam will ich untergehn
wie ein Pilger in der Wüste!
Wenn der Stern, den ich gesehn,
mich zum letzten Male grüßte,
will ich einsam untergehn
wie ein Bettler auf der Haide.

Einsam will ich untergehn
wie ein Bettler auf der Haide!
Gibt der Stern, den ich gesehn,
mir nicht weiter das Geleite,
will ich einsam untergehn
wie der Tag im Abendgrauen.

Einsam will ich untergehn
wie der Tag im Abendgrauen!
Will der Stern, den ich gesehn,
nicht mehr auf mich niederschauen.
will ich einsam untergehn
wie ein Sklave an der Kette.

Einsam will ich untergehn
wie ein Sklave an der Kette!
Scheint der Stern, den ich gesehn,
nicht mehr auf mein Dornenbette,
will ich einsam untergehn
wie ein Schwanenlied im Tode.

Einsam will ich untergehn
wie ein Schwanenlied im Tode!
Ist der Stern, den ich gesehn,

> *mir nicht mehr ein Friedensbote,*
> *will ich einsam untergehn*
> *wie ein Schiff in wüsten Meeren.*
>
> *Einsam will ich untergehn*
> *wie ein Schiff in wüsten Meeren!*
> *Wird der Stern, den ich gesehn,*
> *jemals weg von mir sich kehren,*
> *will ich einsam untergehn*
> *wie der Trost in stummen Schmerzen.*

Er kannte das Gedicht seit Jahren; nie hatte es ihn so furchtbar ergriffen, wie eben, als er es sich vorgelesen hatte. Mit leiser, schneller, einförmiger, ganz gleichmäßiger Stimme, nur in jeder Strophe das eine Wort Stern ein wenig langsamer abhebend.

Das Gedicht klang wie ein hoffnungsloses Sklavenlied aus Gefängnistiefen. Er legte seinen Kopf in die Hände. Fast wäre er zusammengebrochen. Während er seine Tränen überwand und nur noch die Stirn vergraben hatte in den Händen, hörte er die Tür gehen. Er sprang auf und war augenblicklich wieder Herr seiner selbst. Zornig blicke er auf den, der die Tür aufgemacht hatte. Kein Mensch, selbst die Gräfin nicht, hatte dazu die Erlaubnis. Wer stand denn da? Sein Söhnchen Wittekopp. Der sah dem Vater aus seinen großen Kinderaugen treuherzig und verwundert ins Gesicht; er wußte nicht recht, was er machen sollte. Da hielt er dem Vater das entzückende Büchlein Klingklanggloria entgegen, das er zu seinem letzten Geburtstage erhalten hatte. Darin stand auch, mit einem künstlerisch reizenden Bildchen: Der Jäger aus Kurpfalz. Aha, Kai lächelte. Fast mit Gewalt riß er sein Söhnchen an sich. Mit ihm zusammen trat er an den offnen Flügel, und Wittekopp dicht an sich herantreten lassend, spielte und sang er den Jäger aus Kurpfalz. Der Sohn schmiegte sich an den Vater, und sein Stimmchen klang hell und klar durchs Zimmer mit.

> *Der Jäger aus Kurpfalz.*
>
> *1. Der Jäger aus Kurpfalz,*
> *der reitet duch den grünen Wald*
> *und schießt das Wild daher,*
> *und schießt das Wild daher*
>
> *Ju ja, Ju ja,*
> *gar lustig ist die Jägerei*
> *allhier auf grüner Haid,*
> *allhier auf grüner Haid.*
>
> *2. Wer sattelt mir mein Pferd*

Und legt mir auf mein Mantelsack?
So reit ich wiedrum her,
als Jäger aus Kurpfalz. Ju ja. usw.
3. Jetzt reit ich nicht mehr heim,
bis dass der Kuckuck "Kuckuck schreit,
er schreit die ganze Nacht.
Er schreit die ganze Nacht. Ju ja usw.
4. Der Jäger sah zwei Leut
Und sagt zu ihnen: »Guten Tag!
Wo wollt Ihr hin, Ihr Leut?«
»Wir wollen nach Kurpfalz!« Ju ja usw.
5. »Ich will euch auf der Reis
Begleiten, wenn es euch gefällt.
Wißt Ihr wohl wer ich bin?«
»Der Jäger aus Kurpfalz!« Ju ja usw.
6. »Nun wärn wir in Kurpfalz.
Wer gibt uns aber Mittagsbrot?
Wer schenkt die Gläser voll?«
»Der Jäger aus Kurpfalz!« Ju ja, usw.
7. Nun weiß ich weiter nichts,
Was noch geschah, denkt selber nach.
Stoßt an, es lebe hoch
Der Jäger aus Kurpfalz! Ju ja, usw.

Als Wittekopp, dessen größte Freude es stets war, dies Lied mit dem Vater zu singen, hinausgegangen war, setzte sich Kai an seinen Schreibtisch und las noch einmal: Einsam will ich untergehn. Eine unüberwindliche Traurigkeit überkam ihn. Einsam stand er im Leben. Einsam war er durchs ganze Leben gegangen. Nur sein Humor und sein frisches Natur-leben hatten ihn herausgerissen aus aller Grübelei und aus aller Sehnsucht nach einem bessern Stern.

Er ging in seinem Zimmer hin und her; es war ihm, als wenn er zuweilen flüsternde Stimmen dicht an seinem Ohr hörte, und gar, es kam ihm vor, als wenn an seinen Kleidern, an seinen Ärmeln gezupft würde.

Um ein Uhr hielt ein Pirschwagen mit vielen Pelzen, Tüchern und Fußsäcken angefüllt, vor der Schloßtür. Die Herzogin hatte gebeten, etwas von der Umgegend sehen zu dürfen; sie hatte einen offnen Wagen gewünscht, um sich besser umschauen zu können. Kai, die Herzogin und die Gräfin fuhren ab. Sie nahmen, auf Kais Antrieb, den Weg nach der Henstedter Haide. Um den Park herum, an der Doppelbuche, auf die er die Herzogin mit Stolz aufmerksam machte, vorbei, durch Wilstedt.

Von da so weit in die Haide hinein, daß Kai seinen Damen alles zeigen konnte. Er erklärte ihnen das Wichtigste. Ach, die arme stumme Haide. Heut war sie im Schmuck der Sonne, die sie beglitzerte. Kai wies auf das fernliegende Gewese an der Alsterquelle, das er jedes Jahr, im Winter und im Sommer, ein paar Tage, völlig abgeschlossen, bewohnen wolle. Die junge Herzogin und die Gräfin konnten Kais Wunsch und Willen nicht verstehen. Die Herzogin lachte und zeigte ihre prachtvollen Zähne. Rasch ging es nach Tangbüttel zurück.

Um sechs Uhr führte Kai die Herzogin zu Tisch. Es war wie jeden Tag, nur daß heute der Vorbrüggensche Silberschatz die Tafel schmückte. Wie jeden Tag, selbst wenn Kai ganz allein aß, stand der Haushofmeister in einer Ecke des Saales und lenkte von hier aus nur mit den Augen, ohne ein Wort zu sprechen, die Lakaien.

Die Reihenfolge war: Auf der einen Seite: Kai, die Herzogin, Senator Paridom Plantebeck aus Hamburg (ein alter Freund des Hauses), die Gräfin, der fünfundsiebzigjährige rotwangige Schilting.

Auf der andern Seite saßen: In der Mitte Fräulein Naquet, die »Französin«, aus Bordeaux, links von ihr Wittekopp, sein Hauslehrer: der Kandidat der Theologie Marks Söbenlücht aus Harkshaide. Rechts von Fräulein Naquet: Heilwig, Fräulein Butenschönaus Alt-Rahlstedt, Heilwigs Erzieherin. Diese fünf »Gegenüber« blieben stumm und grad sitzen, nur immer die junge, oft lachende Herzogin heimlich anstarrend. Die beiden Kinder waren so gut erzogen, daß sie sich nicht muckten. Nur der kleine Wittekopp geriet in große Versuchung: Vor ihm stand ein Porzellankorb mit großen lyonischen Birnen. Eine von diesen unbemerkt zu erobern, war eine Zeit lang sein ganzes Trachten. Er sah der Reihe nach alle an, ob sie ihn nicht grad beobachteten. Glaubte er, daß ihn keiner ansah, dann zuckte das linke Händchen und näherte sich dem Korbe. Aber es gelang ihm nicht. Nur Kai hatte es gesehen.

Die Unterhaltung war am ganzen Tisch französisch, weil die Herzogin kein deutsches Wort kannte. Einmal machte die Herzogin verstohlen, mit großer Heiterkeit, Kai auf sein Söhnchen aufmerksam, der eine Menge Austern aus seinem Teller aufgehäuft hatte und sie mit sichtlicher Freude und Kennerschaft verzehrte. Kai und die Herzogin lachten, als sie es sahen, und Kai rief dem Witteköppchen zu, er solle nur tüchtig drauf los essen, wenn ihm die Schaltiere schmeckten.

Mitten im fröhlichen Geplauder sprang Kai einmal in die Höhe und hielt die linke Hand vor seine Augen. Nur eine Sekunde. Er setzte sich wieder und unterhielt sich, als wenn nichts geschehen sei, weiter mit seiner anmutigen Nachbarin. Alle hatten es bemerkt. Schon nach wenigen Minuten erhob er sich abermals und hielt eine lange Ansprache, auf deutsch, an seinen Sohn.

Es war ein Durcheinander; keiner konnte klar werden, weshalb Kai solche auseinandergehende Dinge: Erziehungsverfahren, Reitunterricht, Leben auf der einsamen Haide, sich selbst, mit seiner Hände Arbeit, sein Brot verdienen und noch allerlei andres ohne Ordnung vermische. Was sollte und wollte diese lange, verwirrte Auseinandersetzung an seinen Sohn? Als er endlich geschlossen hatte, ging er um den Tisch herum zu seinem Söhnchen, gab ihm die Birne, um die das Witteköppchen im Innern so gelitten hatte, hob ihn vom Stuhl und küßte ihm Stirn und Mund.

Darauf kehrte er wieder an seinen Platz zurück und setzte sich, ohne sich bei der Herzogin zu entschuldigen. Augenscheinlich schien er gar nicht zu wissen, daß er eben seinen Sohn angeredet und geküßt habe, denn er sprach und erzählte ganz vernünftig. Plötzlich schnellte er von neuem in die Höhe, öffnete ein wenig seine Lippen und riß die Augen auf. »Hört ihr nichts?« rief er. »Wer ruft beständig meinen Namen, wer raunt und flüstert mir fortwährend zu? Wer ist im Saale? Wer zupft mich jetzt wieder an meinen Kleidern?«

Die ganze Gesellschaft war jählings aufgesprungen. Die Gräfin und Schilting führten den willenlos gewordnen Kai hinaus. Doch ehe er an der Tür war, wandte er sich und schrie wild in den Saal: »Ich komme, ich komme!«

Es war totenstill geworden. Nur hörte man das leise Weinen des kleinen Wittekopps. Kai ging willig weiter, vorüber an den sich tief verneigenden Lakaien. Diese Verbeugung war nicht nur der Ausdruck der Ehrerbietung. Es lag die uns allen eingegebene Scheu vor dem Wahnsinn darin, der ihnen ihren geliebten Herrn in die dunklen, geheimnisvollen Kammern gerissen hatte.

Die Gräfin und Schilting brachten ihn auf sein Arbeitszimmer. Hier wollte seine Frau bei ihm bleiben. Aber er bewog sie und den treuen Schilting, hinauszugehen. Er wisse, daß er erregt sei; einige Stunden Ruhe würden ihm gut tun: er habe zuviel in den letzten Tagen gearbeitet.

Die Gräfin befahl unten, auch auf Drängen Schiltings, daß die gesamte Dienerschaft die ganze Nacht aufzubleiben habe. Kai setzte sich an seinen Schreibtisch und suchte weiter in Brentano. Er brauchte nicht lange zu suchen, denn er hatte längst die drei Gedichte, die er von ihm haben wollte, ausgewählt. Jetzt schrieb er sich das dritte ab für seine Sammlung:

Der Feind.

Darüber setzte er noch zwei andere Zeilen von Clemens Brentano:

Süßer Tod, süßer Tod
Zwischen dem Abend- und Morgenrot.

Der Feind.

Einen kenn ich,
Wir lieben ihn nicht.
Einen nenn ich,
Der die Schwerter zerbricht.
Weh! Sein Haupt steht in der Mitternacht,
Sein Fuß im Staub,
Vor ihm weht das Laub
Zur dunkeln Erde nieder.
Ohn Erbarmen
In den Armen
Trägt er die kindlich taumelnde Welt.
Tod so heißt er,
Und die Geister
Beben vor ihm, dem schrecklichen Held.

Kai legte die Feder weg und lehnte sich zurück. Er fiel sofort in Schlaf und hatte einen lebhaften Traum: Um sich sah er ohne Grausen Geschöpfe, die nicht von unserer Erde waren. Sie winkten ihm, umschwebten ihn, näherten sich ihm, sie zogen ihn empor – da erwachte er. Er trat ans Fenster und sah den Sternhimmel, und unter all den Sternen leuchtete der Aldebaran in sein Herz. Kai bewegte sich zögernd, wie in Träumen, an die Tür und klinkte sie leise auf. Mit derselben zögernden Bewegung schritt er die Treppe hinab.

Unten schloß er, wie ers schon früher getan hatte, mit seinem fein gearbeiteten Schlüssel auf und ging mit geöffneten Armen über den ausgedehnten Rasen. Aber er kniete dort nicht an der Stelle nieder, wie er es sonst zu tun pflegte, sondern ging weiter ins Parkgehölz hinein, aus dem ein Pförtchen auf die Straße nach Wilstedt und nach der Henstedter Haide führt. Dies war wie ein Zeichen für die Gräfin, für Schilting und für die Dienerschaft, die ihn versteckt beobachtet hatten, ihm zu folgen. Sie fanden ihn nicht, und keiner fand ihn am nächsten Tag, trotz der leichten Schneedecke, worauf Fährte und Fußspur doch zu erkennen sind, trotz seiner Hunde, die schon im Garten alle Witterung verloren hatten. Auch verwischten bald fallende Flocken alles. Nur der alte Schneider Hans Mölck, der in der gleichen Nacht aus dem Henstedter Moor nach Wilstedt gegangen war, meldete sich: Er habe auf der Haide in einiger Entfernung von sich einen Menschen gesehn, der barhaupt, den Kopf zurückgebogen, mit ausgespannten Armen langsam querfeldein gegangen sei. Aber Hans Mölck galt als Gespensterseher und Spökenkieker.

Und keiner fand ihn in den nächsten Wochen und Monaten. Er ist verschwunden geblieben.